KÖLN KRIMI CLASSIC

5

Helmut Frangenberg, geb. 1966 in Köln, ist gelernter Journalist. Nach seinem Studium der Geschichte, Politik und Germanistik arbeitete er als Redakteur und Programmplaner bei »Radio Köln« und wechselte im Jahr 2000 als Redakteur in die Lokalredaktion der Kölnischen Rundschau. Er ist verheiratet und Vater von zwei Söhnen. »Trümmer« ist sein erster Roman.

Helmut Frangenberg

Trümmer

Emons Verlag Köln

Umschlaggestaltung: Atelier Schaller, Köln
Umschlagzeichnung: Heribert Stragholz
Umschlaglithografie: Media Cologne GmbH, Köln
Druck und Bindung: Clausen & Bosse GmbH, Leck
Printed in Germany 2001
ISBN 3-89705-218-0

www.emons-verlag.de

Für Luca und Leo

So mußte es sein, wenn man stirbt. Er wurde immer leichter und leichter, spürte kein Gewicht und keine Last mehr und glaubte zu schweben. Über dem Boden und über den Dingen. Ganz leicht, berauschend leicht. Die Geräusche um ihn herum wurden immer leiser und dumpfer, erreichten das Ohr nur noch ganz entfernt.

Richard kannte dieses Gefühl nur zu gut. Am Ende würde sein ganzer Körper in einen Zustand tiefer Entspannung fallen.

Es war der Abschied von dieser Welt.

Er konnte die Zeit anhalten. Alles verlor an Geschwindigkeit, wurde immer langsamer, und irgendwann bewegten sich die Dinge und die Menschen überhaupt nicht mehr.

Er konnte mit geöffneten Augen die Zeit anhalten. Er war in der Lage, sich ganz zu verlieren und dabei alles zu verändern.

Sogar das Aussehen der Menschen veränderte sich dann.

Er war in der Lage, sich Dinge herbeizuwünschen, die eigentlich nicht da waren, und die sich dann langsam vor seinem geistigen Auge in die Umgebung hineinbewegten. So als hielte man zwei Diapositive übereinander gegen das Licht. Ein Abbild der Wirklichkeit und ein erdachtes Bild. Und dann wurden die beiden Bilder eins.

Diesmal aber war alles anders. Er verlor den Halt und die Orientierung. Doch nicht, weil er sich entspannte. Das ersehnte Gefühl wollte sich nicht einstellen. Man müßte es erzwingen können, dachte er. Die Leichtigkeit und Zeitlosigkeit, doch nicht um des einzigartigen Gefühls wegen.

Sondern, um zu fliehen.

Aber wenn man das Gefühl erzwingen will, kann man die Zeit nicht anhalten. Und wenn man die Zeit nicht anhalten kann, kann man ihr auch nicht entkommen.Seine Anspannung war einfach zu groß. Er war völlig verkrampft. Er hatte Angst. Todesangst.

Er redete sich gut zu. Vielleicht war das alles nur ein böser Traum?

Wenn man stirbt, rasen einem die Bilder des eigenen Lebens durch den Kopf. Wann wird das passieren? Vor dem Schuß? Danach? Warum fiel ihm keine Situation ein, in der die Angst schon einmal vollkommen von seinem Geist und Körper Besitz ergriffen hatte? Vielleicht würde das weiterhelfen. Ihm fiel nichts ein.

Nur wenige Zentimeter vor seinem Kopf endete das Kanonenrohr, das auf ihn gerichtet war.

Richard konnte nicht vor und nicht zurück. Hinter sich spürte er die Wand des Eisenbahnwaggons vibrieren. Er war eingequetscht zwischen einem Kanonenrohr und der Waggonrückwand. Wie lange er da wohl schon stand? Eine Stunde vielleicht.

Er versuchte nochmals, sich zu entspannen. Aber es gelang ihm nicht.

Er würde sterben.

***

Richard Munckler hatte wieder einmal miserabel geschlafen. Und natürlich viel zu kurz. Alle Glieder taten ihm weh. Er war erkältet. Medikamente gab es keine, und die inzwischen drei Decken, in die er letzte Nacht eingewickelt war, hatten auch nicht die kalte Zugluft abgehalten, die durch sein Zimmer pfiff.

Er starrte aus dem verdreckten Beifahrerfenster des klapprigen Opel Admirals in die Kölner Dunkelheit. Der Opel war eine Leihgabe der britischen Militärpolizei für die Kölner Mordkommission. Es war der 20. November 1947, vier Uhr morgens.

Oberinspektor Mohren saß am Steuer und fluchte leise murmelnd über die Tageszeit vor sich hin. Hinten hockte Peters und schlief. Richard blickte auf die scheinbar endlosen Weiten um sich herum. Düstere Trostlosigkeit. Hier, zwischen Berrenrather und Luxemburger Straße, hatten einmal Hunderte Häuser gestanden. Doch die hatte Richard nie gesehen. Er war auf der anderen Rheinseite von Köln groß geworden.

Er kannte nur die Trümmerberge, die hier noch vor ein paar Monaten aufgetürmt waren, und die Ruinen, die hier gestanden hatten. Alles weg. Auf dem geräumten Gelände sollten einmal neue Häuser entstehen. Vorstellen konnte sich das niemand so richtig.

Der Opel klapperte durch Lindenthal. Richard war auf dem Weg zu seinem ersten Mordfall. Seine schweißnassen Hände krallten sich in die Hosenbeine. Er hätte sie sonst nicht ruhig halten können.

Das war nun seine neue Aufgabe: Mörder zu finden. Zusammen mit Mohren und Peters. Über Peters hatte er sich noch keine Meinung gebildet. Er war so ein Typ bulliger Polizist, von dem niemand den Vornamen kannte. Peters führte Befehle aus, und zwar die von Mohren.

Vor Alfons Mohren mußte man Respekt haben. Qua Amt, Alter und Routine. Zweifel und Fragen waren nicht angebracht, weil sie sich einfach nicht gehörten. Richard mochte seinen neuen Chef nicht, aber er respektierte ihn. Er beobachtete den Oberinspektor bei der Arbeit, um zu lernen. Er war sich sicher, einem guten Polizisten unterstellt zu sein. Einem, dem man nichts vormachte, der wußte, wo es langgeht. Einem, den man sich zum Vorbild nehmen konnte.

Mohren mochte es nicht, wenn man ihm Fragen stellte. Er entschied selbst, wann er seinen Kollegen Informationen weitergeben wollte. Aber heute war für Richard ein besonderer Tag. Da konnte er nicht warten.

»Wer hat die Leiche gefunden?« Während er fragte, merkte er, daß seine Stimme vor Aufregung zitterte. Es war ihm ein bißchen peinlich.

Mohren sah Richard mürrisch an. Wenn sich der Alte ärgerte, bildete sich unter dem tiefen Haaransatz des Oberinspektors und über den zu eng zusammenstehenden Augen mit dem durchdringenden Blick eine steile Falte. Mohren wirkte meistens schlecht gelaunt. Die Miene, die er in der Regel zur Schau trug, paßte zum Rest seines wenig ansprechenden Äußeren. Mohrens Proportionen stimmten einfach nicht. Die Beine waren zu lang für den Oberkörper, die schmale Nase zu groß für das runde Gesicht. Mohren machte sich nichts aus Äußerlichkeiten. Er schnitt sich die blonden Haare selbst. Und zwar so dilettantisch, daß es jeder sehen konnte. Die meisten müssen diesen Mann überheblich und unfreundlich finden, dachte Richard. Doch er fand ihn vor allen Dingen interessant. Eine Persönlichkeit eben.

»Der Junge, der mit der Frau da wohnt«, grunzte Mohren vor sich hin und lenkte den Wagen um ein riesengroßes Schlagloch. Überraschenderweise gönnte er Richard zwei weitere Sätze: »Der war wohl dabei, als es passiert ist, hat der Engländer gesagt. Aber man weiß nichts Genaues, weil die blöden Bobbies den Jungen nicht verstehen. Kann wohl kein Hochdeutsch.«

Richard meinte, ein schwaches Lächeln auf den Lippen seines Chefs zu erkennen. Das gab ihm das Gefühl, erwünscht zu sein. Das hatte er oftmals vermißt, seitdem er bei der Kölner Polizei war. Mohren ist kein schlechter Kerl, befand Richard. Er würde ihm ein bißchen Zeit lassen, damit sie sich aneinander gewöhnen konnten.

Richard fühlte sich auch nach über zwei Jahren bei der Polizei noch immer als Anfänger. Nicht so sehr, weil ihm die Routine fehlte, viel mehr, weil ihm seine Kollegen dieses Gefühl vermittelten. Er hätte gern dazugehört, doch die anderen beobachteten ihn mit Argwohn und Mißtrauen. Wie einen Fremden. Richard teilte dieses Schicksal mit den meisten, die erst nach dem Krieg zur Polizei gekommen waren. Damit hatte man nicht unbedingt einen Bonus. Hinzu kam, daß er kein Soldat gewesen war.

Daß die anderen Richard mit Skepsis begegneten und ihn ein bißchen abschätzig ansahen, lag jedoch vielleicht nicht nur an Richards Alter und relativer Unerfahrenheit, sondern auch an seinem Umgang mit den Kollegen. Er war lieber allein, als schenkel- und sprücheklopfend mit ihnen um die Häuser zu ziehen.

Peters zum Beispiel, der hinter ihm immer lauter schnarchte und mit dem Kopf leicht gegen die Scheibe stieß, sollte er den mal außer Dienst auf ein Bier treffen?

Nein, lieber doch nicht. Der einzige, mit dem ihm das zur Zeit möglich erschien, war sein Kollege Paul Brander, der im Kommissariat für Einbruchdiebstahl, Raub, Hehlerei und Erpressung arbeitete. Paul war mehr als ein Kollege.

Mohren lenkte den Wagen auf den Gürtel. Hier hatten zahlreiche Häuser die Bombenangriffe so gut überstanden, daß man sie halbwegs wieder in Schuß bringen konnte. Lindenthal war einmal ein edles Pflaster in Köln gewesen, ein Stadtteil mit schicken, großen Häusern, feinen Leuten und vielen Autos. Doch davon war nicht mehr viel zu sehen.

Aus zahlreichen Küchenfenstern qualmten immer noch die Ofenrohre. Vor ein, zwei Jahren, da waren die Blechrohre noch einfach Zeichen dafür gewesen, daß Wohnungen wieder bewohnt waren. Wer eine Wohnung gefunden oder zugewiesen bekommen hatte, besserte sie mit allem aus, was er fand, und bohrte dann zu guter Letzt durch den Pappkarton, der das Küchenfenster ersetzte, ein Ofenrohr.

Die rasant wachsende Zahl der Ofenrohre war 1945 und auch noch 1946 ein zuverlässiger Indikator, um die Rate der in die Stadt zurückkehrenden Kölner abschätzen zu können. Jetzt im November 1947 waren sie nur noch ein Zeichen von Armut.

Die Straße, die der Opel entlang fuhr, war einmal als Prachtstraße angelegt worden, auf der die wohlhabenden Bürger Lindenthals flanierten und ihre Autos und Töchter präsentieren konnten. Das war Vergangenheit. Lindenthal war einer der Stadtteile Kölns, die am meisten im Krieg abbekommen hatten. Über die Hälfte der Häuser stand nicht mehr, der Rest war stark beschädigt worden. Nur die hohen Linden, die den Gürtel in beide Richtungen säumten und an den alten Glanz erinnerten, waren wie durch ein Wunder nicht zerstört worden. Auf dem breiten Mittelstreifen, der die Fahrtrichtungen trennte, schlichen Menschen unter den kahlen Bäumen zur Arbeit, warteten auf den Omnibus oder die Gürtelbahn, die das Braunkohlegebiet im Vorgebirge mit dem Niehler Hafen verband.

Der Opel bog ab in die Rurstraße. Auch hier gab es nicht viele halbwegs unversehrte Häuser. Allerdings waren an denen, die wieder bewohnbar gemacht worden waren, keine qualmenden Ofenrohre zu sehen. Hier waren die Menschen offensichtlich besser dran.

Mohren parkte den Admiral im Matsch, der einmal der Vorgarten eines freistehenden, zweistöckigen Wohnhauses gewesen sein mußte. Trotz der schmutzigen Fassade sah es deutlich besser aus als die Nachbarhäuser. In allen Fenstern war Glas, das Dach schien dicht zu sein und auf den Stufen, die zur Haustür führten, stand sogar ein kleiner Blumentopf aus Stein. Es fehlte nur die Pflanze. Neben dem Topf saß ein einsamer Militärpolizist mit einer Zigarette im Mund. Richard sah, daß er sich über die Ankunft der deutschen Polizei freute, denn das bedeutete für ihn Feierabend.

»It's yours«, sagte der Engländer freundlich, als Mohren, Peters und Richard die Stufen hochkamen. »Question Karlsbeck for details.«

Der Militärpolizist hatte offenbar keine Lust, hier noch mehr Zeit als nötig zu verbringen. Er tippte sich an die Mütze und zog, ohne noch etwas zu sagen, ab.

»Erdgeschoß«, sagte Mohren, »die Tote heißt Ingrid Förster.«

Sie gingen durch die offene Haustür und die Wohnungstür und betraten eine aufgeräumte und gut geheizte Dreizimmerwohnung. Der Flur führte vorbei an einem größeren und einem kleineren Schlafzimmer. Auf dem Boden lagen Teppiche. An einer Seite des Flures befand sich ein Schränkchen, auf dem eine häßliche Bronzestatue und eine Schale mit ein paar Mandeln standen. Über dem Schränkchen hing ein Spiegel und ihm gegenüber ein gerahmtes Bild mit einem kleinen Bauernhaus vor malerischer Kitschkulisse. In den Schlafzimmern gab es kein Licht, doch man konnte Betten erkennen, auf denen Tagesdecken lagen. Richard gefiel, was er sah, und er dachte an die miese, kalte Bleibe im Agnesviertel, die man ihm zugewiesen hatte.

»So wie das hier aussieht, gab's sicher was zu holen«, sagte Peters und schob sich im Vorbeigehen eine Mandel in den Mund.

Der Flur endete in einem reich möblierten Wohnzimmer. Hier wohnen gut situierte Leute, dachte Richard. Ein bißchen Wohlstand in mageren Zeiten. Luxus war das jedoch nicht, dafür fehlte ein gewisser Stil.

Auf einem etwas schlampig restaurierten schwarzen Kanapee lag auf dem Bauch ausgestreckt die tote Frau, als würde sie zur Einrichtung der Wohnung gehören. Richard erschrak über seine eigene Gefühllosigkeit, mit der er die Leiche registriert hatte. Es war nicht so, wie er das erwartet hatte.

Er hatte vor diesem fremden Wohnzimmer mit seinem ersten Mordopfer, einer fremden, toten Frau, Angst gehabt.

Mohren hatte ihm erst gestern Fotos von einem Familiendrama am Karolingerring auf den Schreibtisch geworfen und ihn gebeten, sie in die Polizeiakte einzuheften. Auf den Bildern war ein Mann zu sehen gewesen, dem der eigene Sohn mit einem Beil den Kopf zweigeteilt hatte. Das Beil war eine beliebte Mordwaffe in dieser Zeit.

Obwohl er nach den Bombenangriffen und Großbränden im Krieg zahlreiche, schrecklich zugerichtete Leichen gesehen hatte, konnte Richard sich nicht an den Anblick gewöhnen. Gott sei Dank war seine erste Leiche offensichtlich mit einem einzigen Pistolenschuß umgebracht worden.

Richard war regelrecht erleichtert.

Ingrid Förster sah so aus, als hätte sie sich ungelenk vor Müdigkeit einfach auf das Sofa geworfen und könnte jeden Augenblick wieder aufstehen. Der Stoff des Kanapees hatte ihr Blut komplett aufgesogen. Sie war mit einem einfachen, aber doch schicken Wickelkleid mit Blümchenmuster bekleidet. Es war ein bißchen hochgerutscht. Darunter trug sie Nylonstrümpfe mit Naht und hochhackige Schuhe. Ein Arm hing vom Sofa herunter, auf dem anderen lag ihr Kopf.

Neben der Leiche kniete Karlsbeck. Richard hatte schon viel von diesem alten, wortkargen Mann gehört, den die Engländer angestellt hatten. Er war in ganz Köln zuständig für die Spurensicherung bei Mord und Totschlag und gleichzeitig so eine Art vorläufiger Gerichtsmediziner. Nach jedem Mord schrieb er einen eigenen Bericht für die Militärpolizei. Die Deutschen bekamen den Durchschlag. Keiner wußte ganz genau, was Karlsbeck im Krieg gemacht hatte. Irgendwann mußte er einmal als Arzt in Köln eine Praxis gehabt haben. In jedem Fall war er mit den Amerikanern zurückgekommen, um dann erst für die amerikanische und anschließend für die britische Militärpolizei zu arbeiten.

Karlsbeck begrüßte Mohren mit einem Nicken. Richard und Peters ignorierte er. Er öffnete den Reißverschluß des Kleides, um Mohren die Einschußstelle im Rücken der Frau zu zeigen. Keine klaffende Wunde, nur ein kleines Loch im Fleisch. Genauso groß wie das knapp über der rechten Brust der Frau, das Richard sehen konnte, nachdem Karlsbeck die Tote umgedreht hatte. Karlsbeck sprach kein Wort, während er Mohren die Leiche und die beiden Löcher zeigte, wo die Kugel rein- und wieder rausgegangen war.

Welche Rolle sollte er neben seinem Chef und Peters in ihrer kleinen Gemeinschaft spielen? Richard beobachtete seine Kollegen und kam sich überflüssig vor. Er hatte keine Ahnung, was hier von ihm erwartet wurde, und so entschied er, zunächst einmal im Türrahmen stehenzubleiben und weiter zuzusehen.

Mohren wandte sich an Peters: »Machen Sie sich auf die Suche.« Peters stöhnte und stiefelte um das Sofa. Pistolenkugeln zu suchen, gehörte sicher nicht zu seinen Lieblingsaufgaben.

»Wann ist das passiert, Karlsbeck?« fragte Mohren.

Karlsbeck wiegte den Kopf hin und her. »Das ist mindestens fünf Stunden her. Später Abend, denke ich, aber in jedem Fall vor Mitternacht.«

Eine gutaussehende Frau, stellte Richard fest. Er schätzte ihr Alter auf Anfang vierzig. Ingrid Förster war nicht hübsch, aber doch attraktiv gewesen. Sie hatte glattes, blondes Haar, in das sie einen Seitenscheitel gekämmt und eine weiche Welle gelegt hatte. Ihre Lippen waren dezent geschminkt, die Wimpern getuscht. Richard stellte sich Ingrid Förster als eine Frau vor, die gewußt hatte, wie sie ihr Äußeres geschickt einsetzen konnte, die Spaß daran gehabt hatte, ihre gute Figur zu zeigen, ohne ordinär zu wirken. Eine gepflegte Frau mit einem feinen Gesicht, mit hohen Wangenknochen und glatter Haut. Nur eine kleine, offensichtlich alte Narbe über dem rechten Auge, wie man sie von nicht genähten Platzwunden übrigbehalten konnte, trübte die Makellosigkeit.

Richard war jetzt da, wo er seit zwei Jahren hingewollt und worauf er hingearbeitet hatte, bei einem echten Mordfall. Aber er fühlte sich unwohl im Wohnzimmer dieser toten, attraktiven Frau.

Eigentlich hätte er sich doch gut fühlen müssen. Im Dienste der »richtigen« Polizei, die sich mit »richtigen« Verbrechen beschäftigte. Zwar war die deutsche Polizei in diesen Nachkriegszeiten eine miserabel ausgerüstete, von den Engländern bevormundete Hilfstruppe, die so gut wie gar nicht in der Lage war, Kapitalverbrechen aufzuklären. Aber das war Richard gleichgültig gewesen.

»Es kommen auch wieder bessere Zeiten«, sagte Mohren immer, wenn er abends seine Protokolle für die britische Militärpolizei in die kaputte Schreibmaschine tippte.

Doch nun fühlte sich Richard ohnmächtig. Die Aufgabe schien ihm zu groß. Er hatte nicht die leiseste Ahnung, womit man beginnen sollte, und alles vergessen, was er in den drei Blitzlehrgängen der Polizeibehörde gelernt hatte.

Er sah Peters dabei zu, wie der über den Boden kroch, als er plötzlich einen schwachen, menschlichen Laut vernahm. Es war ein leises Wimmern, ein Schluchzen.

»Der Junge!« dachte Richard. Sie alle hatten den Jungen vergessen.

Vom Wohnzimmer aus führte eine weitere Tür in die Küche. Richard betrat den von einer schwachen Lampe beleuchteten Raum. Auf einem Stuhl kauerte ein etwa dreizehnjähriger Junge, der mit glasigem Blick auf den Küchentisch starrte. Wie versteinert saß er da. Nur ab und zu durchlief ein leichtes Zittern seinen ganzen Körper.

»Guten Morgen«, sagte Richard, doch als er das gesagt hatte, empfand er es als völlig unpassend. Wie begrüßte man einen Jungen, der offenbar seit Stunden, von der Welt vergessen, mit einer toten Frau in einer Wohnung gesessen hatte? Richard nahm sich einen weiteren Stuhl und setzte sich neben den Jungen.

»Wie heißt du?«

Der Junge gab keine Antwort.

»Wohnst du hier?«

Der Junge starrte weiter regungslos vor sich hin. Er schien Richard gar nicht zu hören, er war völlig apathisch.

»Was machst du hier?«

Immer noch keine Regung.

»Gibt es jemanden, zu dem wir dich bringen können?«

Was sollte man fragen, was sollte man sagen? Richard rückte näher und ergriff die Hand des Jungen.

»Kannst du mich hören? Sag doch etwas. Nur deinen Namen vielleicht.«

Langsam hob der Junge den Kopf und drehte ihn seinem Gegenüber zu. Richard blickte in rotunterlaufene Augen, die durch ihn hindurchzusehen schienen.

»Möchtest du etwas trinken?« fragte Richard. »Bestimmt möchtest du das.«

Er stand auf und suchte im Küchenschrank nach einem Glas.

»Der Mann hat sie einfach erschossen!«

Richard stockte der Atem, so überraschend waren die Worte aus dem Jungen herausgebrochen. Er fuhr herum. Doch er blickte wieder nur in die wie erloschenen, starren Augen. Es war, als hätte der Junge nichts gesagt.

»Wir sind von der Polizei«, sagte Richard vorsichtig, während er sich wieder setzte. »Du mußt uns sagen, was du gesehen hast.«

Jetzt erhellten sich die Augen des Jungen ein wenig. Er senkte den Kopf.

»Der Mann hat sie einfach erschossen«, wiederholte er. Jetzt leiser. Und in einer anderen Stimmlage. Und beim nächsten Satz schien mit jedem Wort wieder Leben in den Körper des Jungen zu gelangen. »Sie hat gesagt, daß er sie in Ruhe lassen soll und daß sie kein Geld hat. Dann hat der Mann ...«, jetzt sah Richard Tränen in den Augen, »... sie vor sich her geschubst und sie geschlagen.«

Der Junge griff nach dem Glas, das Richard mit Wasser gefüllt hatte und trank es in einem Zug leer.

»Wo warst du, als das passiert ist?« fragte Richard.

»Im Schlafzimmer.« Der Junge zitterte. »Ich habe gesehen, wie der Mann Mutter im Flur geschlagen hat.«

»Mutter?«

Die Militärpolizei hatte bei ihrem Anruf von einem Jungen gesprochen, der mit der Toten in der Wohnung lebte. Der naheliegende Gedanke, daß es sich um den Sohn der Toten handeln könnte, war Richard nicht gekommen.

»Ist sie deine Mutter?« fragte Richard.

»Ja. Nein. Ich meine, sie sollte es werden«, antwortete der Junge, der nun anfing zu weinen.

Richard legte vorsichtig den Arm auf die Schulter des Jungen. Er bemerkte Mohren, der unbemerkt in die Küche gekommen war. »Machen Sie hier weiter«, flüsterte der Oberinspektor, und es war, als würde so etwas wie Mitgefühl in seiner Stimme mitschwingen. Eine Gefühlsregung, die Richard bislang bei seinem Chef nicht für möglich gehalten hatte.

»Mein Vater wollte sie heiraten«, murmelte der Junge, »nächsten Monat.«

Richard schluckte. »Wo ist dein Vater?«

»Der arbeitet.«

»Wo?«

»In der Nähe von Moers. Bei einer Bergbaufirma. In der Verwaltung. Er kommt erst heute mittag wieder nach Hause.« Der Junge schien in sich zusammenzusacken und ließ den Kopf auf die Tischplatte sinken.

»Sag mir doch deinen Namen, bitte«, flüsterte Richard. »Ich heiße Richard Munckler. Und du?«

»Ferdinand«, antwortete der Junge so leise, daß Richard es fast nicht verstanden hätte.

Richard hörte Peters im Wohnzimmer »Ich hab sie!« rufen und Mohren »Gut!« antworten. Er packte Ferdinand an den Schultern und richtete ihn auf. Mit der rechten Hand strich er ihm durchs Haar. Er atmete tief durch, um die eigenen Tränen zu unterdrükken. Vor drei Jahren hatte er auf einem Bordstein in der Burgstraße gesessen und dasselbe bei einem kleinen Jungen gemacht. In dem Haus vor ihnen waren gerade im Keller die Eltern des Jungen verbrannt. Warum mußte das alles so sein?

»Wir müssen dich irgendwo hinbringen«, sagte Richard. »Hast

du einen Freund oder andere Verwandte in Köln, bei denen du bleiben könntest, bis dein Vater zurückkommt?«

Ferdinand nickte. »Zum Heinrich vielleicht. Heinrich Zobel.«

»Wo wohnt der?«

»Hier ganz in der Nähe. Euskirchener Straße 25.«

»Gut, wir fahren dich hin«, sagte Richard leise und half dem Jungen aufzustehen. »Komm.«

Sie mußten durch das Wohnzimmer. Da standen Mohren und Peters vor dem Sofa, auf dem immer noch die Frau lag, die Ferdinands Mutter hatte werden sollen. Warum brachte niemand die Leiche weg? Der Junge schlich mit wackeligen Knien und gesenktem Kopf an Richards Kollegen vorbei. Es war mucksmäuschenstill. Ferdinand weinte nicht mehr. Die bleiernde Ruhe ließ Richard einen kalten Schauer über den Rücken fahren. Auch Mohren und Peters standen regungslos, wie angewurzelt da, schienen sogar aufgehört zu haben zu atmen. Hoffentlich schaut der Junge nicht auf, flehte Richard innerlich. Am liebsten hätte er ihn gepackt und von hier weggerissen.

Aber der Junge war wieder in eine Art Trance gefallen. Zum Glück. Er schien das Sofa, die Leiche und Richards Kollegen gar nicht zu bemerken.

Sie gingen durch den langen Flur bis zur Wohnungs- und schließlich zur Haustür. Richard hielt Ferdinand noch immer an den Schultern gefaßt. Auch noch, als er mit ihm schon draußen stand. Eine frische Brise wehte durch die Rurstraße. Einige Leute gingen vorbei. Richard half Ferdinand auf den Rücksitz des Opels und setzte sich neben ihn.

Mohren nahm hinterm Steuer Platz. »Peters bleibt hier, bis der Mann nach Hause kommt.«

Richard beugte sich vor, um Mohren leise Bericht erstatten zu können. »Die Frau sollte seine Mutter ...«

»Ich weiß, Munckler. Habe alles gehört. Den Rest machen wir später. Euskirchener Straße?«

»Ja. Hausnummer 25. Zobel.«

Der Oberinspektor wendete den Wagen und fuhr langsam zurück auf den Gürtel. »Es wäre gut, wenn wir eine Meldung rausgeben könnten«, sagte er leise, ohne sich umzudrehen. »Hörst du, Junge? Wenn du den oder die Täter beschreiben kannst, lassen wir eine Durchsage im NWDR machen. Im Radio. Dann werden wir die Leute, die deiner Mutter das angetan haben, vielleicht schnell schnappen. Und die Zeitungen könnten auch eine Personenbeschreibung abdrucken.«

Richard gab Mohren für diesen Versuch, mit dem Jungen Kontakt aufzunehmen, keine Chance. Ferdinand kauerte auf dem Rücksitz und machte nicht den Anschein, als wäre er in der Lage, auch nur einen klaren Gedanken zu fassen. Doch einen Versuch war es wert.

»Du kannst uns helfen«, wandte er sich an Ferdinand. »Wenn wir schnell sind, haben wir vielleicht eine Chance. Wie sah der Mann aus, den du gesehen hast?«

Richard sah, wie es in dem Jungen arbeitete. Ferdinand hob den Kopf und drehte ihn zum Fenster. Er atmete schwer, schien innerlich Kraft zu sammeln, als müsse er einen Widerstand überwinden. Dann beschrieb er den Mann, der Ingrid Förster erschossen hatte.

»Er war sehr groß, bestimmt einen Kopf größer als ich. Schwarze Haare, glaube ich. Man konnte das nicht so genau sehen, weil er eine Mütze aufhatte.«

Ferdinand sprach leise, aber deutlich. Mohren drosselte das Tempo des Wagens, damit sie den Jungen besser verstehen konnten.

»Was für eine Mütze?«

»So eine Matrosenmütze. Eine warme Wollmütze, wie sie Matrosen tragen. Dazu einen Regenmantel. Einen Soldatenmantel. Von der Wehrmacht. Und schwarze Stiefel.«

»Wie alt war der Mann?« fragte Mohren. »Kannst du das ungefähr sagen?«

»Ich weiß nicht. So alt wie meine Mutter vielleicht. Vielleicht auch älter. Er hatte ein ziemlich breites Kreuz. Sah kräftig aus.« Ferdinands Stimme wurde jetzt lauter, es war, als würde er die Situation noch einmal nacherleben. »In der Hand hielt er eine Pistole.«

Mohren fuhr rechts ran, obwohl man den Jungen nun auch bei

voller Fahrt verstanden hätte. Ferdinand blickte immer noch aus dem Fenster, blankes Entsetzen schien sich in ihm breit zu machen.

»Und da waren noch zwei andere Männer im Flur.«

Mohren sah Richard an.

»Die haben auch nichts gesagt, nur gewartet.«

Ferdinands Stimme kippte. Er sprach plötzlich in einer tiefen, männlichen Stimmlage.

»Dann hat der Mann mit der Matrosenmütze irgendwie gerufen: ›Gib mir das Geld.‹ Und meine Mutter hat gerufen: ›Wir haben keins hier.‹ Dann habe ich einen Schuß gehört, und die Männer sind weggerannt.«

Der Junge beruhigte sich wieder ein bißchen.

»Kannst du die beiden Männer im Flur beschreiben?« fragte Mohren leise.

Ferdinand schüttelte den Kopf.

Mohren dreht sich wieder nach vorn und lenkte den Wagen zurück auf die Straße. Fast beiläufig fragte er: »Was heißt das: irgendwie gerufen?« Richard war dieses Detail in der Schilderung des Jungen gar nicht aufgefallen.

»He, Junge, hörst du mich, was heißt irgendwie gerufen?« Der Admiral bog in die Euskirchener Straße ein. Mohren wurde lauter. »In einem Dialekt, oder wie ein Ausländer, wie ein Engländer oder Russe vielleicht?«

Er parkte vor der Hausnummer 25 und drehte sich zu Ferdinand um.

»Vielleicht wie ein Russe«, murmelte der Junge leise.

»So, so. Wie ein Russe«, wiederholte Mohren. »Weißt du, wie ein Russe spricht?«

»Nein.«

Richard verstand nicht, warum Mohren auf einmal so einen seltsamen Unterton in der Stimme hatte. Glaubte er dem Jungen nicht? Oder war er ärgerlich, weil die Beschreibung Ferdinands so dürftig war?

»Wahrscheinlich war es kein Russe«, sagte der Junge. Er zögerte. »Nein, es war kein Russe. Vielleicht war es ein Pole.«

Mohren hatte wieder diese steile Falte auf der Stirn.

»Ja, es war ein Pole. Es muß ein Pole gewesen sein.«

»Das kannst du so genau sagen? Daß es kein Russe war, sondern ein Pole?«

»Ja, ja. Es war ein Pole. Bestimmt.«

Mohren schüttelte den Kopf. Mit den Fingern trommelte er auf das Lenkrad.

»Ist ja eigentlich auch egal, ob Russe oder Pole«, murrte er vor sich hin, und Richard wußte, warum. Denn trotz der Täterbeschreibung des Jungen sank die Wahrscheinlichkeit, den Fall aufzuklären, mit einem Schlag gegen Null. Es gab Hunderte Polen und Russen in alten Wehrmachtsuniformen, die ihren Haß gegen die besiegten »Herrenmenschen« auslebten. Banden ehemaliger Fremdarbeiter überfielen wehrlose Deutsche in ihren Wohnungen, raubten sie aus und ermordeten sie. Sie für ihre Taten zu bestrafen, war kaum möglich. Verhaftungen waren selten, und wenn dann doch einmal einer mehr oder weniger durch Zufall zum Beispiel bei einer Razzia festgenommen werden konnte, zeigte sich die zuständige britische Militärpolizei äußerst milde gestimmt.

»Verdammt, verdammt«, brummte Mohren. »Verdammt.«

Nur eine Stunde, nachdem der Oberinspektor und Richard den Jungen bei dessen Freund abgeliefert hatten, lief im Nordwestdeutschen Rundfunk zum ersten Mal die Suchmeldung mit Ferdinands Täterbeschreibung. Sie blieb ohne Erfolg.

***

Ferdinand behielt seinen starren, glasigen Blick auch am Nachmittag, als er neben seinem Vater auf einem alten Stuhl im zum Polizeipräsidium umfunktionierten Allianzgebäude am Kaiser-Wilhelm-Ring saß. Er schien völlig geistesabwesend.

Richard fand, sein Chef hätte längst etwas sagen müssen. Stattdessen musterte Mohren Ferdinands Vater. Richard hätte sich gern wieder neben den Jungen gesetzt.

In regelmäßigen Abständen fuhr Ferdinand immer noch dieses feine, kaum sichtbare Zittern durch alle Glieder. Er hatte eine Hand auf das Bein seines Vaters gelegt, direkt neben dessen Hand, ohne sie zu berühren. Man konnte sehen, daß die beiden Vater und Sohn waren. Die langen, schmalen und auffälligen Hände von Roos waren die gleichen wie Ferdinands. Auch sonst war die Ähnlichkeit nicht zu übersehen. Zudem war Ferdinand schon fast so groß wie sein Vater.

Hans Roos hatte einen schwarzen Anzug an, der den Krieg überlebt haben mußte, dazu trug er ein weißes Hemd mit Krawatte. Er war perfekt rasiert. Die dünnen, dunkelblonden Haare hatte er mit Pomade zurückgekämmt, so daß die grau werdenden Schläfen deutlich hervorgehoben wurden. Roos trug eine Brille, die er jedoch die meiste Zeit in der Hand hielt, um sie zu putzen. Dazu nahm er ein weißes Taschentuch aus der Hosentasche, legte das Tuch auf eines der Gläser der Brille und ließ seine Finger darauf kreisen. Ein protziger, goldener Siegelring irritierte Richard, weil er zu der Erscheinung dieses Mannes eigentlich nicht paßte.

Hans Roos machte einen gefaßten Eindruck.

»Wir müssen Ihnen ein paar Fragen stellen«, durchbrach Mohren endlich die Stille.

Roos räusperte sich und nickte. »Natürlich. Bitte«, sagte er leise, aber bestimmt. Er drückte sich mit dem Zeigefinger die Brille gegen die Stirn, um sie dann gleich wieder abzunehmen.

»Aber ...« Roos putzte noch einmal die sauberen Brillengläser, »darf ich Sie zuvor fragen, was Sie schon herausbekommen haben? Haben Sie eine Spur?«

Richard konnte seinem Chef ansehen, daß er bei diesem Mann, der leicht gebeugt, aber doch mit deutlicher Anspannung vor ihm saß, eine Spur von Trauer suchte.

»Wir wissen noch nicht viel, Herr Roos«, sagte Mohren betont freundlich. »Wir haben eine Pistolenkugel und die Täterbeschreibung Ihres Sohnes.«

Roos nickte und setzte sich die Brille wieder auf die Nase. »Gut, das ist mehr als nichts.«

Sein Blick schweifte zum Fenster. Dann nickte er noch einmal. Richard versuchte, hinter die Fassade dieses Mannes zu schauen.

»Was wollen Sie von mir wissen?«

Ferdinands Vater wirkte nun wie ein Schüler, der sich auf die Fragen seines Prüfers konzentrieren wollte. Seine Handflächen lagen parallel zueinander auf den Oberschenkeln.

Natürlich mußte dieser Mann Trauer empfinden, dachte Richard. Wie sehr er trauerte, blieb jedoch sein Geheimnis.

Richard stellte sich vor, wie Roos von der Arbeit nach Hause gekommen war und die leere Wohnung vorgefunden hatte, dann vielleicht das blutgetränkte Sofa gesehen und einen Zettel auf dem Küchentisch gefunden hatte. Ob er da auch so höflich und gefaßt geblieben war? Hinter den Gardinen, wo ihn keiner sehen konnte?

Peters hatte keine Lust gehabt, den ganzen Tag auf Roos zu warten, nachdem die Leiche abtransportiert worden war. Deshalb hatte er drei Sätze auf einen Zettel gekritzelt, den er auf den Küchentisch gelegt hatte. Sein Sohn Ferdinand sei bei seinem Freund, seine Bekannte Opfer eines Raubüberfalls geworden und Roos möge sich doch bitte sofort im Präsidium melden. Alles Weitere könne ihm sein Sohn erklären. Herzliches Beileid.

»Wie lange hätte ich denn noch warten sollen?« hatte Peters genervt gefragt, nachdem ihn Mohren auf dem Flur des Präsidiums angebrüllt hatte. Er hatte Peters sofort nach Lindenthal zurückschicken wollen, als er erfahren hatte, daß der Kollege nicht in der Wohnung gewartet hatte. Doch dann hatten Hans Roos und sein Sohn schon im Flur gestanden. Roos hätte allen Grund gehabt, sich zu beschweren.

»Sie haben sicher sehr viel zu tun«, hatte er statt dessen höflich gesagt, als sich Mohren im Namen der ganzen Kölner Polizei entschuldigt hatte. Noch bevor Roos vor Mohrens Schreibtisch Platz genommen hatte, hatte er dem Oberinspektor schon seine Ausweispapiere übergeben. »Die brauchen Sie doch sicherlich.«

Roos' Aussehen und Auftreten erinnerte Richard an einen Nachbarn, der ein Stockwerk unter ihm wohnte. Immer untadeliges Aussehen, immer gefaßt, immer höflich. In diesen Tagen wahrte man eben die Fassung, um mit dem Elend leben zu können.

Jeden Morgen verließ der Mann zur gleichen Zeit in einem ausgebürsteten, schwarzen Anzug mit einer großen Aktentasche unter dem Arm das Haus. Jeden Abend kam er zur gleichen Zeit zurück. Einer der wenigen, die mit einer geregelten, anständigen Arbeit Geld verdienen, hatte Richard gedacht, bis er seinen Nachbarn nach einem Polizeieinsatz in Poll an einem frühen Nachmittag auf einer Bank am Rhein sitzen gesehen hatte. Beim ersten Mal hatte er sich nur über die Uhrzeit gewundert. Dann hatte er ihn ein zweites und drittes Mal gesehen, immer auf der gleichen Bank. Sein Nachbar verließ jeden Morgen das Haus, um auf einer Bank an den Poller Wiesen darauf zu warten, daß der Tag vorbeiging.

Zunächst hatte Richard nur Mitleid mit dem Mann gehabt. Doch das änderte sich, weil er von Tag zu Tag mehr Menschen wie ihn traf. Sie hielten sich an das Altbekannte. Und das war ihre Erinnerung an das Leben vor dem Krieg. Das deutsche Bürgertum lebte in den Trümmern wie ärmste Proleten, doch es blieb das deutsche Bürgertum, das Standesbewußtsein und Selbstdisziplin pflegte. Seltsamerweise hatten die unter den Trümmern verschütteten alten Werte, die alten Moralvorstellungen die Katastrophe überlebt. Sie halfen, eine Fassade zu wahren, hinter der man das eigene Versagen verstecken konnte.

Im Grunde verabscheute Richard diese Leute, doch manchmal beneidete er sie auch. Vielleicht wäre sein Leben hinter einer Fassade angenehmer und unbeschwerter. Doch er konnte die Vergangenheit nicht so einfach verdrängen wie die meisten anderen.

Sollte er Respekt vor ihnen haben?

In jedem Fall bewahrten sie Köln wie alle anderen deutschen Städte nach dem Krieg vor dem völligen Chaos. Männer wie Hans Roos verkörperten die sogenannten deutschen Tugenden Fleiß, Anstand, Benehmen und Ordnung, und all dies war dringend nötig in diesen Tagen.

Während Mohren Roos die Ausweispapiere zurückgab, versuchte Richard weiter, die Fassade des Mannes zu durchdringen. Wie groß war das Leid, das er jetzt empfinden mußte? Oder litt er vielleicht gar nicht so sehr?

War das ein deutscher Spießer?, fragte sich Richard. Nein, Spießer war das falsche Wort. Aber typisch deutsch war er schon.

»Sie sind Belgier?«

Mohrens Frage überraschte Richard, zerstörte sie doch mit einem Schlag das Bild, das er sich gerade von Roos gemacht hatte. Der typische Deutsche war ein Belgier?

»Ja«, sagte Hans Roos, »aber ich lebe seit 1920 in Deutschland.«

»Warum?«

»Ich habe für eine Firma in Brüssel gearbeitet, die mich hierhergeschickt hat. Mir hat es immer gut in Deutschland gefallen. Und als sich das änderte, war es zu spät.«

»Wo haben Sie während des Krieges gelebt?«

»Als die Bombenangriffe begannen, bin ich nach Beilstein, einem kleinen Ort an der Mosel, geflüchtet. Da fielen zwar keine Bomben, aber sicher war ich auch nicht.«

Roos zuckte mit den Schultern. Er sprach langsam, fast monoton, so wie jemand, der gefühllos Belanglosigkeiten aneinanderreiht. Seine Zimmerwirtin in Beilstein habe ihn wegen angeblicher Auslandspionage bei der Gestapo angezeigt.

Richard erwischte sich bei dem Gedanken, daß sich das der Mann wohl selbst zuzuschreiben hatte.

»Die Zimmerwirtin hat mich angezeigt, nachdem sie mich bestohlen hatte. Und als ich sie mehrfach aufgefordert hatte, mir mein Geld zurückzugeben, wollte sie mich loswerden.«

Richard mußte sich zwingen, Roos unvoreingenommen zuzuhören. Dieser Mann erzählte in einer Weise von seinem Leben, die Richard widerlich fand. Der härteste Schicksalsschlag wurde zu einem Ereignis, das eben passiert und das man ohne große Worte hinnimmt.

Richard fühlte sich klein und unerfahren, der Belgier gab ihm das Gefühl, nicht genug erlebt zu haben, um mitreden zu können. In Richards Augen war das Arroganz. Er kannte diese Art des Erzählens von Kollegen, die so ihre Kriegserlebnisse verarbeiteten.

»Ich mußte fliehen und kam zurück nach Köln, wo ich mich bei Frau Förster verstecken konnte.«

»Einfach so?« fragte Mohren.

»Nun, sagen wir: Es entwickelte sich eine Beziehung zwischen Frau Förster und mir. Wir haben uns sehr gut verstanden.«

Roos wollte Mohrens Lächeln offensichtlich nicht erwidern.

»Wir haben eine Zeitlang unter schwierigen Bedingungen zusammengelebt.«

Wieder hob er die Schultern.

»Dann bin ich wohl zu unvorsichtig geworden. Die Gestapo hat Frau Förster und mich verhaftet.«

Mohren streckte die Beine aus, griff mit der rechten Hand in seine Aktentasche, die neben dem Stuhl stand, und kramte nach seiner Butterbrotdose.

»Frau Förster wurde freigelassen. Ich nicht.«

Mohren zog die Dose aus der Tasche und legte sie auf den Schreibtisch. Richard konnte Roos ansehen, daß das nicht die Aufmerksamkeit war, die der Belgier von seinem Gegenüber erwartete. Roos biß sich auf die Lippe und zog die Augenbrauen zusammen.

»Sie haben mich zum Tode verurteilt«, sagte er nun etwas lauter und mit Nachdruck.

Mohren öffnete umständlich die Dose und sah auf das mitgebrachte Schmalzbrot.

»Man hat mir im Dezember 1944 aus Düsseldorf mein Todesurteil zugestellt. Wegen Spionage für Großbritannien.«

Er machte eine kleine Pause. Es schien, als wollte er Mohren davon abhalten, in das Brot zu beißen.

Mohren schaute kurz auf, griff nach der Stulle und biß hinein. »Wie wir alle sehen«, meinte er kauend, »haben Sie es überlebt.«

Roos rutschte leicht auf seinem Stuhl nach vorn. Richard fragte sich, ob sein Chef nicht zu weit ging. Doch offensichtlich gelang es ihm, den Belgier zu verunsichern. Richard wußte, daß seinen Chef nicht nur Roos' Auftreten störte.

Dem Oberinspektor waren diese ganzen Kriegsgeschichten gleichgültig. Das hatte er Richard ganz unmißverständlich schon an dessen zweitem Tag bei der Mordkommission klargemacht. »Die sollen mich mit dem Scheiß in Ruhe lassen«, hatte er gesagt, und daß alle Dreck am Stecken hätten. »In jedem verdammten Fall, den ich hier bisher zu bearbeiten hatte, hat mir irgend jemand was von Nazis, geheimen Killerkommandos der Juden oder der NSDAP, von Rache, KZs und dem ganzen brauen Dreckmist erzählt.« Mohren hatte das Richard als eine Art Belehrung für alle Tage mit nur zehn Zentimeter Augenabstand ins Hirn hämmern wollen. »Und was bleibt übrig, wenn du ausnahmsweise mal einen Fall aufklärst?« hatte er gefragt. »Nichts. Absolut nichts. Kein Killerkommando, keine Nazis, keine Juden. Nichts. Statt dessen Geisteskranke, die wegen ein paar Mark, aus Eifersucht oder einfach aus Spaß jemanden umgebracht haben und mir dann Mist erzählen wollen.«

»Ich habe Sie nicht nach Ihrer Lebensgeschichte gefragt«, sagte Mohren nun, während er ein zweites Mal in sein Brot biß. »Wir alle haben schlimme Dinge erlebt. Ich nehme an, Sie sind geflohen, haben sich versteckt und haben nach dem Einmarsch der Amerikaner Ingrid Förster wieder getroffen.«

»So ungefähr war's.«

»Wo war Ferdinand während des Krieges?«

»Bei seiner Mutter im Odenwald. Sie sind evakuiert worden. Ich habe mich scheiden lassen und nach dem Krieg Ferdinand zu mir geholt.«

Mohren packte die angebissene Stulle wieder in die Dose, verschloß sie, legte seine Hände auf den Schreibtisch und sah Roos wortlos in die Augen. Roos hielt dem Blick stand.

»Haben Sie überhaupt gehört, was ich gesagt habe?« fragte Roos fast flüsternd, ohne die Blickrichtung zu ändern. Jetzt war Gefühl in der Stimme, tiefes Gefühl, Haß. »Die haben mir das Todesurteil per Post zugeschickt. Ins Gefängnis!«

Mohren nickte fast unmerklich und lehnte sich zurück.

»Sprechen wir über den Mord. Ihr Sohn sagt, es seien drei Männer gewesen.«

Roos hatte Mohren nicht beeindrucken können.

»Der, der geschossen hat, hätte ein Pole sein können, meint Ferdinand. Kennen Sie einen Polen? Hatten Sie mal was mit Fremdarbeitern aus dem Osten zu tun?«

Roos schüttelte den Kopf. »Nein, ich hatte nie etwas mit Fremdarbeitern zu tun.«

»Und Ihre zukünftige Frau?«

»Auch nicht. Sicher nicht.«

»Sicher?«

»Ja. Natürlich. Ich finde Ihre Fragen unpassend.«

»Unpassend?«

Roos schien sich ganz kontrolliert darauf vorzubereiten, die Kontrolle über sich zu verlieren.

»Das ist doch völlig egal, ob Fremdarbeiter oder Deutscher, Pole oder sonst wer. Sie sind mit Ihren Fremdarbeitern da auf einer völlig falschen Fährte!«

Seine Stimme wurde wieder lauter. Die Fassade bröckelte.

»Man kann solche Leute kaufen!« fuhr er Mohren jetzt an. »Verstehen Sie? Polen, Russen, Deutsche, egal wen – die kann man kaufen, damit sie jemanden töten.«

Endlich Trauer. Richard konnte Verzweiflung spüren. Nur einen kurzen Moment, denn Roos fand seine Fassung genauso schnell wieder, wie er sie verloren hatte. Sein plötzlicher Ausbruch hatte sogar Ferdinand aus der Apathie gerissen. Der Junge sah seinen Vater erstaunt an. Roos sprach ruhig weiter:

»Sie haben sich jemanden gekauft, um Ingrid zu töten.«

Mohren beugte sich über den Schreibtisch.

»Wer sind ›sie‹?« fragte er.

Vielleicht war das hier doch nicht einer dieser unaufklärbaren Überfälle von vagabundierenden Fremdarbeitern, die nach ihrer Freilassung die Deutschen scharenweise umbrachten, dachte Richard.

»Dieser miese Frey«, antwortete Roos, »und Frau Försters geschiedener Mann natürlich. Martin Förster und Herbert Frey. Die sind das gewesen. Die haben im Flur gestanden und zugesehen, wie der, den sie dafür bezahlt haben, Ingrid umgebracht hat.«

»Frey. Herbert Frey?« fragte Mohren in einem Tonfall, als wäre dieser Frey gerade einmal für fünf Minuten zum Kaffeeholen rausgegangen.

»Ja. Frey und Förster.«

Richard hatte mit dem Mitschreiben aufgehört. Mohren stand von seinem Stuhl auf und machte ein paar Schritte scheinbar nachdenklich durch den Raum. Richard erwartete die Frage nach dem Grund für diesen Verdacht, doch statt dessen sagte Mohren: »Das ist seltsam« und ging um den Tisch. Oberinspektor Mohren, der alte Hase, seit zwanzig Jahren bei der Kripo, kam langsam auf Touren.

»Ihr Sohn sagt, der Mann habe Geld verlangt. Das macht kein Auftragsmörder. Und außerdem gehen die Auftraggeber in aller Regel nicht mit, wenn ihr Mann den Auftrag erledigt.«

Dem macht keiner was vor, dachte Richard voller Respekt.

»Vielleicht war es so«, sagte Roos. »Vielleicht war es aber auch nur ein vorgetäuschter Überfall. Vielleicht wußten sie sogar, daß Ferdinand da war.«

»Vielleicht, vielleicht, vielleicht«, murmelte Mohren, der nun hinter Ferdinands Stuhl stand. Er faßte den Jungen an der Schulter und beugte sich langsam zu ihm herunter.

»Ferdinand, hat der Mann von deiner Mutter Geld gewollt? Das hast du uns so gesagt.«

Der Junge sah verwirrt aus. Erst jetzt bemerkte Richard Ferdinands leichten Silberblick. Er hatte Mitleid mit diesem Jungen, der sich zitternd Mohren zuwandte. Ferdinand war kaum zu verstehen, als er antwortete: »Vielleicht habe ich mich getäuscht.«

»Vielleicht, vielleicht«, brüllte Mohren. »Jetzt ist hier Schluß mit ›vielleicht‹. Vielleicht war das doch der fünfmillionste Raubüberfall einer miesen Polenbande, und Sie, lieber Herr Roos, nutzen die Gunst der Stunde, um mal eben ein paar Leuten, die Sie nicht mögen, eins auszuwischen.«

Eigentlich hätte er noch sagen müssen »Vielleicht waren Sie es ja sogar selbst, lieber Herr Roos«, dachte Richard.

Während ihm vor Aufregung ganz heiß wurde, schien sich sein Chef wieder zu beruhigen.

»Warum sollte Martin Förster seine ehemalige Ehefrau umbringen lassen?« fragte Mohren ruhig.

»Die beiden haben sich gehaßt«, antwortete der Belgier. »Ingrid war Förster im Weg. Und Frey hatte Angst vor ihr. Ingrid und ihr Mann hatten vor dem Krieg eine kleine Spedition. Förster wollte sich bei den Engländern um eine neue Konzession bewerben, und Ingrid sollte ihm dazu die entsprechenden Unterlagen des Geschäfts geben. Das hat sie aber nicht getan.«

»Warum nicht?«

»Weil es ihre Konzession war. Sie lief auf ihren Mädchennamen. Warum sollte sie sie aus der Hand geben? Ihr Mann hatte kein Anrecht darauf.«

Roos berichtete, daß es zu einer Auseinandersetzung zwischen den beiden gekommen sei. Förster sei bei ihnen aufgekreuzt und habe die Papiere verlangt.

»Wenn ich nicht dazwischengegangen wäre, hätte er Ingrid bestimmt verprügelt. Er ist wütend abgezogen und schließlich nach einer Stunde wiedergekommen. Diesmal hatte er sich Hilfe mitgebracht. Herbert Frey war mit dabei. Den hat er uns großkotzig als Sülzer Ortsausschußmitglied vorgestellt. Und dann hatte er noch einen deutschen Polizisten in Uniform dabei. Der hat verlangt, die Papiere zu sehen, um das mit dem Mädchennamen und der Konzession zu überprüfen. Natürlich haben wir sie ihm gegeben. Und wissen Sie, was dann passiert ist?«

Roos versuchte, Mohrens bohrenden Blick zu erwidern, um dem, was er erzählte, mehr Gewicht zu verleihen. Mohren zukkte mit den Achseln. »Sie werden es uns sicher gleich sagen.«

»Förster hat dem Polizisten die Papiere einfach aus der Hand genommen und ist abgehauen. Man könnte auch sagen: Der Polizist hat Förster die Papiere einfach hingehalten, damit der sie auch nehmen konnte. Unter Aufsicht des Herrn Ortsausschußmitglied!«

Hans Roos schien erneut die Fassung zu verlieren. »Der Polizist hat dann gesagt, er werde sich darum kümmern, daß die Papiere wieder zurückkommen. Wir haben ihm das nicht geglaubt, und er ist natürlich auch nie wieder dagewesen, Ihr Kollege.«

Wieder zeigte sich der Oberinspektor unbeeindruckt.

»Das ist kein Grund für einen Mord«, sagte er.

Roos rutschte ein wenig auf seinem Stuhl hin und her. Richard merkte, wie der Mann kämpfen mußte, um nicht die Kontrolle zu verlieren.

»Es geht ja nicht allein um Förster«, sagte Roos, »da ist ja auch noch dieser Herbert Frey. Der ist ein anerkannter politisch Verfolgter. Der feine Mann, der im Ortsausschuß für Recht und Ordnung sorgen und die Deutschen zu aufrechten Demokraten erziehen soll. Lachhaft.« Roos machte eine kleine Pause. »Sie haben ihn rausgeworfen aus dem Ausschuß, aber geschadet hat das dem nicht.«

Mohren hatte sich auf seinem Drehstuhl Richtung Fenster gedreht, was Richard unpassend fand. Wollte Mohren demonstrativ zum Ausdruck bringen, daß er nicht gewillt war, diesem Mann weiter zuzuhören, weil er ihm nicht glaubte? Oder war Mohren wirklich plötzlich mit seinen Gedanken ganz woanders?

Vielleicht stammte das nur aus der Trickkiste seines Chefs, um den Belgier wieder zu verunsichern, dachte Richard. Doch vielleicht war es auch genau umgekehrt? Möglicherweise war es Roos, der Mohren verunsicherte.

Roos sprach langsam weiter.

»Frey ist kein unwichtiger Mann in Sülz. Er hat bei der Entnazifizierung mitgeredet. Aber Herbert Frey ist kein politisch Verfolgter. Er ist ein mieses Schwein. Und meine Frau hätte das beweisen können. Genau wie sie Försters Speditionspläne durch eine Anzeige wegen Diebstahls hätte durchkreuzen können. Ingrid war beiden, Frey und Förster, im Weg. Deshalb haben sie sie umgebracht.«

»Das ist starker Tobak, Herr Roos«, sagte Mohren, während er immer noch aus dem Fenster schaute. »Sie kommen hier her, erzählen uns eine wilde Geschichte von unschuldig zum Tode verurteilten Spionen, Liebe im Krieg, korrupten Polizisten und einem politisch Verfolgten, der angeblich keiner ist.« In Mohrens Stimme schwang Sarkasmus mit. »Sie haben es selbst gesagt: Herbert Frey ist ein wichtiger Mann in Sülz. Und Sie beschuldigen ihn, den Mord an der Frau in Auftrag gegeben zu haben, die Sie im nächsten Monat heiraten wollten.«

Mohren drehte sich wieder um. »Gut, Herr Roos«, sagte er

jetzt sachlich, »wir werden Ihre Aussage prüfen.« Er stand auf, um Roos und Ferdinand zur Tür zu bringen. »Ich schlage vor, Sie denken noch einmal über alles in Ruhe nach. Dann unterhalten wir uns weiter.«

Roos sah Mohren überrascht an. »Das war alles?«

»Für heute ist das alles, ja. Wie gesagt: Denken Sie noch einmal drüber nach. Morgen machen wir dann ein Protokoll.«

»Aber …?«

»Auf Wiedersehen, Herr Roos.«

Roos nahm Ferdinand bei der Hand und ging ohne ein weiteres Wort aus dem Zimmer. Mohren schloß die Tür.

»Was denken Sie, Munckler?« fragte er. Doch noch bevor Richard eine Antwort geben konnte, erklärte Mohren das Gespräch für beendet: »Morgen nehmen wir uns diesen Förster vor. Bis dahin schreiben Sie Ihr Protokoll und machen Druck beim Kriminaltechnischen Institut wegen der Pistolenkugel.« Er nahm seinen Mantel. »Und dann rufen Sie mal im Archiv an. Vielleicht haben die was über Förster.«

Mohren verließ den Raum. Ein bißchen früh, um Feierabend zu machen, dachte Richard. »Und was ist mit diesem Frey?« rief er Mohren hinterher, der schon nicht mehr zu sehen war.

»Nach dem können Sie auch mal fragen«, antwortete Mohren vom Ende des Flurs her.

***

Richard wäre der kurze Heimweg vom Kaiser-Wilhelm-Ring bis zum Agnesviertel leichter gefallen, wenn er noch den Trümmerloren auf ihren Schienen durch die Schutt- und Trümmerberge hätte folgen können. Doch die fuhren nicht mehr.

Das Zerstörte hat mehr mit Leben zu tun, als diese riesigen Freiräume, die nun zwischen den provisorisch hergerichteten Bauruinen klaffen, dachte er, während er nach Hause in die Trostlosigkeit schlich.

Er hätte rund um die Uhr arbeiten können, es hätte ihm weniger ausgemacht als diese fürchterliche Strecke, der ihm jedes Mal wie eine Ewigkeit vorkam. Die platt gewalzten Flächen erinnerten ihn mehr an Gräber als an Bauland. Es schien so, als wenn es immer so bleiben sollte. Köln, dem Erdboden gleichgemacht, hatte das Lebensrecht verwirkt.

Der Weg über den Hansaring, vorbei an Kölns riesigem, düsterem Stadtgefängnis, dem Klingelpütz, war die richtige Einstimmung auf Richards einsame Abende.

Er war an einem Ort, an dem man eigentlich nicht leben konnte, stellt er fest. Niemand konnte hier leben. Mußte er Köln lieben, so wie alle Kölner das taten, nur weil er hier geboren war? Richard kannte nur Kölner, die ihre Stadt liebten. Köln war eine Art Religion, die Kölner eine Religionsgemeinschaft. Doch worauf waren die Kölner so stolz?

Sie wollen stark sein, diese Kölner. Richards Blick fiel auf das Vorzeigeobjekt des Strafvollzugs, das einst modernste Gefängnis Preußens. Von Kölnern gebaut, damit später darin Nazischergen Leben zerstören konnten. Er haßte dieses Gebäude.

Roos wollte darin gesessen haben und nach einem Bombenangriff daraus geflohen sein. So etwas hatte Richard noch nie gehört. Niemand war während des Krieges aus dem Kingelpütz geflohen. Oder doch?

Er würde dieses Gefängnis nie betreten, schwor er sich. Bis heute hatte er sich erfolgreich davor gedrückt, Gefangene dort abzuliefern. Irgendeine Ausrede war ihm immer eingefallen. Die Mauern machten ihm Angst, waren ihm Sinnbild für die Zerstörung, die es dahinter gab.

Doch es sind nicht Mauern, die zerstören, sondern Menschen. Menschen zerstören Menschen. Auch die starken Kölner machten da keine Ausnahme.

Am Hansaplatz standen die Reste der mittelalterlichen Stadtmauer mit dem Turm der Gereonswindmühle. Um diese Mauer einzureißen, hatte es noch nicht einmal eines Krieges bedurft. Das schafften die Kölner sogar in Friedenszeiten.

Und dann war da noch die Ruine des Museums für Ostasiatische Kunst, für das einst ein leidenschaftlicher Sammler ferne Schätze zusammengetragen hatte, die kaum einer sehen wollte. Viel Mühe für nichts.

Alles, was Menschen aufgebaut und geschaffen hatten, hatten sie anschließend eingerissen, zerstört und niedergebrannt.

Richard behielt Abstand. Abstand zu seinen Kollegen, zu seinen Nachbarn, zu seiner Stadt. Er wollte nicht mitmachen bei der Schönfärberei und ungebrochenen Kölschtümelei. Worauf sollte er stolz sein?

Sein Blick wanderte die siebzehn ausgebrannten Stockwerke des ehemals höchsten Hochhauses Europas hoch. Der rote Backstein war von Ruß und Dreck schwarzgefärbt. Es gab keine Fensterscheibe mehr im Hansahochhaus. Vorgestern war ein Soldat, der aus Kriegsgefangenschaft heimgekehrt war und hier ein Dach über dem Kopf gesucht hatte, drei Stockwerke tief eingebrochen und gestorben. Unzerstörbarer Eisenbetonbau. Noch ein Beispiel kölnischer Schaffenskraft.

Das Haus war tot, wie alles um ihn herum. Seine Mitmenschen kamen ihm vor wie leblose Figuren, die von Geisterhand durch die Trümmer bewegt wurden.

Richard setzte sich auf den Bordstein und wartete auf das einzige, was ihm in dieser Umgebung wirklich gefiel. Er hatte Zeit. Doch heute mußte er nicht lange warten. In der Ferne hörte er das Rauschen, das nach und nach immer lauter wurde, bis deutlich das gleichmäßige Schlagen und Rattern der Waggons zu hören war. Richard sah mit geschlossenen Augen, wie sich eine große schwarze Dampflok näherte. Irgendwann würde er wieder den Bahndamm hochklettern und sich direkt neben die Gleise setzen. Bestimmt. So wie er es unzählige Male in seinem Leben getan hatte. Der Zug fuhr über die Brücke über den Hansaring und drosselte das Tempo. Das Schlagen wurde langsamer und wieder leiser. Richard wartete noch zwei Minuten, dann wußte er, daß der Zug den ein Kilometer entfernten Hauptbahnhof erreicht hatte.

Auf die Eisenbahn konnten die Kölner stolz sein.

Richard öffnete die Augen, stand auf und ging unter der Brücke her. Vom Kaiser-Wilhelm-Ring bis zum Deutschen Platz, das war Richards kleiner Kosmos im November 1947. Ein halber Quadratkilometer typisches Köln, begrenzt von drei großen Kirchen. Wie konnte es in Köln auch anders sein. Im Süden, schräg gegenüber dem provisorischen Polizeipräsidium, wachte der heilige Märtyrer Gereon, im Osten die heilige Ursula mit ihren elftausend Jungfrauen und im Norden die gute Agnes. Mit Heiligen und den ihnen geweihten Kirchen konnte Richard nichts anfangen. Warum stellten die Kölner trotz der großen Not Geld für den Wiederaufbau der Kirchen bereit? Auch das empfand er als Ausdruck der Prinzipienlosigkeit der Kölner, die ihre Heiligen verehrten, aber an deren Knochen verdienten.

Und trotzdem: Richard hatte den festen Willen, sich hier zurechtzufinden und, obwohl er sich fremd fühlte, in seiner Stadt zu bleiben. Wo sollte er auch sonst hin?

Er musste eben die guten Dinge im Dreck suchen, redete er sich zu. Doch was war gut?

Anna Klose war gut. Anna war knapp fünfzig Jahre alt, sah aber aus wie fünfundsechzig und saß den ganzen Tag an ihrem Erdgeschoßfenster, das zur Neusser Straße rausging, die Arme auf einem Sofakissen verschränkt, stets alles im Blick. Zunächst hatte Richard der Frau, die so aussah, als hätte sie dort am Fenster alle Luftangriffe überlebt, ausweichen wollen. Doch dann hatte er beschlossen, sie als erste Nachbarin zu akzeptieren. Ganz bewußt. Um hier im Viertel heimisch zu werden.

Er hatte Glück gehabt, denn Anna Klose redete zwar den ganzen Tag, aber eben nicht mit jedem. Richard hatte schnell gemerkt, daß sie ihre Nachbarschaft fein säuberlich in Gut und Böse eingeteilt hatte. Dazwischen gab es nichts. Die Bösen waren das Thema ihres nie enden wollenden Monologs und die Guten sollten sich das anhören. Richard gehörte für Anna zu den Guten.

»Ah, die Schmier«, rief sie, als Richard in Sichtweite kam.

Anna Klose machte aus geklauten Zuckerrüben Schabau. »Knollibrandi« nannte sie das hochprozentige Gesöff, gebraut in einer Blechkanne. Auch das war für Richard ein echter Lichtblick, denn er gehörte zu den wenigen, denen Anna immer einen einschenkte.

»Dr Beul hätt Schweinswööschjer«, sagte Anna in tiefstem Kölsch und begann einen ausführlichen Vortrag über die Biographie des Metzgers auf der anderen Straßenseite. Richard nahm wortlos das Schnapsglas und kippte den Schnaps hinunter, den Anna für ihn auf die Fensterbank gestellt hatte.

Richard sah vor der Metzgerei Beul eine riesige Schlange Menschen, die Schweinswürste kaufen wollten.

Er könnte sich anstellen, überlegte er kurz und zählte die Schlange durch. Einunddreißig.

Er hatte Durst auf ein richtiges Bier, aber das war hier zur Zeit noch schwieriger zu bekommen als ein Stück Fleisch. Außerdem mußte man es bezahlen können.

»De Welt es nit jeräch, Herr Wachtmeister«, erklärte Anna und beugte sich zu Richard aus dem Fenster. »Willste noch ene?«

Richard nickte und gab ihr das Glas.

»Warum ungernimmst de nix jäje solche Lück?« fragte Anna ernsthaft.

»Was soll ich denn machen?« fragte Richard zurück.

»Verhafte den Schmeerlapp.«

Anna füllte das Schnapsglas und reichte es Richard umständlich durchs Fenster. Das sollten nicht unbedingt alle im Viertel sehen. Normalerweise gab es den Schnaps nicht umsonst. Nur für die besonders Guten.

»Dä es jetz bei däm Adenauer, dr Beul«, flüsterte sie, als wäre der Metzger in den Untergrund gegangen.

Richard kannte die Geschichte vom Metzger, der sich vom aktiven NSDAP-Mitglied zum überzeugten Christdemokraten gewandelt hatte. Anna erzählte sie immer, wenn bei Beul eine Schlange vor der Tür stand.

Richard dachte an Roos. Viel hatte er nicht herausgefunden über den ehemaligen Mann der Toten und diesen Herbert Frey, die der Belgier des Mordes beschuldigt hatte.

»Ich muß dich mal was fragen«, unterbrach Richard die Frau.

»Wat willste wisse?«

»Wir untersuchen da im Moment einen Fall, in dem vielleicht ein Ortsausschußmitglied eine Rolle spielt ...«

»... vun hier ene?«

»Nein. Aus Sülz. Aber trotzdem: Der Beul, war der mal beim Ortsausschuß? Ich meine, wenn der in der Partei war, dann mußte der da doch vorsprechen und so.«

»Na und?« Anna schien die Frage nicht zu interessieren.

»Was passiert mit jemandem, wenn er beim Ortsausschuß war und die die Papiere gesehen haben? Wenn er ein Nazi war, muß das doch Folgen haben?«

»Jung, wat jläuvst du? Solle die däm verbeede, Wöschjer ze verkloppe?«

»Warum nicht? Der braucht doch eine Konzession.«

»Na und?« fragte Anna noch einmal.

»War der Beul beim Ortsausschuß oder nicht?«

»Bestimmp. Ävver wat soll et? Die pröfe, wann de in de Partei injetrodde bes. Jelackmeiert bes de doch nur, wenn de vor 1933 in de Partei jejange bes. Oder du bes ne Beamte. Dann is et en beßje schwerer jewese. Ävver nur en beßje.«

Anna genehmigte sich selbst ein Gläschen Schabau.

»Wat meinst du, wer da sitzt in sunem Ortsausschuß?«

»Keine Ahnung. Gute Leute wahrscheinlich. Ich meine, saubere.«

»Un die Unbeliebten.«

Richard kippte den zweiten Schnaps in einem Zug herunter und schüttelte sich.

»Wat sollen die Sauberen mit dene Dreckelige maache, Jung?«

Richard zuckte mit den Schultern.

»Entnazifizierung! Da laach ich doch. Brengt doch all nix. Wo solle de Lück denn hin?«

Es stimmt, dachte Richard. Die Ortsausschüsse hatten ihre Arbeit mehr schlecht als recht gemacht. Nach dem Krieg hatten Sozialdemokraten und Kommunisten die Ausschüsse gegründet, um einen eigenen Beitrag zum Wiederaufbau zu leisten und natürlich auch, um politische Macht zu erringen. Das war ihnen nicht gelungen. Statt dessen hatten die Engländer noch ein paar

Christdemokraten und Liberale dazugesetzt und ihnen den Auftrag gegeben, die ganze britische Besatzungszone zu entnazifizieren.

Der anfängliche Elan war schnell verschwunden. Hatten sie am Anfang durchaus ein Wörtchen beim Wiederaufbau der Stadtverwaltung und der anderen Behörden mitzureden, war ihr Einfluß mittlerweile nur noch gering. Doch was sollten sie auch tun? Die Briten hatten ihre eigenen Maßstäbe an Tugend und Moral immer weiter heruntergeschraubt, weil sie die Leute mit Erfahrung in Verwaltung, Justiz oder Polizei wieder brauchten. Metzger sowieso. Was sollten da die paar Deutschen in den Ortsausschüssen tun – außer sich unbeliebt machen?

»Und du willst, daß ich den Beul verhafte, wo ihn der Ausschuß laufengelassen hat?«

Anna lächelte. »Ach Jung, such dir en nett Frau ze schnüsele un maach et dir jemötlich.«

»Verkaufst du mir eine Flasche, Anna?«

Er gab ihr dreißig Mark. Das war ein Sonderpreis. Vielleicht würde er heute abend mit der Flasche endlich einmal zum Güterbahnhof »Gereon« gehen, ein paar Schnäpschen trinken und den Zügen nachsehen. Wahrscheinlicher war jedoch, daß er an seinem Küchentisch versauern, schließlich müde auf sein Bett sinken und dann bis zum nächsten Morgen nicht mehr aufstehen würde.

Anna gab ihm eine Flasche, die sie in Zeitungspapier eingewikkelt hatte. Richard bedankte sich und ging nach Hause. Wie sollte er das anstellen, sich eine Frau suchen? Es war ja gar nicht so, daß er keine Möglichkeiten hatte, jemanden kennenzulernen. Doch er war voller Mißtrauen in die Menschen um ihn herum, und er fand es völlig selbstverständlich, daß auch ihm alle Menschen mit Mißtrauen begegneten. »Du trägst das zur Schau«, hatte sein Freund Paul ihm gesagt. »Du bist den Frauen zu langweilig.«

Nein, er war nicht langweilig. Nur lustig und unbeschwert zu sein, fiel ihm schwer. Das machte eine Konversation schwierig, wenn auch nicht unmöglich. Man muß doch auch über ernste Dinge erzählen können, sagte er sich. Doch bislang hatte er noch keine Zuhörerin gefunden.

Einmal war er mit Annas Flasche Schabau in den Fürstenhof gezogen, hatte vier Mark sogenanntes »Stopfengeld« bezahlt, um den mitgebrachten Schnaps im Lokal trinken zu dürfen, und der Musikkapelle zugehört. Ein paar Leute hatten getanzt. Eine Frau hatte Richard deutliche Avancen gemacht, doch er hatte sie nicht zum Tanzen aufgefordert. Statt dessen hatte er regungslos auf die Tanzenden und auch auf die eigentlich ganz ansehnliche junge Frau gestarrt. Anstatt sich zu freuen, hatte er ihrer Fröhlichkeit mißtraut. Er hatte sich wie ein Zuschauer in einem schlecht gespielten Theaterstück gefühlt. Das ist alles nicht echt, hatte er gedacht. Eine inszenierte Scheinwelt, die nur existierte, um die Menschen zu täuschen. Zwei Stunden hatte er an seinem Tisch gesessen, dann konnte er die Leute und vor allem sich nicht mehr ertragen und war betrunken und kotzend nach Hause geflohen.

Die Leute versuchen zurechtzukommen, mehr nicht, hatte er anschließend gedacht. Und es ging ihnen besser als ihm.

Man mußte sich mit dem Vergangenen und der Gegenwart arrangieren, sonst gab es keine Zukunft, sonst würden ihn seine schlechten Träume immer weiter verfolgen. Es gab nur zwei Möglichkeiten: entweder die Vergangenheit zu verdrängen oder sich ihr zu stellen.

Richard bog in die Kasparstraße ein und tastete nach der Flasche Schnaps, die er unter seiner Jacke versteckt hatte. Er sehnte sich nach Ruhe. Doch um die zu finden, mußte er endlich ankommen in dieser Stadt, in dieser Straße, bei diesen Menschen. Man muß sagen können: Das ist mein Zuhause hier, dachte er und ließ seinen Blick über die trostlose Straße wandern. Er hatte sich das Leben in seiner Stadt anders vorgestellt.

Voller Sehnsucht und Hoffnung war er damals aus seinem Versteck in der Scheune im Bergischen Land zurückgekehrt, als er vom Ende des Krieges erfahren hatte. Wie ein kleines Kind war er über die Deutzer Freiheit zum Rhein gelaufen, voller Vorfreude auf das Rheinpanorama und den majestätischen Dom. Er war zurück. Alles konnte von Neuem beginnen in der befreiten Stadt.

Als er schließlich die wackelige, hölzerne Patton-Brücke, die über den Rhein führte, erreicht hatte, war nichts so, wie er es sich erträumt hatte. Der Dom überragte düster die zerbombte Altstadt. Es war dunkel. Überall dunkel. Obwohl es Tag war.

Hier geht gar nichts mehr, hatte er gedacht und sich umgedreht, noch bevor er die Mitte der Brücke erreicht hatte. Köln war tot. Das war nicht seine Stadt.

Er hatte nicht gewußt, wohin, hatte die erste Nacht auf einem alten Luftschutzkellerbett in einem Bunker am Bebelplatz verbracht. Er hätte vor Erschöpfung zwei Tage am Stück schlafen können, doch es war ihm nicht gelungen. Zum ersten Mal hatte er wirklich alle Hoffnung verloren. Am nächsten Tag hatte er den Bunker verlassen müssen und Unterschlupf in einer schmuddeligen Waschküche in einem zerstörten Haus gefunden.

Er hatte vor sich hin vegetiert, nichts gegessen und geschwiegen. Ab und zu waren ein paar Nachrichten bis zu ihm durchgedrungen. Am Auenweg hatten Russen einen Kölner Schäfer bei seiner Herde überfallen und so schwer verletzt, daß er am nächsten Tag gestorben war. Auf der Deutzer Freiheit hatte ein amerikanischer Soldat eine Frau mit einem Kopfschuß getötet, und in der Nachbarschaft hatte sich ein Mann erhängt. Der Krieg war aus, aber Tod und Zerstörung waren geblieben. Und der Hunger sollte schlimmer werden, als er jemals während des Krieges gewesen war.

Richard erinnerte sich daran, daß er tagelang mit keinem Menschen gesprochen hatte, höchstens einmal schweigend bei einem Gespräch zugehört hatte. Bis dieser seltsame Mann auf dem Fahrrad kam. »He, Sie!« hatte er gerufen. Er war irgendwann auf einem klapprigen, alten Fahrrad zwischen den Trümmerbergen aufgetaucht, kam schwungvoll um die Ecke gebogen und war dann mit einer Vollbremsung vor Richard stehengeblieben.

»Wir suchen Leute für die Polizei.« Viel mehr hatte der Mann nicht gesagt. Irgendwas noch von »sauberer Weste« und »kein braunes Parteibuch« und »hier können Sie sich melden«.

Richard empfand diese Begegnung als schicksalhafte Fügung. Keine Sekunde lang hatte er über das Angebot nachdenken müssen. Der Gedanke, daß er eine Wahl gehabt hätte, »ja« oder »nein«

zu sagen, war ihm nicht gekommen. Er *mußte* zur Polizei. Wohin auch sonst?

Eine richtige Entscheidung, dachte er jetzt, als er die Treppe zu seiner Wohnung und zu einem weiteren Abend allein in Gesellschaft von Annas Gesöff am Küchentisch hochging. Diese Abende endeten fast immer gleich. Irgendwann mußte er der Müdigkeit nachgeben und seinen Traum träumen. Immer wieder und wieder. Richard hätte am liebsten überhaupt nicht mehr geschlafen. Auch deshalb saß er mit der Schnapsflasche am Küchentisch, die er manchmal den ganzen Abend nur ansah, ohne sie zu öffnen. Das waren die besseren Abende, denn sie bewiesen Richard, daß er kein echtes Alkoholproblem hatte. Das hätte er auch gar nicht finanzieren können. Und außerdem: Annas Schabau schmeckte widerlich.

***

Herbert Frey saß wie jeden Morgen zur gleichen Zeit am gleichen Platz, immer einen Hut auf dem Kopf und immer in einem sauberen, grauen Anzug, in dessen Brusttasche ein weißes Tuch mit Initialen steckte. Er saß an seinem etwas abgerückten Fenstertisch im »Berrenrather Hof«, rauchte, las die Zeitung und schaute ab und zu einmal auf, wenn ihn jemand grüßte. Seine rechte Hand lag wie immer regungslos auf der Tischplatte, als wenn sie nicht zu ihm gehörte. Frey konnte seinen rechten Arm nur noch unter großen Schmerzen bewegen.

Eine junge Kellnerin in einem zu kurzen schwarzen Rock mit weißer Schürze bewegte sich unbeholfen durch die Gaststätte, um Frey eine Tasse Kaffee zu bringen. Als sie mit einem leichten Zittern die Tasse vor Frey auf den Tisch stellte, packte der sie mit der Linken fest am Oberarm.

»Wie heißt du, schönes Kind?«

»Marianne«, antwortete sie mit ängstlicher Stimme.

Frey kam ihr unangenehm nahe. Sein Blick wanderte von ihren Augen über ihren Hals in ihr Dekolleté, während er fester zupackte und die Frau so zwang, sich weiter herunterzubeugen. Mit einem breiten Grinsen schaute er ihr in den Ausschnitt.

»Du mußt aufpassen, Marianne, daß deine Möpse nicht in meinen Kaffee fallen.«

Frey löste seinen Griff. Die Kellnerin konnte sich aufrichten und versuchte, einen Schritt zurückzugehen.

»Warte, meine Schöne«, sagte Frey, der weiter grinste. Er kramte in seiner Hosentasche und holte ein Bündel Geldscheine hervor, die nur durch eine Klammer zusammengehalten wurden. Er zog einen Zehnmarkschein aus dem Bündel und legte ihn auf den Tisch.

»Der ist für dich. Ein kleines Trinkgeld.«

Während er sprach, schob er den Schein immer weiter von der Kellnerin weg auf die rechte Tischhälfte.

»Nimm ihn dir.«

Die Frau blickte abwechselnd auf das großzügige Trinkgeld, das sie lockte, und das Grinsen Freys, das sie abschreckte. Frey packte wieder zu. Diesmal nicht am Arm, sondern am Oberschenkel der Frau. Seine Hand glitt langsam ihren Schenkel hoch.

»Nimm ihn dir«, zischte er noch mal.

Der Schein war mittlerweile so weit von dem Mädchen entfernt, daß sie sich weit über den Tisch beugen mußte, um ihn zu erreichen. Die junge Frau war vor Angst wie gelähmt und griff trotzdem wie ferngelenkt nach dem Schein. Noch einmal genoß Frey den tiefen Einblick in ihren Ausschnitt. Dann ließ er los. Die Kellnerin hastete zurück zur Theke.

Frey nahm einen kräftigen Schluck aus der Kaffeetasse und eine weitere Zigarette aus seinem Zigarettenetui. Dann vertiefte er sich wieder in die Zeitung.

Herbert Frey war nicht gerade gutaussehend, aber eine imposante Erscheinung. Er war vor allem zu schwer für eine Zeit, in der die meisten Kölner mit deutlich weniger als fünfzehnhundert Kalorien pro Tag auskommen mußten. Man kannte den Mann in Sülz und Klettenberg. Frey hatte Kontakte und Geld.

Er war anders als die schmächtigen, ausgemergelten Heimkehrer aus dem Exil oder dem Lager, die man als politisch Verfolgte anerkannte. Keiner wußte so ganz genau, was der bullige Mann mit den schlechten Zähnen während des Krieges gemacht hatte. Es hieß, er habe im Untergrund gelebt. Einer, der mutig in Deutschland geblieben war, um Verfolgte zu verstecken, der sich getraut hatte, der Gestapo kaltschnäuzig entgegenzutreten. Jeder sah, daß Herbert Frey den Respekt der meisten Mitmenschen in vollen Zügen genoß.

Frey war bekannt dafür, sich wenig aus Regeln zu machen, die andere aufgestellt hatten. Das galt auch für die Bestimmungen, die Grundlage der Arbeit der Ortsausschüsse waren. Immer wieder hatte es deshalb Krach gegeben. Zum Bruch mit dem Gremium, das am Aufbau einer nazifreien, deutschen Verwaltung mitwirken sollte, hatte aber wohl vor allem geführt, daß Frey einer der ersten gewesen war, der merkte, wie die Macht der Ausschüsse immer weiter geschwächt wurde. Das schien Frey weniger zu stören, als die Blauäugigkeit der anderen Ausschußmitglieder, die ihre zunehmende Bedeutungslosigkeit nicht wahrnahmen, weil sie es nicht wollten oder nicht konnten. Als es schließlich vor Publikum zu einem handfesten und lauten Streit mit dem Ausschußvorsitzenden gekommen war, hatte man ihn rausgeworfen.

Frey blieb auch ohne das Mandat mächtig, und so war ihm der Rausschmiß wohl egal. Er trug seine Gleichgültigkeit so demonstrativ zur Schau, daß es den Leuten im Viertel imponieren mußte. Was war schon passiert? Frey hatte es den Klugscheißern im Ausschuß mal richtig gezeigt.

Die Ortsausschüsse hatten längst ihre Sympathien verspielt. Die Entnazifizierung wollte eigentlich keiner mehr.

Nur eines mußte Frey wirklich geärgert haben: Sein Rausschmiß aus dem Ausschuß war mit dem Plazet der Engländer erfolgt. Seine Drähte zur Militärregierung waren offensichtlich nicht mehr ganz so gut wie früher. Doch solange er auch dies mit Lässigkeit überspielte, blieb sein Ansehen unbeschadet.

»Die Schlampe ist tot. Auf dem Sofa gestorben.« Frey sah auf und lächelte. »Soll ich's dir vorlesen?«

Auf der anderen Seite des Tisches saß Freys ständiger Begleiter Theo Langel. Lesen gehörte nicht zu dessen Stärken. Er starrte aus dem Fenster der Gaststätte.

»Welche Schlampe?« fragte er teilnahmslos.

»Blödmann, die Frau von Martin natürlich.«

Theo Langel bestellte noch ein Kölsch. Das schmeckte ihm zum Frühstück besser als Kaffee. »Wieso Frau? Die sind doch geschieden. Der Martin und die.«

»Ist doch unwichtig«, erwiderte Frey unwillig. »Jetzt spielt das auch keine Rolle mehr. Erben wird er sowieso nichts. Willst du das hören oder nicht?«

»Nein«, knurrte Langel, »es interessiert mich nicht, was die Zeitung schreibt.«

Die Tür der Gaststätte sprang auf. Im Raum stand ein naßgeschwitzter, schmächtiger Mann mit schütterem, zu langem Haar. Er keuchte so laut, daß er unmittelbar alle Aufmerksamkeit auf sich zog. Der Schweiß stand ihm auf der Stirn. Zielstrebig steuerte er auf das exklusive Plätzchen von Herbert Frey zu.

»Wenn man vom Teufel spricht«, sagte Frey lächelnd, »da ist er, unser geschiedener Mann.«

Förster schien das gar nicht witzig zu finden. Er schnappte nach Luft und zeigte mit dem Finger auf die aufgeschlagene Zeitungsseite.

»Bist du das gewesen?« fragte er außer Atem.

»Setz dich erst mal, mein Freund«, versuchte Frey, den völlig aufgelösten Mann gönnerhaft zu beruhigen. Doch Martin Förster ließ sich nicht beruhigen.

»Du bist nicht mein Freund. Die werden uns in die Mangel nehmen. Das kann ich mir nicht leisten«, keuchte Förster. »Wir sind die ersten, die dran sind.«

»Klingt doch alles wie ein typischer Polenmord«, sagte Frey. »Die wollten was klauen, haben die Panik bekommen, die Schlampe erschossen und dann noch mehr Panik gekriegt. Fertig aus.«

Förster setzte sich, und Frey sagte: »Mach dir keine unnötigen Gedanken. Es ist alles in Ordnung.«

»Ich soll mir keine Gedanken machen. Ich glaube dir kein Wort, weil du lügst, wie immer.«

Jetzt bemerkte Förster Langel, was ihn noch mehr aufzuregen schien.

»Sieh mal einer an, dein Bluthund ist auch hier. Das paßt ja prima.«

Langel schaute kurz zu Förster auf, ohne eine Miene zu verziehen. Förster lächelte gequält.

»Ihr wart das, oder?«

***

Mohren hatte den Admiral direkt vor dem Fenster der Kneipe geparkt, aus dem Theo Langel auf die Straße schaute.

»Welch ein Zufall, was? Da haben wir ja alle beieinander«, sagte der Oberinspektor. »Wir warten, bis Förster wieder rauskommt. Dann gehe ich da rein, und ihr werdet Förster folgen.«

Richard sah Peters an, der nur mit den Schultern zuckte. Peters schien nahezu alles gleichgültig zu sein, was um ihn herum passierte. Er tat nur, was man von ihm erwartete, und sprach nur, wenn es nötig war. Richard konnte sich wirklich nicht vorstellen, mit Peters außerhalb der Dienstzeit auch nur einen Satz zu wechseln. Er hätte nicht gewußt, worüber er sich mit ihm unterhalten sollte. Richard vermißte seinen Freund Paul, seinen alten Kumpel von der Schutzpolizei. Sie hatten sich gemeinsam um die Stellen bei der Kriminalpolizei beworben. Richard wäre gern mit ihm zusammen zum 1. Kommissariat, zur Mordkommission, gegangen, doch leider hatte das nicht geklappt. Paul saß nun am anderen Ende des Flurs und versuchte, Dieben, Hehlern und Erpressern das Handwerk zu legen.

»Seht euch einmal an, wie dieser Förster wohnt«, sagte Mohren weiter, »und dann dürft ihr ihm ruhig mal richtig auf den Zahn fühlen.«

An der seltsamen Geschichte um die Speditionskonzession

schien etwas dran zu sein. Peters hatte Nachbarn von Ingrid Förster befragt und dabei zwei Zeugen gefunden, die den Streit zwischen ihr und ihrem Ex-Mann bestätigen konnten. Einer hatte sogar Herbert Frey und den uniformierten Polizisten vor der Haustür gesehen. Augen- oder Ohrenzeugen aus der Mordnacht gab es jedoch keine.

Ohne großen Erfolg waren auch Richards Archivrecherchen verlaufen. Nichts über Förster und Frey. Zumindest nicht in den Pappkartons im Keller des Allianzgebäudes. Eine Anfrage im Archiv der Staatsanwaltschaft war noch ohne Antwort, doch Richard hatte wenig Hoffung, daß dort irgendwas zu finden war. Die meisten Akten waren ohnehin im Bombenhagel vernichtet worden.

Mohren wies jetzt auf Theo Langel am Fenster. »Über den haben wir bestimmt einen ganzen Pappkarton.«

Mittlerweile hatte es angefangen zu regnen. Kein gutes Wetter, um mit Peters Martin Förster zu verfolgen. Richard hielt diesen Langel für ein viel interessanteres Objekt für eine Observation.

Immerhin stammten aus der Zeit vor 1945 viele Aktennotizen über ihn. Nichts Genaues, aber es war klar, daß der Mann an zahlreichen Verbrechen beteiligt gewesen sein mußte. Richard hatte bei Ermittlungen gegen eine Hehlerbande eine Zeugenaussage gelesen, in der von einem vorbestraften Kölner namens Theo Langel die Rede war, der in Neustadt an der Ostsee einem ortsbekannten Schieber in einer Kneipe so lange mit einem Stuhlbein auf den Schädel geschlagen haben soll, bis der eingeschlagen war. Der Mann soll Geschäfte mit der SS gemacht haben, doch das hatte Theo Langel offensichtlich nicht beeindruckt. Kreuz und quer im Deutschen Reich war der Name Theo Langel immer wieder einmal in den Polizeiakten aufgetaucht. Elf Jahre seines Lebens hatte er bereits im Gefängnis verbracht. Ein paar Jahre hatte er wegen schwerer Körperverletzung gesessen. Das lange Vorstrafenregister hatte ihn zunächst vor dem Militär bewahrt. Dann, als die Wehrmacht auch vorbestrafte Verbrecher an die Front schickte, hatte sich Langel aus dem Staub gemacht. Es hieß, er sei in Frankreich untergetaucht, doch das hielt Richard für sehr unwahrscheinlich. Ein Mensch, der geistig so unterbelichtet schien wie Langel, hätte keine zwei Worte Französisch lernen können.

Theo Langel war ein Schwerverbrecher. Und wenn es überhaupt etwas gab, was Herbert Freys Ansehen in Sülz und Klettenberg schaden konnte, dann war es die Tatsache, daß er des öfteren mit eben diesem Theo Langel gesehen wurde. Doch das schien Frey gleichgültig zu sein. Ansehen ist nicht dasselbe wie Respekt. Und den verschaffte ihm Theo Langel bei all denen, die ihm sonst die lieber die kalte Schulter gezeigt hätten.

Es dauerte knapp zehn Minuten, bis Ingrid Försters ehemaliger Gatte wieder vor der Kneipentür stand. Er war sichtlich nervös, suchte in seinen Jackentaschen nach einer Zigarette, die er sich mit zitternden Händen in den Mund steckte. Feuer fand er keines. Förster schlug den Kragen hoch und zog mit der unangezündeten Zigarette im Mund von dannen. Richard und sein Kollege warteten, bis er um die erste Ecke gebogen war. Dann folgten sie ihm. Mohren ging in die Kneipe.

***

Martin Förster wohnte in einer Souterrainwohnung in der Brunostraße. Wohnung war zu viel gesagt, seine Behausung war ein finsteres Loch. Überall standen Kisten mit irgendwelchem Plunder. Kleidungsstücke lagen auf dem Boden, geöffnete Konserven standen auf einem kleinen Küchentisch. Die Wohnung war eiskalt und feucht. An den Wänden war Schimmel zu sehen. So gut kann er mit Frey nicht befreundet sein, dachte Richard, denn der hätte ihm bestimmt eine bessere Wohnung besorgen können.

»Lassen Sie mich in Ruhe. Frey ist ein Arschloch«, hatte Förster gebrüllt, als Peters ihn nach Frey gefragt hatte. Förster hatte sie ohne Anstalten reingelassen. Nun saß er wie ein Häufchen Elend auf einem klapprigen Küchenstuhl und rauchte die Zigarette, die er seit einer Dreiviertelstunde im Mund gehabt hatte.

Martin Förster war eine armselige Gestalt. Er wirkte viel kleiner, als er war, weil er gebeugt durch die Gegend lief. So sieht der klassische Verlierer aus, dachte Richard. Schlaff, fahrig, dürr, mit eingefallenem Brustkorb, übernervös und ungepflegt. Förster trug verschlissene Kleidung, was an und für sich nichts Besonderes in dieser Zeit war. Aber er schien sich auch nicht die geringste Mühe zu geben, einen Riß oder eine geplatzte Naht im Jackett zumindest notdürftig zu flicken oder zusammenzunähen. Seine Hose saß nicht mehr. Ein abgewetzter Gürtel hielt sie auf seinen abgemagerten Beckenknochen.

»Wir möchten die Papiere sehen, die Sie Ihrer Frau mit Freys Hilfe abgenommen haben«, sagte Peters ruhig, aber bestimmt.

Förster rutschte unruhig hin und her. »Warum? Was für Papiere?«

Peters ging langsam auf Förster zu. »Wir sind nicht zum Spaß hier, Mann«, sagte er. Seine Stimme wurde lauter, und Richard hatte eine ziemlich exakte Vorstellung davon, was als nächstes passieren würde. Mit einer Armbewegung räumte Peters den Küchentisch ab. Mit einer zweiten warf er den Tisch den offenen Konserven hinterher. Der bullige Polizist baute sich vor Förster auf. Richard spürte Mitleid mit dem schmächtigen Mann auf dem Stuhl. Försters Blick wanderte zu einem alten Küchenschrank, der schief an der schimmeligen Wand hing.

»Sie sind da drin«, stammelte er.

Richard öffnete den Schrank, in dem sich nichts außer einer dünnen Mappe befand. Darin lag tatsächlich unter einem Antragsformular für die Genehmigung eines Gewerbebetriebs Ingrid Försters Speditionskonzession.

»Warum haben Sie den Antrag nicht abgegeben?« fragte Richard.

Förster schüttelte den Kopf. »Woher sollte ich einen Lastwagen bekommen, ohne Geld? Ohne Lastwagen keine Spedition«, murmelte er vor sich hin.

»Und wozu dann der Aufwand?« fragte Peters, der keinen Zentimeter von Förster zurückwich.

»Herbert Frey hatte mir seine Hilfe versprochen«, sagte Förster nach kurzem Zögern. »Das hat er nicht gehalten.«

»Warum nicht?«

Förster zog an seiner Zigarette. »Er wollte, daß ich ihm Ingrid vom Hals halte. Das war seine Bedingung für den Lastwagen.« Förster atmete schwer. »Aber wie sollte ich das machen? Ich konnte sie ja nicht einfach umbringen.«

Richard erinnerte sich an die Aussage von Roos. Ingrid Förster habe Frey gedroht, ihn auffliegen zu lassen. Aber womit? Und warum?

»Warum ist denn Frey überhaupt mitgegangen, um die Papiere zu stehlen, wenn er nichts von Ihnen erwarten konnte?«

»Es hat ihm Spaß gemacht, bei Ingrid aufzulaufen und den großen Mann zu machen. Außerdem hat er mal mit dem Gedanken gespielt, sich an der Spedition zu beteiligen. Aber das hat er dann verworfen. Herbert Frey macht keine Geschäfte, die länger als eine Woche in Anspruch nehmen.«

Martin Förster war nicht der Mörder seiner Ex-Frau. Daran hatte Richard schon jetzt keinen Zweifel. Um so überraschter war er, als Peters nun mit der dritten Armbewegung Martin Förster dahin beförderte, wo Konserven und Küchentisch schon lagen.

»Du mieser Schauspieler!« brüllte Peters.

Richard glaubte, Peters zurückhalten zu müssen. Doch ihm fehlte die Courage. Peters beugte sich zu Förster hinunter, der leicht am Kopf blutete, zog ihn zu sich hoch und sah ihm scharf in die Augen.

»Es gibt Zeugenaussagen: Du hast deine Frau geschlagen«, sagte er mit nun wieder ganz ruhiger Stimme. »Du hast sehr wohl versucht, Frey deine Frau vom Hals zu halten. Das stimmt doch, oder?«

Förster wagte nicht zu atmen. Peters setzte ihn wieder auf den Stuhl.

»Wo waren Sie gestern abend?«

Peters stellte den Tisch wieder auf, ließ aber keinen Zweifel daran, daß er jederzeit wieder zuschlagen konnte.

»Ich habe sie nicht getötet!« flüsterte Förster. »Ich habe es in der Zeitung gelesen. Es stimmt, ich habe sie geschlagen. Sie hatte

Frey gedroht. Er solle ihr die Papiere wiedergeben, sonst wär's bald vorbei mit ihm. Ich wollte sie zur Vernunft bringen. Nicht mehr. Ich hätte sie niemals getötet.«

»Wo waren Sie gestern abend?« wiederholte Peters seine Frage.

»Ich war hier«, antwortete Förster. »Zeugen habe ich keine.«

Peters lehnte sich zurück. »Das ist kein gutes Alibi.«

Richard musterte den schwachen Mann ein zweites Mal. Er hatte Mitleid mit dieser traurigen Gestalt. Er erinnerte sich an die Tote auf dem Sofa und konnte sich beim besten Willen nicht vorstellen, was diese Frau einmal an diesem Mann gefunden haben könnte. Martin Förster mußte früher anders ausgesehen haben, dachte Richard und versuchte, sich all die negativen Äußerlichkeiten wegzudenken. Die Haare kürzer, mehr Fleisch auf den Rippen, ein guter Anzug und eine gute Rasur. Förster war der Typ Mann, der nur ein bißchen auf sein Äußeres achtgeben mußte, um deutlich besser auszusehen. Richard sah Förster in die Augen und fühlte sich bestätigt. Sie paßten nicht. Das waren mädchenhafte, blaue Augen mit langen und dichten Wimpern. Dieser Mann hatte einmal bessere Zeiten erlebt. Und Ingrid Förster mit ihm.

Richard beschloß, die Rolle des Zuschauers aufzugeben.

»Womit hat Ingrid Herbert Frey gedroht, Herr Förster?« fragte er übertrieben höflich.

»Ich weiß es nicht genau«, antwortete Förster, der erleichtert auf den neuen Tonfall in diesem Gespräch reagierte. »Ingrid kannte Frey aus der Kriegszeit. Irgendwas muß da gewesen sein. Nichts Schlimmes wohl. Aber doch genug, um Freys saubere Weste zu beschmutzen, glaube ich. Ich hab sogar mal vermutet, die hätten ein Verhältnis miteinander gehabt, als ich im Krieg war. Aber ich weiß es nicht.«

»Mit einer kleinen Affäre in Kriegszeiten ist ein unverheirateter Mann wohl kaum zu beeindrucken«, sagte Richard.

»Nein«, murmelte Förster, »wohl kaum. Ich weiß es nicht.«

Peters schien sich wieder bedrohlich anzuspannen. Richard gefiel das nicht, aber er sprach ruhig weiter. »Was haben Sie in der Kneipe mit Frey besprochen?«

»Ich habe ihn gefragt, ob er Ingrid erschossen hat«, antwortete Förster offen.

»Und?«

»Er hat nur gelacht und mich nach Hause geschickt. Ich solle die Konzession verstecken, hat er gesagt. Und ihn in Ruhe lassen.«

»Was glauben Sie? Hat er Ihre ehemalige Frau erschossen?«

»Vielleicht.«

»Trauen Sie es ihm zu?«

»Er würde so etwas nicht selbst tun. Herbert Frey macht sich nicht die Hände schmutzig. Dafür hat er seine Leute.«

»Theo Langel?«

»Möglich.«

»Warum glauben Sie, daß Frey dahinter steckt?«

»Er hat eben ein paarmal so über Ingrid gesprochen. Er würde ihr am liebsten den Hals umdrehen. Was man halt so sagt.«

»Kommen Sie morgen früh ins Polizeipräsidium«, befahl Peters, der schon in der Tür stand, um dem Gespräch ein Ende zu machen. Die Mappe mit der Konzession hatte er unterm Arm. »Dann werden wir Ihre Aussage protokollieren.« Förster nickte. »Und räumen Sie hier den Schweinestall auf.«

Richard folgte seinem Kollegen zur Tür. Als sie auf der Straße standen, lächelte ihn Peters an. »Wir sind kein schlechtes Gespann, was?« sagte er. Richard war sich da nicht so sicher.

Nach ein paar Metern sagte Peters ruhig: »Der war's nicht.«

***

Am Nachmittag hatte Mohren Richard noch einmal in die Kneipe nach Sülz geschickt. Er sollte sich dort umhören, um etwas über das seltsame Gespann Frey und Langel und ihre Beziehung sowohl zu Martin wie auch zu Ingrid Förster herauszubekommen. Richard saß an der Theke, vor sich ein Glas mit echtem Kölsch, das ihm der Wirt spendiert hatte, nachdem sich Richard ausgewiesen hatte. Bier in einer Kneipe zu trinken, war für einen Polizisten in dieser Zeit ein eigentlich nicht erschwinglicher Luxus, den sich Richard höchstens einmal am Sonntag morgen zum Frühschoppen gönnte.

»Der Frey ist immer hier«, antwortete der Wirt auf Richards Frage. »Fast immer. Mittwoch abend war er sicher auch da. Zusammen mit diesem Schläger. Der sitzt meist stumm am Tisch. Jedenfalls war das am Mittwoch so. Das weiß ich noch ziemlich genau.« Der Mann spülte gelangweilt ein paar Gläser. »Dieser Kerl, also der Schläger, ist nämlich ausfallend zu einem anderen Gast geworden. Die hätten sich fast geprügelt. Der Gast ist dann rausgegangen und hat vor der Tür noch rumgeschimpft. Idiot hat er gerufen. War ganz lustig, weil der immer Idiott gerufen hat.« Richard horchte auf. Der Wirt stellte die Gläser ins Regal: »Ein Pollacke oder so was.«

»Wie sah der Mann aus?«

»So wie die alle.«

»Geht das ein bißchen genauer?«

»Schwarze Haare, großer Kopf«, sagte der Wirt, ohne zu überlegen.

»Was hatte er an?«

»Weiß ich nicht mehr.«

»Einen Wehrmachtsmantel vielleicht?«

Der Wirt zog die Schultern hoch.

»Haben Sie den vorher hier schon einmal gesehen?« fragte Richard weiter.

»Nein. Da waren oft Leute hier. Russen, Deutsche, Pollacken. Die wollten was von Frey. Und der hat sie oft einfach nach Hause geschickt.« Der Wirt beugte sich über den Tresen. Seine Stimme wurde leiser. »Wollt ihr dem Frey ans Leder?« Er kniff die Augen zusammen. Jetzt flüsterte er. »Du bist noch ein bißchen jung, Mann. Wenn du älter wärst ...«

Richard tat ganz lässig, trank an seinem Kölsch.

»Du weißt nicht«, flüsterte der Wirt weiter, »was hier in den letzten Jahren abgelaufen ist. Der Frey, der hat so einige hier im Veedel und in Köln – ich will mal sagen – in der Hand. Der ist ein Sammler, wenn du verstehst.«

Richard verstand nicht so ganz, um was es hier ging, doch er ließ sich nichts anmerken. Er nickte nur wissend, vielsagend.

»Es gibt viele hier«, sagte der Wirt, »die ganz froh wären, wenn man bei dem Frey mal so 'ne richtige Hausdurchsuchung machen würde, verstehst du?«

Richard nickte noch einmal.

»Keiner weiß so genau, wo er die Sachen aufbewahrt. Die Leute sagen, er hätte ein Versteck dafür. Gesehen hat die Sachen noch keiner. Aber es muß eine feine Sammlung sein. Der Frey hat immer alles verwahrt. Der König bereitet sich auf den Tag vor, an dem jemand versuchen könnte, ihn vom Thron zu stürzen.«

So langsam fiel bei Richard der Groschen.

»Letzten Monat haben sie den Schreiner hier verhaftet. Hammelbeck heißt der. Es wird geredet, er habe sich vorher mit Frey angelegt. Ich weiß nicht, um was es da ging. Aber in jedem Fall ist die Militärpolizei dem Hammelbeck auf die Bude gerückt und hat ihn mitgenommen. Es heißt, er habe 1935 oder '36 ein jüdisches Ehepaar an die Gestapo ausgeliefert und hinterher deren gesamtes Hab und Gut kassiert. Verstehst du? 1935. Das ist ganz schön lange her. Da muß jemand gut aufgepaßt haben.«

»Sie glauben, das war Herbert Frey?« fragte Richard.

Der Wirt lächelte.

»Und dieser Hammelbeck? Stimmt das, was man ihm vorwirft?«

Der Wirt spülte weiter. »Keine Ahnung.«

Richard glaubte ihm nicht.

»Besuchen Sie den Frey doch mal zu Hause«, murmelte der Mann hinterm Tresen.

Richard trank sein Kölsch mit einem kräftigen Zug aus, wischte sich mit dem Handrücken über den Mund, schloß die Augen und seufzte genüßlich. Ein wundervolles Getränk.

»Woher bekommen Sie eigentlich Ihr Kölsch?« fragte er.

Diese Frage beantwortete der Wirt mit einem finsteren Blick. Richard lächelte. Er war ein erfolgreicher Ermittler, dachte er, obwohl es wahrlich keine Leistung war, einen kölschen Wirt zum Reden zu bringen.

»Wenn Frey und Langel hier wie am Mittwoch rumsitzen«, jetzt beugte sich Richard zu dem Wirt über den Tresen, »tun die das dann ohne Unterbrechung?«

Der Wirt schaute ihn verwirrt an.

»Ich meine«, fuhr Richard fort, »stehen die auch schon mal auf, gehen weg, kommen wieder und so?«

»So ein Abend ist lang«, antwortete der Wirt vielsagend, »da muß man schon mal vor die Tür, Geschäfte machen, verstehst du?«

»Und wie lange dauert so ein Geschäft? Zehn Minuten, zwanzig oder länger?«

»Keine Ahnung. Mal so, mal so.«

»Wie lange braucht man von hier bis zum Lindenthalgürtel, sagen wir mal, bis zur Ecke Rurstraße? Was glauben Sie?«

»Weiß ich nicht. Hab ich noch nicht ausprobiert. Ich bin nicht gut zu Fuß.«

»Danke.« Richard stand auf. »Und danke fürs Bier.«

Richard war in Gedanken versunken, als er die Tür der Kneipe zur Straße hin aufstieß. Leichter Regen hatte eingesetzt, und ein kalter Wind pfiff ihm um die Ohren. Während er den Mantelkragen hochschlug, ließ er seinen Blick über die trostlose Umgebung wandern. Er beschloß, sein Tagewerk mit dem praktischen Test zu beenden, wie lange man zu Fuß vom »Berrenrather Hof« bis zur Rurstraße brauchte.

Er schaute auf seine kleine, gesprungene Taschenuhr, das einzige Andenken an seinen Vater. Viertel vor sechs. Richard zog strammen Schrittes los. So wie einer, der einen Mord begehen und möglichst schnell wieder zurücksein will. Doch schon an der ersten Straßenecke war sein Marsch zu Ende. Er war mit einem Mann mit ähnlich schnellem Schritt zusammengestoßen, der aus der anderen Richtung um die Ecke gebogen kam. Richard hatte unsanft einen Ellenbogen in die Rippen bekommen, während er seinerseits seinem Gegenüber einen Tritt gegen das Schienbein versetzt hatte.

Der Mann murmelte etwas Unverständliches in einen Schal,

den er sich um Hals und Mund gewickelt hatte. Richard, der bei dem Zusammenstoß fast gefallen wäre, blickte aus seiner gekrümmten Haltung auf. Über dem Schal sah er eine Nase, die ganz unzweifelhaft schon einmal gebrochen gewesen war, zwei weit auseinanderstehende, leicht schlitzige Augen und einen tief ins Gesicht gezogenen Hut auf einem bulligen, breiten Kopf. Richard hatte diesen Mann bislang nur aus der Ferne gesehen, doch er war sich ganz sicher. Der Mann, der ihn ansah, als würde ihn gleißendes Licht blenden, war das ehemalige Mitglied des Sülzer Ortausschusses, der König von Sülz. Er sah in die Augen von Herbert Frey.

Richard war völlig verunsichert. Gerade hatte er noch über diesen Mann Erkundigungen eingeholt. Frey konnte ihn nicht kennen, also hätte er einfach weitergehen können. Aber ein simples »Es tut mir leid« konnte er auch nicht herausbringen.

»Was ist los, Kleiner?« fragte Frey, ohne den Schal vom Mund zu nehmen. »Kannst du nicht aufpassen?«

Freys Augen wurden noch kleiner, und Richard durchbohrte ein eiskalter, brutaler Blick.

»Wieso ich?« fragte Richard zurück. Gleichzeitig wurde ihm klar, daß er sich die freche Antwort besser verkniffen hätte.

Freys Blick verfinsterte sich. »Was hast du gesagt?«

Richard wußte nicht, was er entgegnen sollte. Er fingerte in seiner Manteltasche herum, um seinen Dienstausweis zu suchen. Nur für alle Fälle, dachte er.

»Ich, ich«, stammelte Richard, »ich habe nichts gesagt. Ich hatte es ein bißchen eilig. Kommt so was schon mal vor ...« Richard stockte.

Er sah, wie etwa vierzig Meter hinter Frey ein Wagen auf die Straße bog. Ganz langsam schob sich die Front eines Opel Admirals um die Ecke. Dann sah Richard hinter den langsam hin und her schwingenden Scheibenwischern das Gesicht seines Chefs. Alfons Mohren verfolgte Herbert Frey.

»Ja, und?« fragte Frey.

»Ich meine«, stotterte Richard weiter, während er an Frey vorbei auf das Auto starrte, das Mohren nun im Abstand von ein paar Metern am Straßenrand angehalten hatte, »ich meine, da passiert so was schon mal.« Dann fügte er mit fester Stimme hinzu: »Es tut mir leid, mein Herr. Einen schönen Abend.«

Frey schien beruhigt. Er ließ die linke Pranke auf Richards linke Schulter fallen und schob ihn ruppig Richtung Hauswand. »Gleichfalls.«

Richard ließ sich von Frey zur Seite stoßen und drehte sich von der Straße weg. Er wußte nicht, ob ihn sein Chef nicht längst gesehen hatte. Trotzdem entschied er instinktiv, daß es besser wäre, ihm hier nicht zu begegnen. Was machte Mohren hier? Sein Chef hätte damit rechnen müssen, ihn hier zu treffen. Schließlich hatte ihn der Oberinspektor selbst zu der Kneipe geschickt. Observierte Mohren Frey? Das war doch nicht die Aufgabe eines Oberinspektors. Und besonders viel Mühe, das unauffällig zu erledigen, machte sich Mohren offensichtlich auch nicht.

Nachdem Frey um die Ecke gebogen war, setzte sich der Opel wieder in Bewegung. Richard stand an die Hauswand gedrückt und sah aus dem Augenwinkel, wie Mohren an ihm vorbei fuhr, ohne in seine Richtung zu sehen. Als auch der Wagen aus Sichtweite war, schlich Richard zurück zu der Ecke.

Er sah, wie Frey in den »Berrenrather Hof« ging. Mohren parkte auf der gegenüberliegenden Seite. Jetzt war sich Richard sicher, daß es Mohren völlig egal war, ob Frey ihn bemerkte oder nicht. Vielmehr sah alles danach aus, als ob er es geradezu darauf anlegte, von Frey bemerkt zu werden. Vielleicht will Mohren diesen scheinbar Wichtigen ein bißchen aus der Ruhe bringen, dachte Richard.

Er wußte nicht, was er jetzt tun sollte. Warten? Aber worauf? Während er überlegte, ob er nicht doch besser die Zeit für den Weg bis in die Rurstraße stoppen sollte, anstatt an der Ecke stehenzubleiben, sah er die Tür der Kneipe aufgehen. Frey war wieder herausgekommen. Zielstrebig, aber ohne Eile ging er über die Straße zu dem Admiral und klopfte an die Scheibe der Fahrertür.

Richard sah, wie Mohren das Fenster herunterkurbelte und seinen Kopf aus dem Wagen steckte. Gesichtszüge waren nicht zu erkennen, aber es sah nicht so aus, als wenn Mohren von Frey überrascht worden wäre. Die beiden Männer schienen ein paar Worte zu wechseln. Sehr friedlich sah das aus. Nach wenigen Sekunden war die Begegnung beendet. Frey machte eine abfällige Handbewegung und ging zurück in die Kneipe. Mohren wartete noch ein, zwei Minuten. Dann ließ er den Motor des Wagens an und fuhr weg.

Richard konnte mit dem, was er da gerade gesehen hatte, nicht viel anfangen. Mohren hatte Frey am Morgen doch schon befragt. Also war klar, daß sich die beiden kannten. Richard fand das alles seltsam. Warum hatte ihnen Mohren nicht erzählt, daß er Frey beobachten wollte? Er hatte im Grunde überhaupt nichts erzählt. Auch nichts von seinem Treffen mit Frey am Morgen, nachdem er Richard und Peters zu Förster geschickt hatte.

Er wisse nicht, ob Frey etwas mit der Sache zu tun habe, hatte er gesagt, als sie sich im Präsidium wieder getroffen hatten. Aber es sei nicht auszuschließen. Richard und Peters sollten vorsichtig sein, vor allem wegen der guten Kontakte von Frey. Schließlich sei der Mann politisch einflußreich und ein anerkannter Verfolgter der Nazis. Da müsse man aufpassen, daß keine voreiligen Schlüsse gezogen würden. Sie sollten erst einmal alles für sich behalten, auch damit die Zeitungen nichts über eine Verwicklung von Frey bringen könnten. Das könne nämlich mächtig Ärger geben. Dann hatte Mohren Richard in die Kneipe geschickt, damit der sich dort umhörte. Peters sollte noch einmal eine Runde durch die Nachbarschaft von Ingrid Förster machen. Das war alles.

Richard beschloß, zur Rurstraße zu gehen. Er schaute noch einmal auf die Uhr und zog los. Er brauchte knapp zwölf Minuten.

***

Es roch eigenartig. Wie in einer Gruft vielleicht. Der Geruch von Verwesung. Regungslos, wie angewurzelt, stand er, die Wand im Rücken, auf dem rhythmisch vibrierenden Boden des Güterwaggons, der mit immer gleichen Tempo über die Gleisbohlen ratterte.

Er hatte jegliches Zeitgefühl verloren. Er wußte nicht, wie lange er da gestanden hatte, als das schwache Licht einer Laterne an den Gleisen nicht nur von dem blank geputzten Kanonenlauf reflektiert wurde, sondern auch ein Stück Metall neben der Waffe aufblitzen ließ. Das Stück Metall gehörte zu dem Körper eines kleinen Mannes in Uniform, den Richard bis dahin nicht bemerkt hatte. Vielleicht ein Orden, eine Anerkennung aus Blech für besondere Verdienste im Kampf für Volk und Vaterland. Die Farbe der Uniform konnte Richard in der Dunkelheit nicht erkennen. Es könnte eine russische Uniform gewesen sein.

Richard hatte vergessen, was ihn dazu gebracht hatte, auf diesen Zug aufzuspringen. Was machte er hier? Kalter Schweiß stand ihm auf der Stirn. Das, was so widerlich roch, war kein Aas. Das war er selbst.

Er wagte nicht, sich auch nur einen Millimeter zu bewegen. Schon das Zucken der Augenlider schien ihm wie das Signal für eine Exekution. Für seine eigene Exekution, die der kleine Mann sicher gleich anordnen würde. Er starrte in die Mündung des Kanonenrohrs. Wie aus dem Nichts war die Haubitze aufgetaucht. Keine Ahnung, wo das Ding auf einmal hergekommen war. Die monströse Waffe war plötzlich da gewesen und immer größer geworden.

»Guten Tag, mein Freund«, sprach der kleine Mann in der Uniform.

Seine hohe Stimme war ganz ruhig. Er sprach eher wie Richards Lateinlehrer als wie ein ranghoher Soldat. Mit beiden verband Richard Macht, die ihm nicht wohlgesonnen war. Ein Offizier müßte seiner Stimme deutlich mehr Kraft und Lautstärke geben, um Befehle erteilen zu können. Richards Lateinlehrer hätte das nicht gebraucht. Der konnte den Willen eines Schülers brechen, ohne dabei einmal laut zu werden. Nichts war so gemeint, wie es klang, und wenn er eine Frage gestellt hatte, dann nur, damit sich der Befragte durch die eigene Antwort bloßstellte. So wie das jetzt auch der Fall war.

»Wo haben Sie gedient, mein Freund?«

Richard hatte den Eindruck, daß der kleine Mann die Antwort bereits kannte. Natürlich wußte er, daß Richard auf diese Frage gar nicht antworten konnte. Egal, was er sagen würde, seine Antwort würde falsch sein.

»Ich bin nicht im Krieg gewesen«, sagte er trotzdem. Und wieder dachte er an die Schule und seinen Lateinunterricht, wo er auch immer widerstandslos die Demütigungen ertragen hatte.

»Wohl zu jung für den Krieg gewesen?« fragte der Mann. Und wieder war es eine Frage, die nur darauf zielte, dem Befragten seine Minderwertigkeit vor Augen zu führen.

»Ja.«

»Soso, mein Freund.« Dann machte der kleine Mann eine Pause. Der Zug ratterte in immer gleichem Takt weiter über das Gleis.

»Sie waren nicht zu jung für den Krieg. Sie haben sich gedrückt.«

Der Mann fing unvermittelt an zu lachen. Gleichzeitig trat hinter ihn und die Kanone ein zweiter Mann ins fade Licht der Nacht. Richard kniff die Augen zusammen. Dieser Mann kam ihm bekannt vor, obwohl er nach wie vor nicht viel sehen konnte. Umrisse und Gang des Mannes erinnerten ihn an jemanden, den er vor langer Zeit gekannt haben mußte. Irgendwann früher. Als Kind vielleicht.

»Sie wissen, was auf Fahnenflucht steht. Sie wissen sicher auch, was passiert, wenn man Freunde an der Front alleinläßt?« fragte der uniformierte kleine Mann. Sein Ton blieb freundlich. Doch hinter dieser Freundlichkeit steckte das Böse. Steckte der Tod. »Was glauben Sie, werden wir mit einem wie Ihnen anstellen?«

Wieder war es eigentlich überflüssig zu antworten.

»Ich habe nichts getan«, flüsterte Richard.

Erneut fiel ein wenig Licht von draußen in den Waggon. Richard sah, daß der Mann in der Uniform lächelte. Der zweite Mann trat einen Schritt vor.

»Ich habe nichts getan«, sagte Richard noch mal. »Ich hatte Hunger.«

»Hunger?« Der zweite Mann sprach nicht, er röchelte nur. »Was weißt du von Hunger, Richard Munckler?«

Dieser Mann kannte seinen Namen! Für einen Augenblick war er etwas besser zu sehen. Richard erkannte eine tief ins Gesicht gezogene Mütze. Darunter Augen. Vielleicht. Die Umrisse des Gesichts fand er seltsam. Zu klein für die Größe des Mannes. Der ganze

Kopf war viel zu klein. Richard kniff die Augen zusammen, um besser sehen zu können.

»Man kann an Hunger sterben, Richard Munckler«, röchelte der Mann. »Hunger tötet. Man kann sterben, weil man Hunger hat. Lange bevor man verhungert.«

Der Mann schien jedes Wort aus seinem Schlund herauszuwürgen. Er gurgelte mit seinem Speichel, wenn er sprach. Es war das Röcheln eines Sterbenden.

»Erinnere dich!«

Wieder blitzte der Schein einer Laterne in das Innere. Richard zuckte zusammen und verkrampfte sich. So mußte es sein, wenn man vom glühenden Stahl eines langen Messers durchbohrt wurde. Richard spürte, wie sich ihm die Eingeweide zusammenzogen und der Magen zu drehen schien, um hoch in die Speiseröhre Gallenflüssigkeit zu drücken.

Er sah in das röchelnde Gesicht, in das, was von dem Gesicht übrig war. Der Mann hatte keinen Mund. Ihm fehlte der gesamte Unterkiefer. Unter einer zerfetzten Oberlippe klaffte ein Loch. Ein nach Luft ringender Schlund, in dem das Zäpfchen und ein Stück Zunge zappelten. Ein paar Zähne standen krumm und schief im Rachen. Das Gesicht war durch die Anstrengung des Redens schweißnaß. Der Kopf wiegte bei jedem Ein- und Ausatmen leicht vor und zurück. Ein Auge sah aus, als hätte man es zugenäht. Mit dem anderen Auge versuchte der Krüppel, Richard zu fixieren, doch die Pupille drehte sich immer wieder unter das Augenlid, so daß nur das Weiße des Auges zu sehen war.

Richard erkannte seinen Jugendfreund. Der Tod hieß Karl Heinz Siemens.

Ihm wurde speiübel. Er mußte erbrechen.

Mit Karl Heinz Siemens hatte er als Kind auf dem Gelände des Gremberger Bahnhofs gespielt. Zusammen mit anderen Kindern aus der Umgebung. Sie hatten Überfälle auf Züge gespielt. Mal als Posträuber, mal als Cowboys, mal als SS-Spezialeinheit.

»Was weißt du von Hunger, Richard Munckler?« fragte das halbe, vielleicht zerschlagene, wahrscheinlich eher zerschossene Gesicht von Karl Heinz Siemens noch einmal. Es sprach langsam,

mußte nach jedem zweiten Wort mit der Atemluft ringen. Wie konnte es überhaupt sprechen? Ohne Mund.

»Ich habe am Westwall Schutt und Knochen geschaufelt. Ehrendienst. Und als die Amerikaner kamen, habe ich hinter einem Maschinengewehr gelegen. Dann haben sie alle erschossen und mit einer Granate in die Luft gesprengt. Alle außer mir. Ich habe unter den Toten gelegen und gewartet, bis die Amerikaner über uns hinweggezogen waren.«

Siemens' Worte kamen jetzt flüssiger aus ihm heraus. So wie geprobt und auswendig gelernt.

»Und du, Richard Munckler«, sagte Siemens weiter, »und du warst zu Hause.«

Siemens' fürchterliches Gesicht war nun nur noch wenige Zentimeter von Richards Kopf entfernt. Richard starrte in das Auge von Siemens, weil er dem Rest des grauenerregenden Anblicks entgehen wollte. Doch das war nicht möglich, denn jetzt konnte er riechen, was er eben noch gesehen hatte. Es war wieder dieser Geruch von Aas, der ihm aus Siemens' Schlund in die Nase stieg. Und dieser Geruch mischte sich mit dem ätzenden Gestank von Erbrochenen und Pisse.

»Und jetzt kommt der Herr Munckler hier in meinen Waggon und sagt, er hat Hunger. Und dann will mich der Herr Munckler bestehlen.«

Bestehlen? Was gab es hier zu stehlen? Richard hatte nichts gefunden. Die wenigen Kisten, die hier herumstanden und jetzt von der Haubitze verdeckt waren, waren allesamt leer. Hier gab es nichts zu stehlen.

»Du wirst jetzt sterben.«

Siemens hob die Hand. Der Mann in Uniform entsicherte die Kanone. Richard starrte wieder in das blanke Stahlrohr.

»Richard Munckler, Sie sind schuldig. Ich verurteile Sie zum Tode.«

***

Die Vernehmung Försters im Präsidium brachte nicht viel Neues. Mohren schien mit dem Ergebnis nicht sehr zufrieden zu sein, doch ernsthafte Zweifel an der Aussage hatte er auch nicht.

Förster hätte einer der beiden Männer sein können, die im Hausflur standen, als der dritte Ingrid Förster erschoß. Das wäre eine denkbare Möglichkeit gewesen, allerdings eine sehr unwahrscheinliche. Genausogut hätte da auch Hans Roos stehen können.

Auch Theo Langel war zum Verhör erschienen. Das Verhörprotokoll war nur zwei Sätze lang, weil Langel sich geweigert hatte, nur ein Wort zu sagen. Er hatte jede Teilnahme an der Tat durch Kopfschütteln bestritten. Mohren hatte schließlich entnervt aufgegeben und Langel abführen lassen. Er sollte ein paar Tage in einer Zelle im Klingelpütz darüber nachdenken, ob er nicht doch etwas zu erzählen hatte.

Das war alles höchst unergiebig gewesen. Mohren schien schlechte Laune zu haben. Nicht erst seit dem Verhör von Langel. Als er am Morgen ins Büro gekommen war, war ihm noch nicht einmal Zeit geblieben, den Mantel auszuziehen. Er habe sich sofort beim Polizeipräsidenten eine Etage höher einzufinden, hatte ihm eine aufgeregte Sekretärin mitgeteilt. Er möge sofort erscheinen. Es sei sehr dringend.

Mohren war der Frau wortlos gefolgt. Richard hatte Peters erstaunt angesehen, der mit einem Kopfnicken auf die aufgeschlagene Zeitung auf dem Schreibtisch gezeigt hatte. »Spur im Mordfall Rurstraße: Polizei ermittelt gegen anerkannten politisch Verfolgten«.

Das war genau das, was nicht passieren sollte. Woher hatte der Schreiber diese Information? Mohren hatte sie gewarnt, und Richard hatte nichts gesagt. Er kannte überhaupt niemanden von der Zeitung.

»Woher wissen die das?«

Peters hatte mit den Schultern gezuckt. »Ich weiß es nicht. Vielleicht von Frey selbst.«

Das glaubte Richard nicht. In dem Artikel wurde Frey nicht namentlich genannt. Es war nur von einem angesehenen Mann aus Sülz die Rede, einem Mann mit gutem Ruf, einem ehemaligen Ortsausschußmitglied, das von der Kölner Polizei in Verbindung mit dem Mord in Lindenthal gebracht wurde. Die Beweislage der Polizei sei allerdings dünn, stand weiter in der Zeitung. Sie klammere sich zur Zeit nur an eine einzige vage Spur. Richard konnte sich des Eindrucks nicht erwehren, daß seine Behörde in dem kurzen Bericht nicht besonders gut wegkam.

Nach etwa einer Viertelstunde war Mohren zurück gewesen. Als erstes hatte er nach der Zeitung gegriffen, sie zerknüllt und sie aus dem offenen Fenster geschmissen.

»Mist«, hatte er gebrüllt. »Verdammter Mist. Warum schreiben die so einen Mist?«

***

Jetzt saß Herbert Frey auf dem Stuhl, auf dem vorher Förster und Langel gesessen hatten, und grinste ohne Unterbrechung.

»Was Sie hier versuchen, ist lächerlich«, hatte er gesagt. Er sei ein wichtiger Mann mit vielen Kontakten und ob denn überhaupt die Militärpolizei darüber informiert worden sei, daß man ihn hierher bestellt habe.

Richard hatte erwartet, daß Mohren Frey erst einmal mit dem Zeitungsartikel konfrontieren würde. Einfach nur, um seinem Ärger Luft zu machen. Doch das hatte Mohren nicht getan. Überhaupt, fand Richard, machte sein Chef einen unkonzentrierten Eindruck.

Noch auffälliger fand es Richard jedoch, daß Mohren so tat, als hätte er den Mann, den er am Tag vorher schon befragt und getroffen hatte, noch nie gesehen. Von der Spannung, die in dem Raum lag, als Hans Roos hier gesessen hatte, war wenig zu spüren.

Peters lehnte am Fenster, und Richard saß auf einem Schemel an einem kleinen Tisch, auf dem die Schreibmaschine stand. Er sollte protokollieren. Aber er wußte nicht was. Er fühlte sich wie ein Zuschauer.

»Man sagt, Ingrid Förster habe Sie erpressen können«, sagte Mohren.

Frey grinste und fragte: »Womit?«

»Sagen Sie es mir.«

Frey zuckte mit den Schultern.

»Die interessantere Frage ist: Warum hätte sie das tun sollen?« fragte Mohren weiter.

Frey beugte sich leicht nach vorn: »Es gibt viele Leute, die mich gern kaltstellen würden, wenn sie könnten. Gehen Sie durch die Straßen Kölns, lieber Mohren. Hinter jedem Fenster ein armer Deutscher, der hofft, nie nach seiner Schuld gefragt zu werden. Da ist ein Mann wie ich gefährlich. So etwas wie ein Ankläger, verstehen Sie. Ich gehe durch die Straßen und bin die personifizierte Anklage.« Frey lehnte sich wieder zurück und machte eine Pause, um seinen kleinen Vortrag wirken zu lassen. »Es ist gut zu wissen, wer Dreck am Stecken hat. Da kümmert sich die Polizei zu wenig drum. Eine politische Frage. Finden Sie nicht auch, meine Herren?«

Frey sah die drei Polizisten der Reihe nach an. Peters nahm die selbe Körperhaltung wie am Tag davor ein, bevor er Martin Förster durch die eigene Wohnung hatte fliegen lassen. Doch hier hielt er sich zurück. Wenn Mohren verhörte, mußte Peters genau wie Richard zusehen. Er schien auf ein Zeichen seines Chefs zu warten, vielleicht doch eingreifen zu dürfen, doch das kam nicht.

Herbert Frey war arrogant. Ein mieser Lump, dachte Richard. Warum lassen sich die Leute gefallen, daß so ein Mistkerl über ihre Zukunft mitentscheiden durfte? Er glaubte, sich ganz genau vorstellen zu können, wie Herbert Frey in den Räumen des Ortsausschusses herumstolziert war und über Wohl und Wehe der Bürger entschieden hatte. Aber die Leute hatten sich ja noch ganz andere Mistkerle gefallen lassen.

Herbert Frey war also ein anerkannter politisch Verfolgter. Doch das war Richard völlig egal. Frey sei Kommunist, hieß es in

Sülz. Er sei gefoltert worden, werde sein Leben lang an den Folgen eines Gestapo-Verhörs leiden. Die hätten ihm den rechten Arm kaputtgemacht, den er kaum noch bewegen konnte.

Sollte er Mitleid für den Mann empfinden, fragte sich Richard. Oder gar Respekt. Frey lebte schließlich wie ein Fürst in Sülz. Viele hatten Schlimmeres erlebt und wurden nun behandelt wie der letzte Dreck. Aber war es nicht primitiv, so zu denken? Richard ärgerte sich über sich selbst. War nicht der wahre Grund seiner Abneigung blanker Neid?

Mohren sprach weiter: »Sie wollen mir also erzählen, daß Ingrid Förster Sie erpressen wollte, damit nicht Sie sie erpressen konnten.«

Frey grinste.

»Das ist lächerlich, Frey. Woher kannten Sie Ingrid Förster?«

»Man kannte sich halt aus schweren Zeiten. Sind ja nicht mehr so viele Leute in Köln gewesen. Damals.«

Mit seinen Antworten reizte der grinsende Frey sein Gegenüber bis aufs Blut. Richard hätte gern gesehen, daß Mohren Peters erlaubt hätte, Frey dieses Grinsen aus dem Gesicht zu schlagen.

»Haben Sie Geschäfte gemacht im Krieg?« fragte Mohren.

»Wer hat das nicht?« antwortete Frey.

Mohren holte tief Luft.

»Sprechen wir mal über diese Konzession für die Spedition. Stimmt es, daß Sie Ihrem Freund Martin Förster tatkräftig zur Seite gestanden haben?«

Erstaunlicherweise zögerte Frey nicht, in dieser Sache bereitwillig Auskunft zu geben. Die Sache schien ihm wohl eine Lappalie zu sein. Er gab zu, Förster mit der Hilfe eines uniformierten Polizisten, den er vorher mit ein paar Zigaretten bestochen hatte, geholfen zu haben. Das Ganze sei aber Försters gutes Recht gewesen. Seine ehemalige Frau hätte sowieso nichts mit der alten Konzession angefangen. Sie habe das Stück Papier nur nicht herausrücken wollen, weil sie ihrem geschiedenen Mann schaden wollte.

»Die war ein mieses Stück.«

»Das haben Sie gern getan, Ingrid Förster eins auszuwischen.

Warum haben Sie Ihren Kumpel dann hinterher hängen lassen, nachdem Sie ihm die Konzession besorgt hatten?« fragte Mohren.

Frey zuckte mit den Schultern.

»Sie wollten, daß er Ihnen Ingrid Förster vom Leib hält. Warum?«

»Was wollen Sie, Mohren?«

Richard sah, wie sich sein Chef bemühen mußte, die Ruhe zu bewahren. Mohren versuchte es noch einmal: »Woher kannten Sie Ingrid Förster?«

Frey streckte den Hals und drehte den Kopf zur Decke. Unmißverständlich wollte er wohl seiner Umgebung klarmachen, daß sie ihn langweilte. Richard hatte die obligatorische Gegenfrage erwartet. Doch die Frage, die kam, überraschte ihn: »Wie wär's mit einem kleinen Schnäpschen, lieber Mohren?«

Und als wenn das nicht Provokation genug gewesen wäre, fügte er noch hinzu: »Danach geht vieles leichter.«

Jetzt platzte Mohren der Kragen, Peters stand in Lauerstellung.

»Sie gehen zu weit, Frey!« brüllte der Oberinspektor. »Hier geht's um Mord. Sie haben kein Alibi und Ihr Freund Langel auch nicht. Wenn Sie meinen, Sie könnten sich beschweren, tun Sie das. Aber ich rate Ihnen: Beeilen Sie sich.«

Frey räkelte sich auf seinem Stuhl und grinste.

Mohren ging zum Fenster. Genauso schnell, wie er in Rage geraten war, beruhigte er sich wieder. Peters hatte vergebens auf ein Zeichen gewartet, um einmal kräftig zuschlagen zu dürfen. Er sah enttäuscht aus.

Der Oberinspektor fuhr sich mit der Hand durch die mißlungene Frisur. Er kaute auf der Unterlippe. Das war keine Routine mehr. Richard spürte, daß sein Chef Schwierigkeiten hatte, Herr der Lage zu bleiben.

»Sie sehen sich in der Rolle des Anklägers, Frey«, murmelte Mohren. »Sagen wir besser: Sie glauben, Sie seien der Ankläger. Ich sag Ihnen was.« Mohren wurde wieder lauter. »Damit ist jetzt Schluß. Sie unterschätzen Ihre Lage, lieber Frey. Jetzt sitzen Sie auf der anderen Seite der Anklagebank. Nämlich dahinter.«

Immer noch schien Frey unbeeindruckt.

»Erzählen Sie uns, warum Sie aus dem Ortsausschuß geflogen sind.«

»Warum?« fragte Frey zurück. Auch Richard war nicht ganz klar, was das mit ihrem Fall zu tun hatte.

»Die hatten keine Lust auf einen Erpresser, stimmt's? Sie haben Ihr persönliches Interesse mit dem Gemeinwohl verwechselt.«

»Womit?«

»Sie wissen nicht, was das ist?«

»Nein.«

»Das dachte ich mir.«

Frey nutzte die Pause, die Mohren machte. »Sie liegen falsch, mein Lieber«, sagte er. »Völlig falsch. Ich bin nicht mehr Mitglied des Ortausschusses, weil die Gemeinschaft glaubt, daß die Entnazifizierung nicht mehr zu ihrem gemeinen Wohl beiträgt. Das habe ich eben anders gesehen. Welcher Ortsausschuß war eigentlich für Sie zuständig, lieber Oberinspektor?«

Richard fand die Frage unpassend und unverschämt. Seine Hände waren schweißnaß, und er wußte wieder einmal nicht, wohin mit ihnen. Sein Chef zeigte äußerlich keine Reaktion. Ohne Frey anzusehen, sagte er ruhig und sachlich: »Munckler schreiben Sie: Herbert Frey bestreitet, irgend etwas mit dem Tod von Ingrid Förster zu tun zu haben. Dann schreiben Sie noch, daß er zugibt, einen Polizisten bestochen zu haben, um eine Konzession für seinen Freund Förster zu bekommen, und daß er Ingrid Förster kannte, uns aber nicht sagt, woher.«

Mohren ging zur Tür. Richard und Peters sahen sich ratlos an. Das sollte wieder einmal alles gewesen sein?

»Wir sehen uns wieder, Herr Frey«, sagte der Oberinspektor leise aber deutlich.

Mohren verschwand. Richard rückte die Schreibmaschine zurecht und fing an zu tippen. Er ließ alle Formalitäten weg und schrieb nur auf, was Mohren gesagt hatte. Frey machte keine Anstalten, darauf zu warten, bis Richard seine Arbeit beendet hatte.

»Auf Wiedersehen, meine Herren.« Er drehte sich um. »Den Wisch unterschreiben kann ich auch ein anderes Mal. Und ...«, er sah zunächst Peters, dann Richard kurz an, »... passen Sie gut auf Ihren Chef auf.«

Frey verließ den Raum. Natürlich grinsend.

***

Richard fiel auf sein klappriges Bett. Er mochte sich nicht ausziehen. In diesem miesen Zimmer in dem immer noch halbzerstörten Haus in der Kasparstraße sollte man möglichst viel am Körper tragen. Es war einfach zu ungemütlich, und die Decken, mit denen er sich nachts zudeckte, waren kratzig und schimmelig. Jede Nacht entwickelte sich in diesem Stoff neues Leben. Richard malte sich aus, wie kleine Tierchen durch die verfilzten Fasern seiner Decke krabbelten und sich in seiner Nähe wohl fühlten. Besonders störte ihn der Gestank. Es stank in der ganzen elenden Bude nach Schimmel und Verwesung.

Wenn er versuchte, einzuschlafen, schoß ihm jeden Abend derselbe Gedanke durch den Kopf: Vielleicht wäre er doch besser zurück nach Vingst gegangen. Doch dann erinnerte er sich an die kleine Wohnung in dem rechtsrheinischen Arbeiterstadtteil Kölns, die schon ohne Bombenschäden ungefähr so ausgesehen hatte wie das Zimmer hier. Seine Mutter hatte versucht, die Wohnung, so gut es ging, in Schuß zu halten. Doch im Laufe des Krieges war es ihr immer schlechter gegangen. Als dann sein Vater gestorben war, mußten Richard und sein Bruder für sich, den Haushalt und die Wohnung allein sorgen. Seine Mutter war schwächer und schwächer geworden, und nachdem auch noch Richards Bruder eingezogen worden war, schien bei ihr der letzte Rest an Lebenswillen zu verschwinden. Richard hatte von Anfang an gespürt, daß sein Bruder nicht wiederkommen würde. Oft hatte er schweigend mit seiner Mutter am Küchentisch gesessen. Dann hatte er gewußt, daß sie dasselbe fühlte. Irgendwann hatte seine Mutter aufgehört, mit ihm in den Luftschutzkeller zu gehen.

Jetzt wohnte Richard in der Innenstadt und empfand das als sozialen Aufstieg. Eine gute Adresse, das Agnesviertel. Man mußte ja niemanden zu sich nach Hause einladen. Hier, in der Kölner Neustadt, hatte es sich das Bürgertum nach der Jahrhundertwende in schönen, großen Wohnungen gemütlich gemacht, nachdem die mittelalterliche Stadtmauer wegsprengt worden war. In Windeseile waren jenseits des ehemaligen Festungsrings viergeschossige Wohnhäuser gebaut worden. Nun, nach dem Krieg, war wie überall der alte Glanz unter den Trümmern begraben worden.

Richards Blick fiel auf unzählige kleine Krater an seiner Zimmerdecke. Weil ihm die Kraft fehlte, sich an diesem düsteren Ort ein Bild von der Zukunft zu machen, dachte er an die Vergangenheit, an Kinderspiele und immer wieder an Züge.

Dampflokomotiven, lange Güterzüge und feine Personenwaggons fuhren an ihm vorbei, langsam genug, um aufzuspringen. Einfach aufspringen und mitfahren. Nach Italien zum Beispiel. Ans Meer, in die Sonne. In Köln schien schon seit Jahren nicht mehr die Sonne. Und wenn sie doch einmal zu sehen war, nur als Abbild des Originals. Als Erinnerung an bessere Zeiten, die er selbst höchstens als kleines Kind erlebt hatte.

Als Kind hatte Richard wirklich viel Zeit an Gleisen und auf Bahnsteigen verbracht. Wenn die anderen Kinder nach Hause gegangen waren, war er manchmal noch stundenlang am Bahndamm sitzengeblieben. Manchmal bis tief in die Nacht. Dann hatte es anschließend immer eine Tracht Prügel von seinem Vater gegeben. Aber das war ihm egal gewesen. Zumindest bis sein Vater im März 1942 starb. Danach hatte er angefangen, die Tracht Prügel zu vermissen.

Wenn er allein auf einem Stapel Bohlen gesessen hatte, hatte er sich Geschichten ausgedacht. Von Posträubern, die Züge überfielen. Von SS-Spezialkommandos, die Waffentransporte des Feindes verhinderten. Manchmal hatte er auch geträumt, daß er einmal heiraten und dann mit einer hübschen, blonden Frau in einem eigenen Zugabteil in den Süden fahren würde.

Schon als Kind hatte er sich in diesen fantastischen Zustand der Schwerelosigkeit fallenlassen können. In Trance, wo alles möglich schien. Wo Züge fuhren und hielten, Menschen kamen und gingen. Und das alles nur für ihn. Die ganz besonderen Momente fror er ein. Dann blieb die Zeit stehen. Dann machte er wie ein Fotograf in aller Ruhe ein Bild für das große Buch der erfundenen Erinnerungen und Träume. Ein Bild von der hübschen, blonden Frau zum Beispiel, die mit ihm weit weg fahren sollte.

Die Frau hatte er bis heute nicht kennengelernt. Doch das Fernweh packte ihn immer noch, wenn die Züge an ihm vorüberfuhren.

Heute wußte er, daß in den Güterzügen, die er als Kind gesehen hatte, oft Menschen gesessen hatten, auf der Fahrt vom Deutzer Messelager in den Tod. Und trotzdem wollte Richard mit den Zügen mitfahren. Weit weg. In ein Land ohne Vergangenheit, wo immer die Sonne scheint. Dort würde er dann auch Karl Heinz Siemens, den alten Freund, endlich vergessen.

Doch würde er ihn jemals vergessen können? Siemens würde bleiben. Für immer. In dem vermoderten Eisenbahnwaggon. Mit einem kleinen Mann in Uniform, einer riesengroßen Haubitze und mit ihm, Richard Munckler.

Die Erinnerungen hielten ihn wach, und er wälzte sich auf seinem Bett hin und her. Ihm fiel ein, wie er als Streifenpolizist ein zehnjähriges Mädchen hinter einem Trümmerhaus aus einem Brunnenschacht ziehen mußte. Das Mädchen hatte beim Spielen ein Bein verloren. Ein Freund hatte mit einer scharfen britischen Handgranate, die sie unter einem Trümmerberg gefunden hatten, auf Tauben geworfen. Das Mädchen war ein bißchen jünger als Ferdinand gewesen. Richard hatte wenigstens noch eine Ahnung davon, was Kindheit sein konnte. Dieses Mädchen und Ferdinand hatten wahrscheinlich noch nie das Gefühl gehabt, unbeschwert und ohne Angst einfach nur ein wenig zu spielen.

Richard erinnerte sich an den 5. Januar 1945. Das war der Tag, an dem er endgültig erwachsen geworden war. An diesem Tag wurden seine Kindheit und alle Menschen, die diese Zeit mit ihm verbracht hatten, zu Vergangenheit. Damals schloß Richard mit allem ab, was ihm bis dahin wichtig gewesen war. Genau wie seine Freunde. Aber er tat es anders als sie.

Es war ein sehr kalter Tag gewesen. Er hatte aufpassen müssen, um nicht mit seinem Fahrrad auf einer gefrorenen Pfütze auszurutschen, als er wieder zum Gremberger Bahnhof fuhr. Nach dem Loch im Zaun mußte er nicht suchen. Man konnte jetzt überall an die Gleisanlagen kommen, oder besser an das, was davon übrig war.

Der Verschiebebahnhof war tot. Begraben unter Geröll, niedergebrannt, verschüttet. Ein Eisenbahnfriedhof. Richard kletterte über einen Schuttberg, unter dem er das alte Weichenstellhäuschen vermutete, an dem sie sich früher getroffen hatten.

Er hatte fest damit gerechnet, irgend jemand von seinen alten Kumpanen hier zu treffen. Heute bestimmt. Doch keiner war da. Noch nicht einmal Heinrich der Große, mit dem er sich zwei Tage vorher sogar verabredet hatte.

»Wir hauen einfach ab«, hatte Heinrich gesagt.

Die Idee hatte ihm gefallen. Wegfahren, abhauen und nicht mehr wiederkommen. Es wurde höchste Zeit, denn der Krieg kam näher. Richard wollte nicht sterben. Den Geschichten seines Lateinlehrers vom Heldentod für Volk und Vaterland hatte er nie geglaubt.

Heinrich war genau wie die anderen nicht gekommen. Richard hatte sich auf die Reste einer Hausmauer gesetzt und über die Anlage des alten Bahnhofs geblickt. Hier bewegte sich nichts mehr. Keine Maschine, kein Mensch, noch nicht einmal der Wind. Es war kalt. Richard hatte Hunger und Durst gehabt. Er hatte die Augen zusammengekniffen, um Leben in den toten Bahnhof fließen, den Frühling einkehren, die Kälte verschwinden zu lassen.

Plötzlich spürte er warmen Atem neben sich.

»Wir können fahren!«

Er sah Heinrich den Großen, wie er neben ihm saß. Er sah eine schwere Diesellok, wie sie sich fast lautlos und sehr langsam über die Gleise schob. So, als ob sie schweben würde. Im Führerhaus saß Richards Freund Hermann und winkte den beiden zu.

»Los!« rief Heinrich.

Richard sah sich und seinen Freund auf die Lok zulaufen. Sie zog einen Personenwaggon. Nur einen einzigen. Einen blank geputzten, dunkelgrünen Personenwaggon mit goldenen Beschlägen und mit feinen, roten Gardinen an den Fenstern. Ein Schaffner in einem schicken schwarzen Anzug stand in der offenen Tür. Hinter einem Fenster saß eine hübsche, blonde Frau. Und als Richard und Heinrich den Zug erreichten, hob sie ihre Hand, winkte und lächelte. Er sah sich und Heinrich einsteigen.

»Wir hauen einfach ab.«

Dann war die Lok wieder verschwunden. Der Gremberger Bahnhof war wieder ein Trümmerfeld, auf dem sich nichts bewegte. Der Traum war vorbei.

Richard war von seiner Mauer gesprungen und in die Richtung gegangen, aus der die Lok gekommen war. Richtung Süden. Zur gleichen Zeit war am anderen Ende des rechtsrheinischen Köln – in Mülheim – tatsächlich ein Zug voll mit fünfzehn- bis siebzehnjährigen Jungs losgefahren. Richard hatte gemeint, trotz der Entfernung spüren zu können, wie sich die Räder der Lokomotive in Mülheim in Gang setzten. Richtung Westen. Alle Kölner Jungen, die noch nicht an Fliegerabwehrkanonen saßen oder sich freiwillig gemeldet hatten, mußten zum »Baueinsatz Westwall«.

Sicherlich hatten die Drohungen des Kölner Oberbannführers Wallrabe gewirkt, sicherlich auch, daß man ihnen ab diesem Tag die Rationskarten für Lebensmittel entzog. Doch, daß es Tausende von jungen Männern waren, die sich in der Berliner Straße in Mülheim eingefunden hatten, erklärte das nicht. Die meisten waren freiwillig hingegangen. Ehrendienst zur Heimatverteidigung: Schanzarbeiten und Panzergräben bauen. Oder gleich ins Wehrertüchtigungslager.

Richard wollte keine Hindernisse bauen, die die Feinde an der Westfront aufhalten sollten. Die sollten ruhig kommen. Er war weiter über die zerstörte Gleisanlage Richtung Süden gegangen. Über einen Umweg war er ins Bergische Land gekommen, wo er sich die letzten Monate des Krieges in einer Scheune mit dreißig, zeitweise vierzig anderen Flüchtlingen verstecken sollte.

***

Es klopfte. Das Geräusch wurde immer lauter. Richard fuhr hoch. »Munckler«, brüllte jemand. Von der Decke bröckelte ein Steinchen Putz auf seinen Kopf. Es dauerte eine Weile, bis er sich berappelt hatte. Offensichtlich hatte er doch in den Schlaf gefunden.

Es war Mohren. Und es war elf Uhr abends.

»Munckler, wachen Sie auf, Mann.«

Richard stand auf und schleppte sich zur Tür. Alfons Mohren stand der Schweiß auf der Stirn.

»Machen Sie voran, Munckler. Es gibt Arbeit.« Mohren trug einen Pistolengurt.

»Sie sind bewaffnet?« fragte Richard ungläubig. Das bedeutete nichts Gutes.

»Sie bekommen auch eine.«

»Ich möchte keine Waffe«, stammelte er.

»Reden Sie keinen Unsinn, Mann«, war die knappe Antwort. Mohren drehte sich um und ging die Treppe hinunter. Richard warf sich seinen Mantel über und folgte.

»Was ist denn los?« fragte er noch im Hausflur. Die Antwort bekam er erst, als sie im Opel saßen.

»Wir schnappen uns Frey. Und zwar gleich, damit er uns nicht durch die Lappen geht.«

Richard fiel auf, daß Peters nicht da war, und Mohren machte nicht den Eindruck, als wolle er ihn noch abholen.

»Warum jetzt? Mitten in der Nacht?«

Mohren bog auf den Hansaring. »Ich habe einen Haftbefehl. Die Bobbies geben grünes Licht. Heute fliegt der ›gute Mann von Sülz‹ auf, weil wir ihn verhaften.«

Irgend etwas war anders als sonst. Vielleicht war es die Anspannung, die Mohren von Kopf bis Fuß regelrecht zu durchzucken schien. Vielleicht das Gefühl, endlich zu einem vollwertigen Polizisten zu werden. Vielleicht auch die Freude darüber, einem miesen, schamlosen Krieggewinnler das Handwerk zu legen.

Richard traute sich nicht, noch einmal nachzufragen. Hätte das nicht bis morgen warten können? Sicher nicht. Es bestand wohl Fluchtgefahr.

Mohren gab Gas. »Auf dem Rücksitz liegt Ihre Pistole, Munckler. Können Sie damit umgehen?«

Die Frage war durchaus berechtigt, denn für die jungen Männer, die erst nach dem Krieg zur Polizei gekommen waren, gab es keine Schießausbildung mehr. Die hatten die Besatzer abgeschafft. Wozu sollte er auch Schießen lernen, wenn man einerseits davon ausgehen konnte, daß nahezu alle Deutschen durch den Krieg im Schießen geübt waren und andererseits die deutsche Polizei so bald keine eigenen Waffen tragen würde.

»Es ist nicht das erste Mal, daß ich eine Pistole trage«, sagte Richard unsicher.

»Ich weiß«, sagte Mohren.

Richard schluckte. Sollte er darauf reagieren? Dann griff er wortlos hinter sich und fand einen Stoffbeutel. Mit zittrigen Händen öffnete er das Säckchen und fand einen alten englischen Trommelrevolver mit einem Päckchen Munition.

»Die Munition ist abgezählt, und die Knarren müssen morgen früh wieder bei den Bobbies sein.«

Die Militärpolizei gab nur in Ausnahmefällen Pistolen an deutsche Polizisten aus. Mohren hatte sie offenbar davon überzeugen können, daß die Verhaftung Herbert Freys einen solchen Ausnahmefall darstellte. Dann deutete Mohren auf einen grauen Umschlag.

»Schauen Sie da rein, Munckler. Post von der Staatsanwaltschaft.«

Richard nahm den Umschlag und öffnete ihn. Darin befand sich eine Mappe. Auf dem Deckblatt war der Stempel der Militärregierung. Seine Anfrage an die Staatsanwaltschaft! Gab es doch irgendwas über diesen Schlappschwanz Förster? Oder sogar über Frey? Mit schwarzem Stift war ein »Streng vertraulich« durchgestrichen worden. Darunter stand der Name des Mannes, der sie heute fast eine Stunde lang angegrinst hatte: Herbert Frey. Über den feinen, mächtigen Mann gab es ein Vorstrafenregister.

Es war nicht leicht, bei Dunkelheit zu lesen. Die Innenbeleuchtung im Opel war defekt. Mohren drückte Richard ein Feuerzeug in die Hand. Die Mappe enthielt nur ein Blatt Papier. Richard entzündete die kleine Flamme des Benzinfeuerzeugs. Er traute seinen Augen nicht. Hier waren fein säuberlich elf Straftaten aufgelistet, für die Herbert Frey bereits vor Gericht gestanden hatte. Alles kleine Sachen, kein Vergleich mit Theo Langel, aber immerhin. Der anerkannte politisch Verfolgte war ein Kleinkrimineller: Betrug, Diebstahl, Urkundenfälschung, Erpressung. Frey hatte fünf Jahre im Gefängnis verbracht. Kein Wort über politische Straftaten, kommunistische Gesinnung oder Gestapo-Haft. Auch nicht im Zusammenhang mit einer Haftstrafe 1943/44.

Frey gab diese Zeit als seine Gestapo-Haft aus, weil er ein verfolgter Kommunist gewesen sei. In dieser Zeit sei er mißhandelt worden, habe man ihm beim Verhör den Arm zerschlagen. In der Mappe auf Richards Knien stand als Grund für die Haft ein rechtskräftiges Urteil des Kölner Amtsgerichts: sechs Monate wegen Betrugs. »Das ist ja ein Ding«, murmelte Richard. Sie konnten Frey als Hochstapler auffliegen lassen. Doch konnten sie Akten aus der Nazizeit trauen?

Mohren nahm ihm die Mappe ab und schmiß sie auf den Rücksitz.

»Wir werden das jetzt folgendermaßen machen«, begann er mit der Erläuterung seines Einsatzplans. »Sie stellen sich hinter das Haus und warten. Falls Frey fliehen will, beginnt Ihr Einsatz.«

»Was soll ich dann machen?« fragte Richard.

Mohren antwortete nicht. Nachdem er den Wagen geparkt hatte, sah er Richard streng an.

»Machen Sie sich keine Sorge. Soweit wird es nicht kommen«, sagte er fast väterlich, um dann gut gelaunt hinzuzufügen: »und wenn: Schießen Sie ruhig. Frey ist ein Lump.«

Offensichtlich haßte sein Chef Herbert Frey. Er haßte ihn, weil ein rechtschaffender Mann Herbert Frey hassen mußte, dachte Richard, als er über die Mauer kletterte, die den Hof, der zu Freys Haus gehörte, vom Nachbargrundstück trennte. Langsam schlich er sich zur Hintertür des dreigeschossigen Wohnhauses. Alle Zimmer waren dunkel. Die Fenster im Erdgeschoß waren kaputt. Hier schien keiner zu wohnen.

Warum sollte er an der Hintertür warten, fragte sich Richard jetzt. Wer da raus will, muß durch den Hausflur. Peters hätte hier nicht im Hof herumgestanden, um auf den unwahrscheinlichen Fall zu warten, daß Frey hier rauskommt, dachte Richard.

Die Tür ließ sich leicht öffnen. Vor ihm lag der Abgang zum Keller. Rechts ging es hoch zu den Wohnungen. Richard ging langsam in das Haus. Er tastete nach der Pistole, die er sich in die Manteltasche gesteckt hatte. Um keinen Preis der Welt würde er sie benutzen. Da war er sich ganz sicher. Er würde auf keinen Fall auf Herbert Frey schießen.

Der war zwar ein mieser Lump. Mohren hatte wahrscheinlich recht. Doch das reichte Richard nicht, um eine Pistole auf jemanden zu richten. Wieder kam ihm Karl Heinz Siemens in den Sinn. Er schüttelte den Gedanken ab. Dafür war jetzt nicht die Zeit. Er mußte sich konzentrieren.

Leise ging Richard die Treppe hoch. Wo war Mohren? Er spürte, wie ihm das Herz bis zum Hals schlug. Sollte er nicht doch besser hinterm Haus warten? Richard blieb stehen. Es war mucksmäuschenstill. Ihm kam das seltsam vor. So viel später als Mohren konnte er das Haus nicht betreten haben. Oder doch? Nichts rührte sich. Bei einer Verhaftung wird doch gesprochen.

Vielleicht war Frey auch gar nicht im Haus, und Mohren saß vor seiner Wohnungstür im zweiten Stock, um darauf zu warten, daß der ehrenwerte Mann die Treppe hochtorkeln würde. Dann hätte Richard denkbar schlecht dagestanden. Vielleicht war Mohren auch schon längst in der Wohnung von Frey, aber eben zu hastig oder zu leichtfertig gewesen. Frey hätte sich nicht so einfach verhaften lassen, sich gewehrt. Er könnte Mohren überwältigt haben.

Und Langel? Mit Langel an Freys Seite würde Mohren wohl überhaupt keine Chance haben. Richard bekam Angst. Angst um seinen Chef, was ihn selbst ein wenig wunderte. Er hastete die Treppe hoch. Immer noch möglichst leise.

Er würde nicht schießen. Nein, auf keinen Fall. Immer wieder sagte er das zu sich selbst. Aber trotzdem zog er die Waffe aus der Manteltasche. Als wäre sein letzter und bisher einziger Einsatz mit einer Waffe erst gestern gewesen, entsicherte er sie, ohne hinzuschauen, wie ein alter Hase der Mordkommission. Er lief an der Wohnungstür im ersten Stock vorbei, drückte sich gegen die Flurwand und starrte die Treppe hoch. Da saß kein Mohren auf dem Absatz. Statt dessen sah Richard, daß die Wohnungstür im zweiten Stock offenstand. Er vergaß sämtliche Vorsichtsmaßnahmen und handelte nur noch instinktiv.

Er betrat die dunkle Wohnung. Vor ihm lag ein langer Flur. Zum ersten Mal sah Richard Licht in diesem Haus. Ganz schwach schimmerte es durch die Ritze unter der Tür des Zimmers am Ende des Flurs.

Warum waren keine Stimmen zu hören? Wo war Mohren? Langsam schlich er weiter und versuchte, möglichst leise zu atmen.

Das war falsch, was er hier tat. Völlig falsch. Er verharrte im Türrahmen, der Küche und Flur trennte. Die Hälfte des Flurs lag hinter ihm, die andere vor ihm. Richard spürte seinen Pulsschlag gegen die Innenhaut seines Halses hämmern. Schweiß lief ihm über die Handflächen.

»Laß das.«

Richard erschrak, obwohl die beiden Worte ganz leise an sein Ohr drangen. Für einen kurzen Moment dachte er, jemand hätte hinter ihm in der Küche gesprochen. Doch dann wurde am Ende des Flurs die Tür aufgerissen. Und noch einmal rief jemand, jetzt laut und klar erkennbar aus dem Zimmer »Laß das!«.

War das Mohren? Richard konnte es nicht mit Bestimmtheit

sagen. Langel? Frey? Richard ging auf die Knie, die Pistole nach vorn gerichtet.

»Frey!« brüllte Richard. »Kommen Sie da raus. Sie sind verhaftet.«

Für einen Augenblick herrschte wieder absolute Stille. Richard schluckte. Dann hörte er ein Poltern aus dem Zimmer. Ein Stuhl oder ein Sessel, der umfiel.

Im Türrahmen erschienen die Umrisse einer Person, die begann, sich auf ihn zuzubewegen. Richard sah einen breiten Körper, der auf ihn zukam. Nicht schießen! Auf keinen Fall. Und während er das dachte, merkte er, wie das Bild vor seinen Augen verschwamm. Er verlor die Körperspannung. Sein Gesichtsfeld schien zusammenzuschrumpfen. Da war nur noch der Körper des Mannes, der auf ihn zulief. Dessen Bewegungen wurden immer langsamer.

Der Mann schien fast zu schweben, während Richard auf ihn zielte. Richard Munckler fühlte sich wieder wie ein Zauberer, der die Zeit anhalten konnte. Es war seltsam, daß er ausgerechnet in dieser Situation alle Spannung verlor. Mit diesem Gefühl, mit dieser Leichtigkeit würde er jetzt über das Leben dieses Mannes entscheiden.

»Bleiben Sie stehen!« rief Richard so schwach, daß er es auch hätte lassen können.

Er erkannte Herbert Frey. Richard holte Luft, um den Abzug zu drücken.

»Nicht schießen! Bitte! Nicht schießen.« Frey blieb stehen. »Verhaften Sie mich!«

Das klang nicht zynisch oder arrogant, wie man das von dem Mitglied des Sülzer Ortsausschusses gewohnt war. Es klang ängstlich und schwach und traf Richard gerade deshalb wie ein Schlag ins Genick. Er fasste sich wieder. Er würde nicht auf Frey schießen! Natürlich nicht. Was für einem Wahnsinn hatte er sich da eben hingegeben?

Im gleichen Moment, als ihm das klar wurde, knallte es. Für einen Moment dachte Richard, er habe doch selbst geschossen.

Dann sah er Mohren im Türrahmen. Herbert Frey sackte zusammen, zunächst auf die Knie, Auge in Auge mit Richard. Dann fiel er nach vorn zu Boden.

Mohren kam auf Richard zu. In dem schwachen Licht, das aus dem Zimmer in den Flur schien, sah er, daß dem Oberinspektor der Schweiß auf der Stirn stand. Seine rechte Hand zitterte. Er ließ die Pistole fallen.

Mohrens Augen waren weit aufgerissen. Das war nicht der Alfons Mohren, mit dem er hierhergefahren war. Auch nicht der, den er von der Arbeit kannte. Mohren kniete sich neben Frey. Richard stand langsam auf.

»Ist er tot?« murmelte er.

Mohren schien sich wohl gerade dasselbe zu fragen, während er hektisch nach Freys Puls suchte. Er hob den Kopf und sah Richard an. Sein Chef hatte seinen alten Blick wieder. Da war sie wieder, die Routine des alten Fuchses. Mohren wirkte weniger erleichtert als erschöpft, als er Frey auf die Seite drehte und sagte: »Er lebt.«

Im gleichen Moment öffnete Frey die Augen.

»Wo hab ich Sie getroffen, Frey?« fragte Mohren nüchtern.

Jetzt lächelte Frey sogar. Auch er war wieder ganz der Alte: arrogant und zynisch. »Das war wohl nichts, Herr Inspektor.«

Dann schloß er wieder die Augen. Er blutete aus dem Oberarm, in dem eine Kugel aus Mohrens Pistole steckte. Aus dem Lächeln wurde ein Grinsen.

***

Auf dem Weg ins Krankenhaus sprachen die drei Männer kein Wort. Frey lag auf dem Rücksitz. Richard drückte ihm ein Handtuch auf die Wunde, das sie in seiner Wohnung gefunden hatten. Er hätte gern gewußt, was in dem Zimmer passiert war, doch er fragte nicht. Er ging davon aus, daß Frey wegen dringenden Mordverdachts verhaftet war. Mohren hatte aber bis dahin nichts dergleichen gesagt.

Herbert Frey grinste immer noch. Die Schußverletzung mußte wehtun, doch das schien ihm nichts auszumachen. Mohren ließ sich Zeit für den kurzen Weg zum Militärhospital. Dort angekommen deutete er wortlos mit einem Kopfnicken an, was er von Richard erwartete. Mohren selbst machte keine Anstalten, dabei zu helfen, dem schweren, grinsenden Frey aus dem Wagen zu helfen.

»Was soll ich denen sagen?« fragte Richard.

Mohren drehte langsam den Kopf in Richtung Frey, als wenn der gefragt hätte.

»Ich komme morgen wieder«, sagte er, während er Frey mit seinem Blick zu durchbohren schien.

Richard half Frey aus dem Auto, schlug die Tür ins Schloß und zog ihn zum Eingang des Krankenhauses. Hatte er richtig gehört? Doch es gab keinen Zweifel: Der Opel Admiral fuhr davon. Ohne ihn. Sein Chef ließ ihn allein, ohne weitere Instruktionen. Sollte er Frey bewachen? Aus einem Militärhospital konnte niemand flüchten, also warum sollte er zur Bewachung hierbleiben, dachte Richard. Das konnte Mohren nicht gewollt haben.

Sein Blick blieb an Frey hängen. Das ehemalige Mitglied des Sülzer Ortsausschusses hatte aufgehört zu grinsen. Für einen Augenblick sah es so aus, als wollte Frey etwas sagen. Doch nachdem er tief Luft geholt hatte, hatte er sich das offensichtlich wieder anders überlegt.

Richard sah den Admiral um die Ecke biegen und glaubte zu wissen, was ihm Frey sagen wollte. Wahrscheinlich wußte Frey genau wie er, wohin Mohren jetzt fuhr. Und der Oberinspektor der Mordkommission wollte seinen neuen Mitarbeiter Richard Munckler ganz offensichtlich nicht dabei haben.

Mohren fuhr zurück zur Wohnung von Herbert Frey. Hausdurchsuchung bei einem Sammler.

***

Als Richard vom Militärhospital zurückgekehrt war, konnte er wieder einmal nicht einschlafen. Er begann schließlich, Decke und Wände nach neuem Schimmel abzusuchen. Es war Sonntagmorgen, und er stellte sich vor, wie sich in Sülz ein Belgier und sein Sohn auf die Beerdigung der Frau vorbereiteten, die in einem Monat ihre Ehegattin und Mutter geworden wäre. Frey lag im Krankenhaus, Langel war vorsorglich vorläufig festgenommen worden. Und Mohren? Vielleicht war der noch dabei, in Freys Wohnung die letzten Winkel zu durchsuchen. Und Förster? Aufräumen wäre eine gute Idee, lächelte Richard. Er überlegte, ob er am frühen Nachmittag zu der Beerdigung von Ingrid Förster gehen sollte. Vielleicht könnte er dem stummen Ferdinand noch etwas Aufmunterndes sagen.

Vielleicht würde es ja schon ein wenig helfen, einfach nur dabeizustehen.

Er versuchte, sich an seine Gefühle zu erinnern, als seine Mutter gestorben war. Getötet von unbekannten Bomberpiloten. Er war voller Haß gewesen, doch der war schnell von dem Gefühl der Hilflosigkeit und Einsamkeit verdrängt worden. Er hatte sich sehr allein gefühlt. Die Erinnerung daran quälte ihn. Er bemühte sich, sich abzulenken, indem er über den Mordfall nachdachte. Es schien nicht so, als ob sie nun nach Herbert Freys Verhaftung kurz vor der Aufklärung stünden. Es fehlte etwas, auch wenn alles auf Frey hinauszulaufen schien. Aber richtige Beweise hatten sie noch nicht gefunden.

Warum hatte Mohren auf Frey geschossen? Und warum war er allein losgezogen, um Frey zu beschatten und nun seine Wohnung zu durchsuchen?

Vielleicht hatte Mohren ja bei seiner eigenmächtigen Aktion etwas bei Frey entdeckt, das sie weiterbringen konnte. Möglicherweise sogar die Pistole, die zur Pistolenkugel paßte, die Peters gefunden hatte. Das wäre ein Beweis. Doch das war doch eher unwahrscheinlich.

Hatte Mohren überhaupt nach einer Pistole gesucht? Es paßte alles nicht richtig zusammen. Aber immerhin: Die Engländer hatten Frey zum Abschuß freigegeben und den deutschen Polizisten dessen Vorstrafenregister gegeben. Urkundenfälschung und Betrug – warum sollte sich so einer nicht auch die eigene Biographie zusammengefälscht haben?

Doch vielleicht war es auch ganz anders. Richard setzte sich auf die Bettkante. Er war längst ein Mitglied der deutschen Neid-Gesellschaft geworden, dachte er. Warum sollte Frey seine Biographie fälschen? Viel größer war die Wahrscheinlichkeit, daß sein Vorstrafenregister eine Fälschung war. Wovon hing es eigentlich ab, ob er jemandem traute oder nicht, fragte er sich. Wie konnte es dazu kommen, daß sein grundsätzliches Mißtrauen in alle und jeden es manchmal doch zuließ, daß er zwischen schlecht und weniger schlecht unterschied? Und wo war er selbst in seinem Koordinatensystem gelandet?

Richard knibbelte hinter seinem Bett den Putz von der Wand. Fassaden. Jeder hatte sich seine eigene zurechtgebastelt, um hinter ihr in dieser beschissenen Trostlosigkeit ohne großen Ansehensverlust Schutz finden zu können.

Die Leute sparten am Essen, um ihren Sonntagsanzug ausbessern lassen zu können. Die Leute wählten christdemokratisch, obwohl sie als Lumpenproletarier reif für die Revolution gewesen wären.

Vielleicht war Herbert Frey viel ehrlicher als er selbst, dachte Richard. Zumindest mit sich. In jedem Fall fühlte sich Richard dümmer als Frey. Kein Wunder in einer Zeit, wo jeden Morgen, wenn er ins Präsidium kam, neue Kollegen das Weite gesucht hatten. Auf den Wachen in den Stadtteilen gab es regelrechte Zählappelle, um den Überblick zu behalten, wer denn nun das weitaus lukrativere Dasein außerhalb der Polizei dem schlecht bezahlten Schichtdienst vorgezogen hatte. Es war leicht, die Seiten zu wechseln. Und wer ganz geschickt war, tat das, ohne den Polizeidienst zu quittieren, kassierte mal hier und da und nutzte die Behörde als Tarnung und Informationsquelle.

Auf welcher Seite es sich besser leben ließ, war für Richard keine Frage. Als junger Polizist verdiente er knapp dreihundert Mark. Das reichte gerade für das Nötigste.

Richard kamen aber auch Zweifel an den moralischen Kategorien: Vielleicht war die andere Seite gar nicht die schlechte, die böse? Was tat er schon? Er stand im Dienst einer weitgehend machtlosen Behörde, die in erster Linie die Folgen eines Krieges bekämpfte, den er nicht geführt hatte, und Aufträge einer Besatzungsmacht ausführte, die kein Interesse daran zu haben schien, den Gutwilligen mehr Eigenverantwortung zu geben. War das gut?

Herbert Frey war im Gegensatz zu ihm ein selbständig handelnder Mann, der selbst entscheiden konnte, was er tat und ließ. Vielleicht hatte er unzähligen Kölnern durch seine Kontakte eine bessere Wohnung besorgt. Möglicherweise hatte Frey manches Entnazifizierungsverfahren so beeinflussen können, daß der eine oder andere nicht unverdient mit weißer Weste aus der Verhandlung gegangen war. Vielleicht hatte der Sammler mit belastendem Material tatsächlich ein paar Kölner Dreckschweine auffliegen lassen. Vielleicht war Ingrid Förster eine miese Schlampe, die ihrem Mann nur aus Trotz oder Rache die alte Speditionskonzession nicht geben wollte, während Herbert Frey seinem Freund geholfen hatte, wieder eine eigene Existenz aufzubauen.

Und was war mit Mohren, dem Oberinspektor der Kölner Polizei? Die Kripo war mit heiler Haut aus der Nazizeit rausgekommen, hieß es. Während die Kollegen von der Schutzpolizei oftmals die Arbeit der SA und SS machen mußten, hatte die Kripo weiter die Täter der Eifersuchts- und Habgiermorde gesucht und Dieben, Betrügern und Kinderschändern das Handwerk gelegt. Da hatte man sich die Hände nicht dreckig machen müssen. War das die Wahrheit?

Langsam stand er auf, goß Wasser in die Zinkwanne und wusch sich das Gesicht.

Er mußte etwas tun, dachte er, als ihm das eiskalte Wasser von den stoppeligen Wangen perlte. Etwas tun gegen seine Müdigkeit. »Hallo, alter Mann«, sagte er zu seinem Spiegelbild. Er musterte sein Äußeres und fand es ganz passabel. Ein paar Gramm mehr Fett auf den Knochen wären ihm ganz recht gewesen und hätten ihm gut gestanden. Er spannte die Muskeln an.

Er kippte sich einen Becher Wasser über die kurzgeschorenen, dunkelblonden Haare und rubbelte sie vor dem Spiegel mit einem

Handtuch trocken. Anschließend pinselte er sich das Gesicht mit Rasierschaum ein. Er mußte sich zweimal am Tag rasieren, wenn er nicht mit einem Stoppelbart durch die Gegend rennen wollte. Richard gab sich Mühe, sich so gut es ging, zu pflegen. »Ich werde dich finden, schöne Frau. Vielleicht schon heute.« Der Mann im Spiegel lächelte.

Der Sonntagmorgen war ein Teil seines Lebens, auf den es sich hinzuleben lohnte. Alle zwei Wochen traf er sich mit seinem Freund Paul Brander in der »Palette«, einem kleinen, angenehmen Lokal. In der »Palette« lief Musik aus Amerika. Boogie-Woogie. Beide legten einen Teil ihres mageren Gehalts zurück, nur für diesen Morgen, der sich dann bis in den Abend ausdehnte. Zweimal im Monat wollten sie nicht sparen, nicht selbst mitgebrachten Schnaps gegen Stopfengeld trinken, sondern Bier, Wein und Schorle beim Kellner bestellen und bezahlen können.

Richard zog sich an, bürstete seinen Sakko aus und schmierte sich Wachs in die Haare. Das Jackett war ihm zu groß. Irgend jemand hatte es ihm in den letzten Monaten des Krieges vermacht. Er konnte sich beim besten Willen nicht daran erinnern, wer das gewesen war. Das bessere Paar von Richards Schuhen stammte von seinem gefallenen Bruder. Immer wenn er sich die Schnürsenkel band, dachte er an den Tag, an dem er seinem Bruder auf der Straße nachgewunken hatte, als der in seiner schicken Uniform in den Krieg gezogen war. Zweimal hatten sie einen Brief von ihm bekommen. Beim dritten Mal hatte man ihnen gleich vier Briefe auf einmal gebracht – zusammen mit der Nachricht, daß Richards Bruder bei einem heldenhaften Vorstoß gegen die Rote Armee gefallen sei.

Richard nahm seinen Mantel vom Haken, sah noch einmal in den kleinen Spiegel neben der Wohnungstür und beugte den Kopf erst auf die linke dann auf die rechte Schulter, so daß es knackte. Das war der Startschuß in den Sonntagmorgen. Er freute sich auf Paul.

***

Paul war wie immer bester Laune. Die ersten beiden Gläser Kölsch hatten sie in zehn Minuten geleert. Richard berichtete kurz und knapp vom Ermittlungsstand in seinem ersten Mordfall. Beim dritten Bier fragte er Paul: »Was weißt du von Mohren?«

Paul schüttelte den Kopf. »Worauf willst du hinaus?«

»Ich meine, gibt es etwas, daß man wissen sollte über Mohren? Aus seiner Vergangenheit zum Beispiel?«

Richard berichtete Paul von der vergangenen Nacht, von Frey und dem Schuß im Wohnungsflur. »Ich glaube, Mohren ist durchgedreht.«

»Angst«, sagte Paul. »Der hatte Angst.«

Richard sah ihn fragend an.

»Wenn du Angst hast, weißt du nicht mehr, was du tun sollst. Was richtig und falsch ist. Du reagierst falsch, verstehst du? Man kann auch sagen: Du gehst auf Nummer sicher und schießt.«

»Aber wir sind doch nicht im Krieg. Der Frey hatte noch nicht einmal eine Waffe.«

»Vielleicht gestern nacht nicht«, flüsterte Paul, während er das Glas hob.

Sein Freund Brander machte es sich leicht, dachte Richard und prostete ihm zu. Paul war drei Monate in Kriegsgefangenschaft gewesen, bevor er nach Köln zurückgekommen war. Er war ein gutaussehender, meistens gut gelaunter Mann. Nicht der Typ, mit dem man ernste Gespräche über Gott und die Welt führte. Auch wenn Richard seinen Freund manchmal ein bißchen zu oberflächlich fand, im Grunde beneidete er ihn um die Fähigkeit, die unangenehmen Dinge des Lebens verdrängen zu können. Paul trainierte in seiner Wohnung auf dem Fußboden mit zwei Backsteinen seinen Bizeps, und er war immer in der Lage, mit einem Witz schlechte Laune zu vertreiben. Beides ließ ihn stark aussehen. Die Narben, die er im Krieg davongetragen hatte, konnte man ihm so nicht ansehen.

»Man muß nicht alles wissen«, sagte Paul, nachdem er einen großen Schluck genommen hatte. »Jeder hat sein Päckchen zu tragen. Ich, Mohren, dieser Frey, alle.« Er setzte sein Glas ab. »Auch du.«

»Wie kommst du darauf?«

»Jeder hat doch an der Vergangenheit zu knabbern. Der eine mehr, der andere weniger«, sagte Paul in einem Tonfall, der nicht darauf hindeutete, daß er dieses Thema vertiefen wollte.

Richard zögerte kurz. »Du hast recht«, sagte er ernst.

Paul sah ihn verwundert an. »Kein Grund zur Traurigkeit, mein Lieber. Laß uns trinken.«

Richard griff nach Pauls Arm, als er zum nächsten Schluck ansetzte. »Ich werde dir jetzt mal von meinem Päckchen erzählen, einverstanden?«

Paul machte nicht den Anschein, die Frage bejahen zu wollen, aber er sagte trotzdem: »Gut.«

Richard sah Paul in die Augen, wartete ein paar Takte Boogie-Woogie ab und begann, von seinem Traum zu erzählen. Es war das erste Mal, daß Richard darüber sprach.

***

Es war neun Monate her. Februar 1947. Tiefer, nasser Nebel hing über den Gleisen. Der Mond warf ein schwaches Licht durch die Nebelschwaden. Es war bitterkalt. Und Richard war allein. Mit seiner Taschenlampe leuchtete er planlos in der Gegend umher. Wenn er hier wirklich jemanden entdecken sollte, der hier nicht hingehörte, würde Richard sich wahrscheinlich vor Schreck hinter dem nächsten Haufen Bauschutt verstecken.

Der junge Polizist fühlte sich unbehaglich. Das war doch ein völlig unmögliches Unterfangen. Verbrecher durch Umherleuchten zu kriegen. Lächerlich.

Er verfluchte seinen Chef und seinen kranken Kollegen, der eigentlich dran gewesen wäre. Richard hatte in der Dienstbesprechung am Wochenanfang leise seine Zweifel an diesen nächtlichen Streifen geäußert und hatte dafür einen üblen Verweis kassiert.

Er war gern Polizist, doch den Alltag bei der Schutzpolizei fand er unbefriedigend. Der Wunsch, Mord und Totschlag aufzuklären, den richtig großen Schiebern das Genick zu brechen und große Verbrechen zu bekämpfen, trieb ihn an. Das war schon sein Ziel, als er zum ersten Mal eine Polizeiuniform angezogen hatte. Doch dazu mußte er weg von der Schutzpolizei und hin zur Kriminalpolizei. Dann würde sein Beruf ein wirklich guter Beruf. Bis dahin waren Ausdauer, Fleiß und Geduld nötig.

So wie an jenem Februartag. Man hatte ihn losgeschickt, den Bahndamm zwischen Bahnhof Longerich und dem Nippeser Verschiebebahnhof abzugehen. Richard balancierte auf den Gleisen und dachte wieder einmal an Züge und hatte Fernweh.

In den letzten Wochen hatten unbekannte Täter mehrmals Güterwaggons während der Fahrt aufgebrochen und geplündert. Die Polizei vermutete, daß es sich dabei um drei bis vier Täter handelte. Sie sprangen auf, knackten die Plomben der Waggons und warfen dann Päckchen und Kisten aus den Zügen, um sie hinterher entlang der Strecke einzusammeln. So hatte Richards Chef die Sache geschildert, wobei die Zahl der Täter eher eine grobe Schätzung war. Die ganze Sache hatte deshalb eine so große Bedeutung bekommen, weil die Täter offensichtlich sehr gezielt bei ihren Aktionen vorgingen. Ihre bevorzugte Beute waren Medikamente, vor allem Morphium.

Als Richard zum ersten Mal von den Diebstählen gehört hatte, hatte er sich an die Postraubüberfälle erinnert, die er mit seinen Freunden am Gremberger Bahndamm gespielt hatte. Unzählige Male hatten er und seine Kameraden damals im Gebüsch ausgeharrt, bis der vorher gewählte Bandenchef das Signal zum Überfall gegeben hatte. Das war ein wunderbares Spiel gewesen. Jetzt sollte er das Spiel verderben.

In der Ferne hörte Richard einen Zug. Die Scheinwerfer einer Lok bahnten sich den Weg durch den Nebel. Ein Personenzug, wie Richard schnell erkannte. Er lehnte an einem zusammengestürzten Schrankenhäuschen, als der Zug in Richtung Innenstadt vorbeifuhr. Ein paar Gesichter waren zu sehen. Heimkehrer, Besucher, ein kleiner Junge klebte mit der Nase am Fenster.

Plötzlich wurde der Zug langsamer. Nicht viel, aber doch so, daß es Richard erstaunte. Irgendwo – einige hundert Meter von ihm entfernt – mußte ein Hindernis den Zug dazu zwingen, sein Tempo zu drosseln. An anderen Tagen war die Strecke frei gewesen. Richard folgte dem Zug, ging wieder auf den Gleisen und leuchtete in die dunklen Nebelschwaden. Dann tauchten ein Warnschild und schließlich die Gerätschaften von Bauarbeitern auf: Gleisbauarbeiten, die die Züge zum Abbremsen zwangen.

Ein idealer Platz, um aufzuspringen, dachte Richard. Vielleicht kommt ein Zug, der in die andere Richtung fährt. Da könnte er einfach mitfahren. Weg von hier. Richtung Süden.

Während er die kleine Baustelle ableuchtete, hörte er den zweiten Zug. Deutlicher und lauter als den Personenzug. Ein Güterzug. Richard wartete. Dann sah er die schwachen Lichter der Lok, die auf die Baustelle zufahrend, deutlich langsamer wurde. Der erste Waggon schob sich mit ohrenbetäubendem Lärm an Richard vorbei.

Richard merkte, wie er sich verkrampfte. Er machte die Taschenlampe aus und tastete nach der Pistole, die man ihm für diesen Einsatz gegen Quittung ausgehändigt hatte. Auf einmal fand er die ganze Aktion nicht mehr so lächerlich. Er verspürte ein flaues Gefühl in der Magengegend. Der zweite Waggon fuhr an ihm vorbei. Genau wie beim ersten entdeckte er nichts Auffälliges.

Wenn man unmittelbar neben einem fahrenden Zug steht, entscheidet man selbst durch die Wahl des Blickfelds über die Geschwindigkeit des Zuges. Man kann ihn rasen lassen. Man kann ihn langsam an sich vorbeifahren lassen. Richard konnte den Zug fast anhalten. Wie eine Folge einzelner Bilder, Diapositiv für Diapositiv, näherte sich der dritte Waggon. Richard nahm sämtliche Geräusche nur noch aus einer blechernen Ferne wahr.

Die Türen des Waggons standen sperrangelweit offen. Der Kegel einer Taschenlampe bestrahlte die Kisten in dem Waggon. Und dann – so langsam, daß es sich kaum zu bewegen schien – flog ein kleines Päckchen aus der Waggontür, um nur einen Meter neben Richard auf dem Boden zu landen.

In diesem Moment hatte die Zeit Richard und den Zug wieder. Er überlegte nicht und rannte los. Nach wenigen Metern schon hatte er den Waggon eingeholt. Er sprang auf die Trittsprosse und hielt sich an einem Türgriff fest. Wieder flog ein Päckchen aus dem Waggon.

Die Diebe konnten ihn nicht hören. Zu laut ratterte der Zug. Richard konzentrierte sich und sammelte Kraft. Er griff nach seiner Pistole und schob sich in den Waggon. Niemand hatte ihn bemerkt. Im Schatten der fremden Taschenlampe und des schwachen Mondes erkannte er die Umrisse von zwei Männern.

Was tat er hier? Hatte er sich nicht hinter einem Haufen Bauschutt verstecken wollen? Jetzt saß er allein mit zwei Dieben in einem fahrenden Eisenbahnwaggon. Richard bekam es mit der Angst zu tun. Was, wenn sie eine Waffe hatten? Und was, wenn sie einfach abhauen würden? Richard hatte noch nie eine Pistole auf einen Menschen gerichtet. Und er wollte das auch nie tun. Er kauerte in einer Ecke des Waggons.

»Das ist ein guter Tag heute«, hörte er einen der Männer sagen.

»Wenn wir die Päckchen alle wiederfinden, brauchen wir bis Ostern nicht mehr zu arbeiten«, sagte der andere.

Richard zog die Pistole. In der linken Hand hielt er die Taschenlampe. Er wollte etwas wie »Hände hoch. Das Spiel ist aus« sagen, so wie damals am Gremberger Bahndamm. Doch statt dessen drückte er lediglich auf den Schalter seiner Lampe. Kein Wort kam ihm über die Lippen. Im Licht seiner Lampe stand ein untersetzter, junger Mann. Vielleicht fünfundzwanzig Jahre alt.

»Hallo, Petrovitsch«, sagte der Mann, »schon fertig?«

Richard stand wie versteinert mit erhobener Waffe in dem Waggon. Die Pistole konnte sein Gegenüber, den die Lampe blendete, nicht sehen.

»Mach das Licht weg, Blödmann. Hilf lieber mit.«

Der Mann beugte sich wieder über eine aufgebrochene Kiste.

»Das ist wirklich ein guter Tag heute«, sagte der zweite Mann noch mal.

»Ja, das ist wirklich ein guter Tag«, hörte sich Richard sagen und sah, wie sich der untersetzte Mann erschrocken aufrichtete und sich zu ihm umdrehte.

»Petrovitsch?«

»Petrovitsch hat frei heute.« Wieder hatte Richard den Eindruck, daß das nicht seine Worte waren, die da aus seinem Mund kamen. »Der gute Tag hat ein Ende.«

Sein Gegenüber hatte nun erkannt, daß der Mann, der ihn anleuchtete, nicht Petrovitsch war.

»Kalla«, murmelte der Mann im Lampenlicht. »Das ist nicht Petrovitsch.«

Der zweite Mann unterbrach seine Arbeit.

»Wer bist du?«

Jetzt sagte Richard endlich das, was er vor einer Ewigkeit hatte sagen wollen. »Hände hoch. Polizei. Das Spiel ist aus.«

Die Männer blinzelten in Richards Lichtkegel.

»Verdammt!« sagte der Untersetzte und hob langsam die Hände.

Zwischen den Knöpfen seiner halbgeöffneten Jacke sah Richard einen Pistolengriff.

»Die Hände oben lassen und beide da rüber an die Wand.« Langsam bewegten sich die Männer in die angezeigte Richtung. »Hände an die Wand. Beine breit. Das war's. Ihr seid verhaftet.«

Richard hatte keine Ahnung, was er als nächstes tun sollte.

»Richard Munckler? Sind Sie Richard Munckler?«

Richard erschrak. »Wen interessiert das?«

»Du bist Richard Munckler. Der Jäger der Posträuber von Gremberg. Weißt du noch? Der Postraub auf den Güterzug am Gremberger Bahnhof? Auf dem stillgelegten Gleis. Das Spiel ist aus, hast du gerufen, als du mich erwischt hast. Du warst der Polizist und ich einer der Räuber.«

Sie hatten sich alle aus den Augen verloren. Michael, Hermann, der kleine Georg mit der Fistelstimme, Heinrich der Große, Karl Heinz, Willi und die anderen, deren Namen ihm jetzt nicht einfielen. Das war über zwei Jahre her. Und zwei Jahre waren in diesen Tagen eine Ewigkeit. Hermann war noch in der letzten Kriegswoche nach Belgien gegangen, um sich da von einer amerikanischen Granate zerstückeln zu lassen. Das hatte Richard von einer gemeinsamen Bekannten erfahren. Von all den anderen hatte er nichts mehr gehört.

»Ich bin Karl Heinz«, sagte der Mann an der Wand. »Karl Heinz Siemens.«

Richard spürte wieder das flaue Gefühl in der Magengegend.

»Darf ich die Hände runternehmen?«

»Nein«, antwortete Richard ohne Zögern.

»Was soll das?« sagte der andere Mann. »Wenn du den Bullen kennst, sorg dafür, daß er uns laufen läßt.«

»Laß uns laufen«, bat Karl Heinz Siemens freundlich.

Der kleine, schwarzhaarige Junge aus der Hesshofstraße, der nie verlieren konnte, wollte, daß er ihn laufen ließ. Wie früher.

»Nein«, sagte Richard noch mal. »Ich fahre jetzt mit euch bis zum Betriebsbahnhof, oder wo auch immer dieser Zug hier hält. Solange bleibt ihr da stehen und rührt euch nicht vom Fleck. Am besten, ihr haltet bis dahin das Maul.«

Richard schlug das Herz bis zum Hals. Karl Heinz Siemens. An einem Abend hatten sie zusammen in Gremberg auf einen langsamen Zug gewartet und über das Leben, über Eltern, die Schule und Hitler philosophiert. Dann waren sie auf einer Waggonkupplung durch Deutz über den Rhein bis Ehrenfeld gefahren. Dabei hatten sie Zigaretten geraucht und Pläne geschmiedet.

»Irgendwann sollten wir einmal einen echten Postraub planen«, hatte Richard auf dem langen Heimweg gesagt und Karl Heinz hatte zugestimmt. Bis fünf Uhr morgens waren sie unterwegs gewesen. Zu Hause war der Plan für den Raub fertig, und Richard hatte von seinem Vater die schlimmste Tracht Prügel seines Lebens bekommen. Das mußte ungefähr zwei Monate vor dem Tod des Vaters gewesen sein.

Richard dachte: »Warum ich?« und sagte: »Warum tust du das?«

»Blöde Frage. Wir arbeiten.«

»Red keinen Blödsinn.«

»Mensch, sei nicht kleinlich. Laß uns laufen, der alten Freundschaft wegen.«

»Nein.«

»Wir können dich beteiligen. Du bekommst was ab vom Gewinn.«

Richard war viel zu nervös, um sich durch so einem Vorschlag von den einmal getroffenen Entscheidungen abbringen zu lassen. Er hatte zwei Morphiumdiebe gestellt und die würde er nicht mehr laufenlassen. Er wollte sich auf nichts einlassen, auch nicht auf ein Gespräch, das nicht er, sondern der Dieb vorgab. Also versuchte Richard, selbst das Thema der Unterhaltung zu bestimmen.

»Warst du im Krieg?« fragte er Siemens.

»Was soll das? Wir waren alle im Krieg.«

»Hast du noch Kontakt zu einem von früher?«

Das war eigentlich nicht der richtige Augenblick für Erinnerungen. Die Situation war unwirklich. Da stand ein Mann mit erhobenen Händen, weil eine Pistole auf ihn gerichtet war, und sagte: »Michael hab ich mal wieder gesehen. Durch Zufall. Und Georg ist bei einem Bombenangriff im Keller verbrannt. Mehr weiß ich nicht.«

»Hermann ist auch tot. In Belgien gefallen.«

»Verdammt.«

Der Zug ratterte am Betriebshof Gereon vorbei.

»Der Zug fährt nach Gremberg«, sagte Karl Heinz. »Auf unseren Spielplatz. Du solltest das hier gut enden lassen, Richard. Warum bist du zur Polizei gegangen?«

»Das ist ein guter Beruf«, antwortete Richard. »Ich lege Schweinen, die Medikamente stehlen, das Handwerk.«

»Mein Gott, Richard, alle nehmen sich, was sie kriegen können. Wir leben in schweren Zeiten. Und wenn es langsam aufwärts geht, will ich nicht als letzter Dreck auf der Strecke bleiben.«

»Du kannst was Anständiges machen.«

»Und vor das Rathaus zur Hungerdemonstration mit der KPD ziehen. Nein danke. Ohne mich. Die armen Schlucker betteln um Brot, während andere davon im Übermaß haben. Ist das anständig? Nein. Ich bettele nicht. Ich nehme mir von dem, was da ist. Ich kann nichts dafür, daß es so ist, wie es ist.«

Richard spürte nicht mehr nur Angst, er spürte Wut, auch Haß. Es war wieder so ein Gefühl wie bei den Razzien gegen die

Schwarzhändler. Das waren miese Schweine. Und er konnte nicht bei dem mitmachen, was die Schweine taten. Die wurden reich, und er blieb das, was er war.

»Du stiehlst Medikamente, die andere Menschen zum Überleben brauchen.«

»Ich brauche sie auch zum Überleben. Das Zeug wird verkauft. So kriegen die Kranken ihre Medikamente und ich das Geld, um zu überleben.«

»Und das Morphium?«

Es war kaum zu glauben. Er ließ sich tatsächlich auf eine Diskussion ein.

»Was schert mich das? Soll doch jeder glücklich werden, wie er will«, sagte Karl Heinz.

»Was redest du Schwein? Ist nur ein Spiel hier, denkst du. Was? Hast du in den letzten Jahren auch nur gespielt? Krieg gespielt vielleicht?«

Richards Stimme wurde immer lauter. Jetzt brüllte er: »Alles nur ein Spiel, was?«

Karl Heinz nahm die Hände runter.

»Laß das!« schrie Richard.

Karl Heinz drehte sich um und sah seinen alten Freund an.

»Ich mache jetzt meine Taschenlampe an. Ich möchte dein Gesicht sehen, wenn du mir Fragen stellst. Nur einmal.«

Er sprach ganz ruhig. Richard spürte, daß ihm der alte Freund überlegen war. Karl Heinz knipste die Taschenlampe an. Der Lichtkegel wanderte über den Boden bis zu Richards Stiefeln. Dann langsam seinen Körper hoch. Richard behielt seinen alten Kameraden fest im Blick. Da traf ihn das Licht mitten ins Gesicht.

Wieder schien die Zeit stehenzubleiben. Wie auf dem Bahndamm, als der dritte Waggon vorbeigefahren war. Richard war geblendet. Instinktiv hob er die rechte Hand, in der er die Pistole hielt, vor das Gesicht und sah, wie sich zunächst der untersetzte Mann in Richtung Tür bewegte. Wie aus weiter Ferne hörte Richard die Worte seines alten Freundes. »Los. Raus.«

Einfach aus diesem Zug zu springen, war lebensgefährlich.

Der dicke Mann sprang trotzdem. Richard schoß. Karl Heinz schmiß sich zu Boden und rollte zur offenen Waggontür.

»Bleib stehen!« rief Richard und schoß zweimal ziellos in die dunkle Nacht. Den ersten hatte er entwischen lassen. Den zweiten würde er nicht laufenlassen.

»Zwing mich nicht, auf dich zu schießen!« rief Richard noch.

Doch Karl Heinz sprang aus dem Waggon. Richard hatte jede Kontrolle über sich und die Situation verloren. Er stürmte zur Tür.

»Du Mistkerl!« brüllte er, als er zu Boden stürzte. Noch einmal schoß er ziellos in die Nacht. Drei Schüsse hatte er noch. Dreimal drückte er ab.

Richard sah das Profil von Karl Heinz. Direkt vor sich. Nur den Kopf. Wieder stand die Zeit still. Später würde Richard behaupten, er habe die Kugel fliegen sehen können, die den Kopf von Karl Heinz Siemens zerfetzte. Die Kugel trat knapp unter der Schläfe ein und an der anderen Kopfseite mit dem Unterkiefer wieder aus.

Karl Heinz drehte ihm langsam das Gesicht zu. Die Augen. Blaue Augen traten aus diesem Kopf, Richard entgegen, weit aufgerissen. Kein Blut. Nur Splitter, wie bei einer zerspringenden Vase.

Karl Heinz hatte sich an der Trittsprosse festgeklammert. Langsam löste sich der Griff. Der Körper des Toten fiel in die dunkle Nacht und rollte eine Böschung hinunter.

Richard hatte seinen alten Kameraden, den kleinen, schwarzhaarigen Jungen aus der Hesshofstraße, den Posträuber, der nicht verlieren konnte, erschossen.

***

Paul blickte durch das ungeputzte Fenster der »Palette« auf die Ritterstraße. Die Gläser waren leer, schon seit einer halben Stunde. Beide hatten sich nicht getraut, ein neues Bier zu bestellen. Jetzt hob er die Hand, um dem Ober zu winken. Aus der Tasche holte er zwei Zigaretten.

»Aus besonderem Anlaß«, sagte er und gab Richard eine. Richard rauchte sonst nicht. Es war ihm zu teuer, und außerdem schlug ihm das Rauchen auf den Magen.

»Das ist der Vorteil, wenn man im Krieg gewesen ist, mein Lieber«, sagte Paul, »da hast du so viel Mist gesehen, daß dich nichts mehr wirklich schockieren kann.«

Richard sah Paul an. Das war kein guter Kommentar zu seiner Geschichte. Eine Vorlage für Kriegsabenteuer hatte er nicht geben wollen. Paul entzündete ein Streichholz und gab Richard Feuer. Richard fühlte Pauls Unsicherheit, als die Streichholzflamme wegen des leichten Zitterns in Pauls Hand flackerte.

»Ich hätte dir das gar nicht erzählen sollen«, murmelte Richard enttäuscht. »Wenn's drauf ankommt, bist du ein blöder Soldat. Und als nächstes erzählst du mir was von der Pflicht, die man nur erfüllt hat. Egal, ob als Soldat oder als Polizist.«

Richard wollte gehen. Der Sonntagmorgen war für ihn zu Ende.

Ein einziger Satz hatte genügt, um ihm zu zeigen, daß es keinen Sinn gehabt hatte, Paul die Geschichte zu erzählen. Er hatte gehofft, sich hinterher befreit und erleichtert zu fühlen.

»Was soll ich sagen?« fragte Paul, der zu merken schien, was in Richard vorging.

»Fühlst du dich schuldig?« fragte Richard.

»Woran?«

»Siehst du. Das ist der Unterschied zwischen deinem Feind im Krieg und meinem Morphiumdieb im Zug.«

Hatte er wirklich gehofft, daß er etwas von der Schuld, die er empfand, abgeben könnte? So ein Unsinn, dachte Richard. Schuld war etwas Individuelles, nichts Teilbares. Schon gar nicht mit Paul.

»Ich hätte ihn nicht erschießen müssen«, sagte Richard. »Nein, ich hätte ihn nicht erschießen *dürfen*.«

»Sollen wir noch etwas bestellen?« fragte Paul hilflos, obwohl sein Glas noch halbvoll war.

Richard verschluckte den Qualm seiner Zigarette, so daß er

husten mußte. Pauls Gute-Laune-Gesicht war verschwunden. Sein Freund biß sich auf die Unterlippe und kniff die Augen zusammen. Dann sagte er vorsichtig: »Ich habe keinen Freund erschossen, aber dafür viele andere Menschen, die meine Freunde hätten sein können.« Er machte eine kleine Pause. »Das ist nicht Pflicht, sondern verdammter Zufall.«

»Vielleicht hast du recht«, sagte Richard, als der Ober an ihren Tisch trat.

»Wie sieht's aus Jungs? Noch ein Bierchen gegen die Trübsal?«

Paul sah den Kellner völlig entgeistert an. Ein eiskalter, haßerfüllter Blick traf den überraschten Ober. »Gute Laune, Mann?« zischte Paul, und noch bevor der Angesprochene reagieren konnte, packte ihn Paul fest am Arm und zog den hilflosen Kellner zu sich herunter. Der Mann hätte Pauls Vater sein können. »Haben Sie Spaß gehabt im Ersten Weltkrieg? Ein Bierchen gegen die Trübsal getrunken? Was haben Sie in den letzten – sagen wir mal – zehn Jahren gemacht?«

Richard sah blanke Wut in Pauls Augen. Paul zitterte am ganzen Körper, seine Gesichtszüge waren verzerrt. Richard war so überrascht, daß er wie gelähmt der seltsamen Szenerie zusehen mußte. Der Ober brachte ein schwaches »Was soll das hier?« heraus, was Paul nicht beeindruckte. Er griff noch fester zu, zog den armen Kellner auf die Tischplatte.

»Was haben Sie in den letzten – sagen wir mal – zehn Jahren so gemacht?«

Paul zerrte an dem Arm des Kellners.

»Sie sind schuld, daß wir beide hier Mörder geworden sind. Schuldig! Weil Sie Hitler gewollt haben, stimmt's? Wen haben Sie '33 gewählt? Da haben Sie Hitler gewählt, stimmt's? Schuldig!«

»Nein«, hechelte der Ober. »Was ist los mit Ihnen?«

»Zufall, Mann. Alles nur Zufall.«

Richard gewann die Kontrolle wieder über sich. »Hör auf, Paul.« Er stand auf, rannte um den Tisch herum und riß Paul von dem Kellner los.

»Bist du verrückt geworden?« brüllte jetzt Richard.

Paul sank genauso überraschend, wie er auf den Kellner losgegangen war, auf seinem Stuhl zusammen und fing an, scheinbar geistesabwesend hin und her zu wippen. In die zusammengekniffenen Augen schossen Tränen. Richard kümmerte sich um den Kellner.

»Wir werden gleich bezahlen und gehen«, sagte er zu dem immer noch völlig verwirrten Mann. »Machen Sie bitte kein Aufheben darum. Es ist Sonntagmorgen. Und Sie kennen uns doch. Wir haben noch nie Ärger gemacht.«

Der Ober zog ab. Richard legte Geld auf den Tisch, half Paul in die Höhe, hakte ihn unter und schleppte ihn zur Tür. Paul sagte nichts mehr, und Richard war sich jetzt völlig sicher, daß er seinem Freund die Geschichte nicht hätte erzählen dürfen.

Sie setzten sich auf das kleine Mäuerchen vor der wieder aufgebauten Schule des Viertels. Paul schwieg weiter, und Richard dachte an Karl Heinz Siemens.

Ohnmacht gepaart mit Schuldgefühlen, dachte Richard. Dagegen kann man wenig tun. Weder Paul noch er.

***

Mohren hatte es Richard überlassen, selbst zu entscheiden, ob er zur Beerdigung von Ingrid Förster gehen wollte. »Einer reicht«, hatte er gesagt und Peters für den Sonntagsdienst abgestellt. Nun, nachdem Paul offenbar den Rest des Tages kein Wort mehr sprechen wollte und Richard nicht wußte, was er mit dem Nachmittag anfangen sollte, beschloß er, zum Südfriedhof zu fahren. Er brachte Paul nach Hause, lieh sich dessen Fahrrad und machte sich auf nach Zollstock.

Die frische Herbstluft, die ihm um die Nase wehte, war angenehm. Auf dem Ring waren ein paar Spaziergänger unterwegs, warm eingepackt in dicke Mäntel, den Regenschirm immer griffbereit.

»Was haben Sie in den letzten – sagen wir mal – zehn Jahren so gemacht?«

Richard schwirrte Pauls Frage an den Kellner unaufhörlich durch den Kopf. Jedem hier auf Kölns ehemaliger Prachtstraße hätte man diese Frage stellen können. Aber warum sollte man das tun? Spielte das noch eine Rolle? Jeder mußte auf seine Weise verstrickt gewesen sein, sonst hätte er die letzten Jahre wohl kaum überlebt. Sie alle, dachte Richard, während er an den Leuten vorbeiradelte, hatten sich auf die ein oder andere Art schuldig gemacht.

Was hatte Paul in den letzten zehn Jahren gemacht? Was Karl Heinz Siemens, bevor Richard ihn erschossen hatte? Was Mohren? Was Frey?

Ja, man mußte die Leute doch danach fragen, dachte Richard. Und wenn sie nicht antworteten, mußte man versuchen, die Wahrheit herauszufinden. Wie sollte man sonst zwischen schlecht und weniger schlecht unterscheiden? Und was, wenn es sogar Gute gab, Schuldlose? Richard sah ein kleines Mädchen einen Ball gegen eine Häuserwand werfen. Schuldlos wie dieses Mädchen vielleicht.

Gab es eine Altergrenze, um eine Chance gehabt zu haben, dem Schlechten zu entkommen? Was hatte das Mädchen – es war vielleicht zwölf Jahre alt – in den letzten zehn Jahren gemacht? Zugesehen?

»Jeder hat sein Päckchen zu tragen«, hatte Paul gesagt, als er ihn nach Mohren gefragt hatte. Paul wußte nichts über den Oberinspektor. Mohren war nicht im Krieg, sondern immer bei der Polizei gewesen. Bis zum Schluß. Das wußte Richard. Er hatte ohne Probleme die nötigen Papiere beim Entnazifizierungsverfahren bekommen, um weiter machen zu können, war sogar befördert worden. Und befördert wurde nur, wer ganz sauber war. Warum also fragen?

Vielleicht, um Mohren besser verstehen zu können. Seine Art. Warum durfte man nichts hinterfragen bei den Ermittlungen? Ja, und auch die seltsame Aktion letzte Nacht. Warum war er allein zu Frey raufgegangen? Was hatte er mit Frey in dem Zimmer gemacht?

Und warum hatte Mohren auf Frey geschossen? Richard sah

noch einmal vor sich, wie er seinem Chef die Tür geöffnet hatte. Die Waffen und die Instruktionen. Er sah ihn, als er sich über Frey gebeugt hatte. Mit diesem seltsamen Ausdruck im Gesicht. Da hatte Mohren wohl bereut, geschossen zu haben und Angst, daß ihm Frey wegsterben würde. Das hatte Richard eindeutig aus diesem Gesichtsausdruck geschlossen. Aber vorher? Das paßte nicht.

Vorher, da war Mohren zu Frey gefahren, um ihn fertigzumachen. Richard schüttelte sich, als wollte er sich von diesen wirren Gedanken befreien.

»Unsinn«, sagte er laut vor sich hin und setzte seine Fahrt fort. Dann dachte er an das Krankenhaus, wo ihn Mohren einfach stehengelassen hatte. Was hatte Mohren in den letzten – sagen wir mal – zehn Jahren so gemacht? Irgendwann in diesen zehn Jahren muß er Herbert Frey getroffen haben, dachte Richard. Er war sich jetzt ganz sicher. Mohren kannte Frey. Die beiden hüteten ein Geheimnis. Und Mohren hatte Angst, daß Frey das Geheimnis lüften würde.

Richard kam am Südfriedhof an, kettete sein Fahrrad am Gitter des Eingangstores fest und ging auf die Suche nach dem Grab von Ingrid Förster.

Was hatte Ingrid Förster in den letzten – sagen wir mal – zehn Jahren gemacht?

Richard ließ sich Zeit, als er über den Friedhof ging. Grabsteine sind Denkmäler, dachte er und las ein paar der Inschriften. Hier würde bald auch der Name »Ingrid Förster« auf einen Stein gemeißelt werden. Ein Denkmal für Ingrid Förster. Eigentlich wußte er ziemlich wenig von der Toten. Sie hatten Hans Roos und Martin Förster befragt, die Nachbarn, ihre Meldeunterlagen überprüft und ein paar Informationen über Verwandte zusammengetragen. Das war's.

Er erinnerte sich an die Tote auf dem Sofa. In seiner Erinnerung war Ingrid Förster eine schöne Frau, die er sich lebenslustig und optimistisch vorstellte. Sie hatte heiraten wollen. Einen Mann samt Kind. Ingrid Förster muß eine weniger Schlechte gewesen sein, dachte Richard. Vielleicht sogar eine Gute.

Sogar Martin Förster hatte über seine ehemalige Frau, die ihm schließlich den Neuaufbau einer kleinen Spedition verwehren wollte, eigentlich nur gut gesprochen. Sie habe sehr laut werden können, und wenn sie sich was in den Kopf gesetzt hatte, sei sie davon nicht abzubringen gewesen, hatte Förster erzählt. Im Krieg habe sie sich sehr tapfer durchgeschlagen. Sie habe viele Leute gekannt. Nach der Trennung habe er kaum noch Kontakt zu ihr gehabt, obwohl sie eigentlich vereinbart hatten, es nach einem gewissen Zeitraum noch einmal miteinander zu versuchen. Er habe dann einmal davon gehört, daß seine Frau oft Männerbesuche bekomme, und das habe ihn doch sehr gestört. Also sei er der Sache nachgegangen, denn schließlich seien sie ja noch verheiratet gewesen. Er habe dann ein paar Stunden vor ihrem Haus verbracht. Und es seien auch ein paar Männer gekommen. Doch weil es mindestens ebenso viele Frauen gewesen seien, habe er sich nichts Schlimmes dabei gedacht. Sie sei eben ein sehr geselliger Mensch gewesen.

Und ein starker Mensch. Darunter habe er immer besonders gelitten. »Als Mann«, hatte er gesagt, »wenn Sie verstehen, was ich meine.«

Richard entdeckte jetzt die kleine Gruppe, die sich um einen Priester im Talar und einen Meßdiener versammelt hatte. Er sah Ferdinand, Roos und eine ältere Frau mit einem schwarzen Kopftuch. Neben Ferdinand stand ein Junge, der genauso groß war wie Ferdinand. Das mußte Heinrich Zobel sein, Ferdinands Freund, zu dem sie den Jungen in der Mordnacht gebracht hatten. Heinrichs Vaters hatte seine Hand auf die Schulter des Jungen gelegt. Richard hatte ihn bereits in der Mordnacht gesehen. Ein freundlicher Mann, dem eine Kriegsverletzung das Laufen schwer machte.

Und auch die sechste Person am Grab kannte Richard: Mit gebührendem Abstand zu der kleinen Trauergemeinde stand in sich zusammengesunken Martin Förster am Grab der Frau, von der er vor einem Jahr geschieden worden war. Neben dem noch leeren Grab stand ein einfacher Holzsarg mit einem kleinen Kreuz.

Niemand schien Richard zu bemerken, als er sich der Gruppe

näherte. Richard entdeckte Peters, der eine Grabreihe hinter dem Geschehen, sichtlich gelangweilt, die Beerdigung beobachtete.

»Was machst du denn hier?« fragte er Richard, nachdem er sich neben ihn gestellt hatte. Richard ignorierte die Frage.

»Wer ist die Frau mit dem Kopftuch?«

»Eine Nachbarin«, murmelte Peters. »Wenig Freunde, unsere Tote, was? Da muß schon der Ex-Mann auflaufen, damit es ein bißchen voller wird.«

»Wie hat Roos auf Förster reagiert?« fragte Richard.

»Gar nicht. Die haben sich überhaupt nicht angesehen.«

»Und der Junge?«

»Der scheint nichts zu sehen. Der steht nur da oder läßt sich von seinem Vater durch die Gegend führen. Ich glaube, der kriegt gar nichts mit.«

Richard musterte Förster. Er sah deutlich besser aus als beim letzten Treffen. Förster trug einen dunkelblauen Anzug ohne Mantel. Er mußte frieren.

»Glaubst du ihm?« fragte Richard Peters.

»Wem?«

»Förster. Glaubst du, daß er im Verhör die Wahrheit gesagt hat?«

»Warum sollte er lügen?«

Förster hatte ihnen erzählt, daß Ingrid nach der Trennung von ihm niemals Geld verlangt habe. Auch nicht während des Krieges. Er habe ja selbst kaum etwas gehabt. Und als er dann an die Front gemußt habe, sei der Kontakt zu Ingrid ganz abgerissen. Nachdem er aus der kurzen Gefangenschaft nach Köln zurückgekommen sei, habe er in einer Kneipe Herbert Frey kennengelernt. Der habe auf seinen Nachnamen komisch reagiert und gesagt, er kenne eine Schlampe in der Rurstraße, die auch Förster heiße.

»Er behauptet, nicht zu wissen, warum Frey so schlecht auf Ingrid zu sprechen gewesen war. Hat auch nicht nachgefragt, als er davon erfahren hat, daß sich die beiden an Rosenmontag auf der Straße geschlagen haben. Ich glaube ihm das nicht.«

Peters zog die Schultern hoch. »Es war Karneval.«

»Alaaf.«

Peters lächelte. »Frey war scharf auf Ingrid. Eifersucht, verstehst du.«

»Das hat Förster auch vermutet. Vielleicht hast du recht. Trotzdem verstehe ich nicht, warum er Frey nicht danach gefragt hat.«

Förster hatte auf die Frage, ob er sich vorstellen könne, daß Frey vielleicht zusammen mit Langel und irgendeinem dritten, möglicherweise einem ehemaligen Fremdarbeiter, Ingrid Förster umgebracht haben könnte, nur kurz gezögert und dann »Kann sein« geantwortet.

Richard sah zu Roos hinüber. Er konnte seine Abneigung gegen den belgischen Spießbürger nicht überwinden. Jetzt stand Roos mi seinem Sohn an der Hand vor dem viereckigen Loch im Boden des Kölner Südfriedhofs. Das Geld hatte offensichtlich nur für einen einfachen Holzsarg gereicht. Ferdinand starrte in das ausgehobene Loch, als wollte er sich gleich da rein stürzen.

»Sei froh, Junge«, sagte Richard leise zu sich selbst, »sei froh, daß du deine Mutter wenigstens begraben kannst.«

»Was ist?« fragte Peters.

»Nichts. Mach du deine Arbeit. Ich bin privat hier.«

Richard nickte kurz und ging zielstrebig zum Grab, um sich zu der kleinen Trauergemeinde zu stellen. Roos sah kurz auf, grüßte wortlos.

Das schwarze Loch in der Erde zog Richard magisch an. Vielleicht war er ja leer, der Sarg, dachte er. Dann wäre hier ein Platz für seine Mutter, die nie ein Grab bekommen hatte.

Statt eines Grabsteins hatten Tausende Trümmersteine ihres Hauses auf ihr gelegen. Er hatte drei Tage nach ihr gesucht. Ohne Erfolg. Er hatte nachts auf dem Trümmerberg gesessen und über sich die Bomber fliegen gesehen, während alle anderen im Luftschutzbunker gesessen hatten.

Seine Mutter war einfach nicht mehr aus ihrer Wohnung gegangen. Sie hatte ihn weggeschickt und gesagt. »Ich bleibe hier. Ich kann nicht mehr.« Der liebe Gott würde ihr beistehen. Und wenn sie sterben sollte, würde sie wenigstens nicht mehr leiden.

Richard hatte nicht versucht, sie davon zu überzeugen, doch mitzugehen. Er hatte sie geküßt, sich verabschiedet und sie mit ihrem Gottvertrauen alleingelassen. Er hatte nicht darüber nachgedacht, daß sie wirklich in jener Nacht sterben würde. Damals war er nicht viel älter gewesen als Ferdinand jetzt.

Ferdinand schien wie hypnotisiert. Er atmete schwer und gleichmäßig. Seine Hand hatte sich in die seines Vater gekrallt. Man hatte ihm einen viel zu kleinen schwarzen Anzug angezogen. Das hätte man ihm ersparen müssen.

Der Priester stimmte das »Vater unser« an. Dann traten Heinrich Zobel, sein Vater und der Meßdiener an jeweils ein Ende der beiden Seile, die unter dem Sarg lagen. Wie selbstverständlich ging Richard zu dem vierten Seilende. Sie hoben den Sarg an und zogen ihn über das ausgehobene Loch. Richard hörte den Priester wie aus weiter Ferne. Langsam ließ er das Seil durch seine Hände gleiten. Der Sarg von Ingrid Förster senkte sich in das tiefe, viereckige Loch, und Richard beerdigte in Gedanken seine Mutter Elisabeth Munckler.

Er sah zu Ferdinand, hatte Angst um den Jungen. Ferdinand blieb wie versteinert, während seinem Vater die Tränen über die Wangen liefen. Richard empfand Respekt für die Tapferkeit des Jungen und schämte sich dafür, daß ihm selbst die Tränen in die Augen geschossen waren. Ferdinand sah auf, sein Blick suchte einen Halt, und den fand er in Richards Augen.

Der Junge sah Richard mit weit aufgerissenen Augen an. Da war er wieder, dieser starre Blick. Doch diesmal war ein Flehen darin, auch Angst, in jedem Fall Unsicherheit. So tapfer war dieser Junge gar nicht, dachte Richard.

Der Sarg hatte den Boden der Grube erreicht. Richard ließ das Seil los, das der Ministrant auf der anderen Seite wieder hochzog. Hans Roos trat an den Rand der Grube und warf eine Rose auf den Sarg. Ferdinand tat das gleiche, ohne die Hand seines Vaters loszulassen. Beide blickten noch einen Moment auf den Sarg in der Grube und traten dann zur Seite.

Richard wartete, bis der Priester Vater und Sohn Roos die Hand geschüttelt hatte, dann ging auch er zu den beiden. Wortlos gab er Hans Roos die Hand. Danach wandte er sich an Ferdinand.

»Ferdinand«, sagte er dem Jungen leise ins Ohr, »ich habe auch meine Mutter verloren. Im Krieg. Ich glaube, ich weiß, was du fühlst.«

Er war sich unsicher. Wußte er wirklich, was der Junge fühlte? »Wenn du mal Hilfe brauchst, kannst du zu mir kommen. Immer.«

Ferdinand hielt den Atem an, als ob er sich sammeln müßte, um etwas zu sagen. Aber er sagte nichts. Richard sah Ferdinand an. Die starren Augen waren feucht geworden. Hans Roos bedankte sich bei Richard.

»Wenn Sie wollen, kommen Sie doch noch mit zu uns nach Hause«, sagte er zu Richards großer Überraschung. »Wir würden uns freuen. So viele sind ja nicht gekommen.«

Die Vorstellung, mit diesem Mann in das Haus zu gehen, in dem Ingrid Förster ermordet worden war, um wohlmöglich auf dem Sofa, auf dem sie gelegen hatte, ein Stück Kuchen zu essen, war Richard zutiefst zuwider. Aber für Ferdinand, da würde er das tun. Er sah Ferdinand an. Ferdinand erwiderte den Blick. Für den Bruchteil einer Sekunde huschte sogar ein Lächeln über dessen Gesicht.

»Gut«, sagte Richard. »Ich habe ein Fahrrad. Wir sehen uns dort.«

Roos hatte sich für den Tag ein Auto geliehen. Richard versuchte, die Situation ein wenig zu entkrampfen: »Vielleicht bin ich sogar vor Ihnen da. Bis dahin.«

Natürlich war das nicht zu schaffen. Aber es war etwas Freundliches in die Trostlosigkeit der Situation gekommen. Richard fühlte sich gut. Er kurvte mit dem Rad um die Schlaglöcher der Kölner Straßen und nahm den Umweg durch den Beethovenpark. In dem Park hatte man, wie an vielen anderen Orten in Köln, Trümmerberge aufgeschüttet, die langsam anfingen zuzuwuchern. Richard gefiel das. Es fing an zu nieseln, und das machte den Park noch schöner. Es war doch ein guter Tag geworden.

Er hatte zum ersten Mal einem Menschen von Karl Heinz Siemens erzählt. Auch wenn Paul völlig unfähig gewesen war, angemessen darauf zu reagieren; Hauptsache, Richard hatte die Geschichte überhaupt einmal erzählt, Worte gefunden für das, was er seit Monaten mit sich herumschleppte. Jeder hat sein Päckchen zu tragen. Richards Päckchen war deutlich leichter geworden. Zumindest im Moment. Richard war drauf und dran, ein Liedchen zu pfeifen, als er in die Rurstraße einbog.

***

Aus der Ferne sah er das geliehene Auto von Roos. Er sah Leute um das Auto stehen. Dann ein zweites Auto. Noch mehr Leute. Dann sah er einen Polizisten vor dem Haus. Richards Puls schlug schneller. »Verdammt, verdammt«, fluchte er, während er fester in die Pedale trat. Er schmiß das Rad vor die Hauswand und rannte die kleine Treppe vor dem Haus hoch.

Im Flur standen Heinrich Zobel und sein Vater, daneben die Frau mit dem Kopftuch, die beide Hände vor den Mund hielt.

»Was ist passiert?« rief Richard außer Atem.

»Die Kaffeetafel muß leider ausfallen«, hörte er eine wohlbekannte Stimme hinter sich. Es war Paul.

»Leider war ich zu Hause, als sie mich abgeholt haben. Eigentlich hätten wir beide in der »Palette« sitzen und Bier bestellen müssen. Dann wären wir jetzt nicht hier.«

Paul schien wieder der alte zu sein. Er führte ihn in die Wohnung der toten Ingrid Förster.

»Du hattest von mir die Schnauze voll, ich auch«, sagte er noch. Auch das klang keineswegs sentimental oder traurig.

Richard staunte über seinen Freund. Doch das war nichts gegen den unglaublichen Anblick, der ihn in der Wohnung erwartete. Richard starrte auf ein Schlachtfeld.

Hier stand nichts mehr an seinem angestammten Platz. Zerbrochenes Glas, zerschlagene Möbel und Fetzen von Stoff lagen auf dem Boden. Die Bilder waren von der Wand gerissen und von hinten aus den Rahmen geschnitten worden. Der Schrank war leer. Sein Inhalt war wie der Rest der gesamten Einrichtung in der Wohnung verteilt worden. Das Sofa, auf dem Ingrid Förster gestorben war, war aufgeschlitzt worden, genauso wie die Matratzen und Kissen in den Schlafzimmern.

Jemand hatte in der ganzen Wohnung die Teppiche zur Seite gezogen, um dann mit einer Axt den Holzboden zu zerschlagen. Nahezu überall waren die Dielen mit tiefen Furchen übersät. Der Fußboden sah aus, als wäre jemand mit einem Pflug darüber gegangen.

»Hier hat jemand ganze Arbeit geleistet«, sagte Paul.

An der Rückwand des Zimmers kauerten Hans Roos und Ferdinand. Roos hatte den Kopf seines Sohnes fest an die Brust gedrückt, so daß Richard Ferdinands Gesicht nicht sehen konnte. Der Junge hatte beide Arme um seinen Vater geschlungen.

Hans Roos stand offensichtlich unter Schock. Er würgte, um Luft zu bekommen, und ließ seinen Blick über die Trümmer seiner Wohnung wandern, als würde er den letzten nicht zerstörten Überrest dieses Anschlags suchen.

Zwei Kollegen von Paul standen ratlos im Türrahmen der Küche.

»Das ist dein Fall hier, nicht wahr?« fragte Paul und Richard nickte. »Dieser Roos hat mir gesagt, daß du hier auflaufen würdest.«

Paul schob Richard in die Küche, die nicht besser als das Wohnzimmer aussah.

»Ich zeig dir was«, sagte Paul, während ihm seine beiden Kollegen Platz machten.

Der Küchenschrank war umgeworfen worden, sämtliches Porzellan in Tausend Stücke zerbrochen. Paul ging um den Schrank herum und schob mit dem Fuß die Scherben zur Seite.

»Hier«, er zeigte auf den Boden, »sieh dir das an.«

Auch hier war der Holzboden mit schweren Axthieben zerschlagen worden, doch konnte man nun sehen, daß es sich dabei nicht um einen sinnlosen Akt der Zerstörung gehandelt hatte.

Dort, wo vorher der Schrank war, hatte der Fußboden den Axtschlägen nachgegeben. Unter den zerstörten Dielen klaffte ein Loch.

»Das war ein Einbruch«, sagte Paul, »nicht nur blinde Zerstörungswut. Die haben was gesucht und vielleicht hier drin auch gefunden.«

Richard beugte sich über das Loch. Es war mit Zeitungspapier ausgelegt. Richard zog ein Blatt heraus. Es war der »Völkische Beobachter« vom 17. Juni 1944. Das Papier war schon gelb und bröckelig.

»Was sagt der Belgier dazu?« fragte Richard seinen Freund.

Hans Roos antwortete selbst. Er war zu den beiden in die Küche gekommen. »Ich sehe das zum ersten Mal«, sagte er.

»Wirklich?«

»Ja. Wirklich.«

Richard stand auf und ging auf Roos zu.

»Ich glaube Ihnen nicht. Das sieht doch ganz so aus wie ein kleines Geheimversteck, das hier seit drei Jahren seinen Dienst tut. Das hat doch fast jeder. Vielleicht nicht so groß und nicht unter einem Holzfußboden unter einem Küchenschrank.« Richard sah Hans Roos scharf an. »Sie können das ruhig zugeben. Sie haben nichts Verbotenes getan.« Er machte eine kleine Pause. »Aber vielleicht war etwas Verbotenes drin.«

Roos antwortete nicht. Er war bemüht, nicht die Beherrschung zu verlieren. Mit Erfolg. Selbst jetzt, mitten im Trümmerfeld seiner Wohnung, nach der Beerdigung der Frau, die er heiraten wollte, blieb er gefasst. Armselig stand er da in seinem häßlichen schwarzen Anzug. Ein leichtes Zucken um die Mundwinkel verriet, daß seine äußere Ruhe nur Fassade war.

»Was war da drin?« fragte Richard laut und bestimmt. »Sie haben gesagt, bei dem Mord an Ihrer zukünftigen Frau sei Geld gestohlen worden. Da haben Sie gelogen. Und jetzt lügen Sie wieder.«

Paul faßte Richard am Arm.

»Herr Roos«, sagte Richards Freund in einem übertrieben freundlichen Tonfall, »haben Sie einen Verdacht, wer das hier gewesen sein könnte?«

Roos sah, anstatt zu antworten, Richard an, als müßte der die Antwort wissen.

»Wollen sie wieder ein paar Leute belasten, die ihnen nicht gefallen, Herr Roos?« Richard machte sich keine Mühe mehr, seine Abneigung gegen den Belgier zu unterdrücken. »Förster war auf der Beerdigung. Frey liegt verletzt im Krankenhaus, und Langel sitzt im Klingelpütz. Gibt es sonst noch jemanden? Müssen wir sonst noch jemanden verhaften?«

Roos schien überrascht. Von den Festnahmen wußte er offensichtlich nichts. Paul nahm Richard beiseite.

»Was soll das, Richard?« fragte er leise. »Du tust ja gerade so, als hätte der Mann seine Wohnung selbst verwüstet.«

Richard merkte, daß er sich dringend beruhigen mußte. Paul wiederholte seine Frage: »Haben Sie einen Verdacht, Herr Roos?«

»Nein. Wenn es so ist, wie Ihr Kollege sagt, dann nicht«, sagte Roos mit schwacher Stimme.

»Was könnten die oder der Einbrecher hier gesucht haben? Geld? Irgendwelche Papiere?«

Roos schüttelte den Kopf. »Ich weiß es nicht. Wirklich nicht.«

»Wo hatte Ihre Frau zum Beispiel die Speditionspapiere aufbewahrt? Die Konzession, die sie ihrem Mann nicht geben wollte?« fragte Richard.

Roos zog die Schultern hoch. »Ich weiß es nicht.«

Richard ging zurück ins Wohnzimmer. Er suchte Ferdinand. Der Junge saß regungslos auf den Resten eines alten Sessels. Richard kniete sich neben ihn.

»Ferdinand«, sagte er vorsichtig, »in der Küche gibt es so eine Art Geheimversteck im Boden. Wußtest du davon?«

Ferdinand drehte langsam den Kopf in Richtung Richard. Er sah wieder so aus, als wollte er etwas sagen, als müßte er dieses Vorhaben aber im letzten Moment aufgeben.

»Ferdinand«, sagte Richard noch einmal mit leiser Stimme, »ich möchte die Leute finden, die deine Mutter getötet haben. Was war in dem Loch im Küchenboden?«

Richard gab sich alle Mühe, in Ferdinands Augen zu lesen. Doch da war einfach nichts. Nur Leere. Richard fuhr mit der

Hand über Ferdinands dichtes, dunkles Haar. Der Junge schien voller kindlicher Angst, wirkte aber zugleich verbittert und verhärmt wie ein erwachsener Mann. Paul trat zu ihnen.

»Laß uns gehen! Hier werden noch ein paar Fotos gemacht. Das war's.«

Paul ging zur Tür, und Richard folgte ihm. Im Hausflur stand immer noch die Nachbarin mit dem Kopftuch. Richard musterte die Alte. Die Frau sah ihn an.

»Sie wohnen nebenan?« fragte er sie. »Hat Sie schon jemand befragt?«

»Nein«, antwortete die Frau.

»Was hätte man bei Frau Förster stehlen können? Haben Sie eine Vermutung?«

Die Nachbarin antwortete nicht.

»Geld? Schmuck? Papiere?« fragte Richard weiter.

Die Frau nickte.

»Viel Geld?«

Sie nickte noch einmal.

»Und Schmuck? Hatte Ingrid Förster Schmuck?«

Wieder ein Nicken.

»Lassen Sie sich nicht alles aus der Nase ziehen, gute Frau. Sagen Sie, was Sie wissen!«

Die Frau wollte Richard offenbar keine Auskunft geben.

»Wir werden das protokollieren«, mischte sich Paul in das Gespräch ein. Er winkte einen Kollegen zu sich, der sich der Nachbarin annehmen sollte. Dann zog er Richard zur Haustür. Es hatte aufgehört zu regnen, und es war dunkel geworden. Vor dem Haus flackerte eine Straßenlaterne. Die einzige von mindestens zehn, die rechts und links von dem Haus in der Rurstraße standen.

»Es tut mir leid«, sagte Paul leise, ohne Richard anzusehen, »wegen heute morgen.«

Richard sah in das Licht der Laterne und holte das Fahrrad. »Ist schon gut. Gehen wir noch ein Stück?«

Paul nickte nur. Richard schob das Rad neben Paul her, als sie sich auf den Weg in die Innenstadt machten.

»Das ist 'ne komische Sache, mit diesem Einbruch da«, sagte

er, nachdem sie eine Weile gegangen waren. »Da hat jemand was gesucht, der gewußt hat, daß es sich lohnen würde. Er muß sich ganz sicher gewesen sein, irgendwas finden zu können. Geld oder Schmuck. Der oder die hatten eine Axt dabei, um den Boden zu zerschlagen. Das sieht nach guter Vorbereitung aus.«

»Habt ihr so was öfter? Einbrüche, nach denen eine Wohnung so aussieht?« fragte Richard.

»Na ja, ab und zu schon«, antwortete Paul, »auch solche Verstecke im Boden gibt es öfter. Aber unterm Küchenschrank hab ich noch keines gefunden. Das war ja so eine Art doppeltes Versteck. Wir haben übrigens die Nachbarn befragt. Zwei wollen gesehen haben, wie sich ein paar Männer in der Gegend rumgedrückt hätten. Und nachdem die Roos zur Beerdigung gefahren sind, seien auch die Männer verschwunden. Vielleicht in dem Haus vom Roos. Keine Ahnung. Vielleicht hat dein Mord gar nichts mit der Sache hier zu tun.«

Das wollte Richard nicht glauben. Er konnte sich zwar auch keinen Reim auf den Einbruch machen, aber irgend etwas in diesem Haus schien ihm höchst merkwürdig zu sein. Hans Roos hatte gelogen. Da war sich Richard sicher. Wenn man Herbert Frey einen Auftragsmord zutraute, warum dann nicht auch Hans Roos? Möglicherweise hatte es da Streit gegeben. Um Geld zum Beispiel. Roos könnte auch für den Einbruch Leute gekauft haben, die ihm schön das Haus kaputt schlugen, während er auf dem Friedhof den Trauernden mimte. Perfektes Alibi. Richard behielt seine Gedanken für sich.

Sie kamen am Südbahnhof vorbei. Ein langer Güterzug ratterte über die Brücke, als Paul und Richard darunter hergingen. Richard spürte die Vibration in jedem Körperteil. Über diese Brücke war er damals auch gefahren. Als die Geräusche des Zuges verstummten, blieb er stehen und drehte sich langsam um. Sein Atem war schwer. Es ist soweit, dachte er.

»Ich bleibe noch ein bißchen hier«, sagte er leise.

»Hier?« fragte Paul erstaunt.

»Ja, hier. Am Bahnhof. Ich gehe zum Bahnhof hoch. Du mußt allein weitergehen.«

Paul sah Richard ungläubig an. »Was machst du hier am Bahnhof?«

»Nichts Besonderes. Laß mich einfach noch ein wenig hierbleiben.«

Richard gab Paul das Rad, lächelte kurz zum Abschied und ging die Stufen zum Bahnhof hoch. Der Bahnsteig war fast leer. Ein Mann mit einer Krücke und eine Frau mit einem weißen Hut warteten auf einen Zug. Die Zeiger der großen Uhr über dem Gleis standen. Richard setzte sich auf den Fenstervorsprung des kleinen Häuschens des Bahnsteigwärters und starrte auf die Gleise.

Er brauchte keinen Zug, um loszufahren. Zurück zu dem Tag, als er Karl Heinz Siemens das Gesicht weggeschossen hatte.

***

Der Zug war durch den Hindenburg-Park gerattert und auf die Südbrücke gefahren. Vorbei an Kriegschäden, Hochwasserschäden. Die Reste des Eiswinters. Er fuhr jetzt in Richtung Gremberger Bahnhof. Richard hatte weiter auf dem Boden des Waggons gelegen und in die Dunkelheit gestarrt. Aus dem nassen Nebel war Regen geworden.

Er hatte Karl Heinz Siemens getötet. Erschossen. Mit einem Kopfschuß. Mitten ins Gesicht. Einen Freund. Einen Kameraden. Einen Spielkameraden.

Bei Gewitter war es besonders schön gewesen – in Gremberg. Eine Kulisse für Abenteuer. Einmal hatte Michael eine echte Gaspistole mitgebracht.

Die Augen. Richard sah die Augen wieder vor sich. Unter sich der Rhein. Er hätte reinspringen können.

Warum hatte Karl Heinz versucht zu fliehen? Warum hatte er geschossen? Man hätte ihn suchen können. Er, Richard Munckler hätte die Zugdiebe auffliegen lassen. Man hätte Karl Heinz Siemens gefunden und verhaftet. Er hätte ihn identifiziert und fertig.

Das Rheinufer, die Poller Wiesen, bis Gremberg war es nicht mehr weit. Warum? Die Polizeiuniform war von Regen und Schweiß durchnäßt. Richard versuchte noch einmal, die Zeit anzuhalten. Vergebens.

Es dämmerte, als der Zug im Bahnhof ankam. Der Verschiebebahnhof Gremberg war auf dem Weg, wieder zu einem der größten und modernsten Bahnhöfe seiner Art in Deutschland zu werden. Alles rund um die Eisenbahn – die Güterbahnhöfe, die Gleisanlagen, die Eisenbahnbrücken – war das Kölner Paradestück des Wiederaufbaus. Kilometerlang erstreckte sich das Gelände des Verschiebebahnhofs. Überall standen Lokomotiven und Waggons. Der Bahnhof erwachte gerade zum Leben.

Ihr Treffpunkt war ein altes Weichenstellhäuschen an einem stillgelegten Rangiergleis gewesen. Da hatten sie ein Loch in den Zaun geschnitten. Fast jeden Nachmittag hatte sich Richard von Vingst aus auf den weiten Weg zum Bahnhof gemacht. Selbst als er später ein klappriges Fahrrad besessen hatte, hatte er noch gut eine Dreiviertelstunde für den Weg gebraucht. Karl Heinz war immer dagewesen. Er konnte sich an keinen Nachmittag erinnern, an dem Karl Heinz nicht dagewesen war. Jetzt war er wieder da. Mit zerschossenem Gesicht.

Der Zug stand. Vielleicht schon eine ganze Weile. Richard hatte jedes Gefühl für Zeit und Bewegung verloren. Endstation. Aussteigen. Sterben.

Irgendwann war niemand mehr zu ihrem Treffpunkt gekommen. Die feindlichen Kampfflugzeuge waren immer öfter über das Bahnhofsgelände geflogen, hatten nicht mehr auf die Nacht gewartet. Im Herbst 1943 hatten britische Bomber eine Schießerei mit Holzgewehren in einem echten Inferno enden lassen. Rund um die Jungen waren die Bomben niedergeprasselt. Gleise, Waggons, ganze Züge waren im aufgerissenen Erdboden verschwunden. Meterhoch war das Flammenmeer rund um die Lagerhallen und Bahnhofsgebäude gewesen. Wie durch ein Wunder waren die Jungen unverletzt geblieben. Heinrich der Große war auf den Waggon geklettert, unter dem die anderen gekauert hatten. Richard erinnerte sich, wie er durch den Bombenhagel und das ohrenbetäubende Prasseln des Feuers die Schreie seines Freundes gehört hatte: »Du kriegst uns nicht! Du kriegst uns nicht! Wir werden dich überleben!« Immer wieder hatte er das geschrien. Als nach einer halben Stunde alles vorbei war, mußten sie Heinrich vom Dach zerren. Wie eine Statue stand er da in den tosenden Flammen. Das war der Anfang vom Ende der Posträuber vom Gremberger Bahnhof gewesen. Heinrich der Große. Keine Ahnung, was aus dem geworden war. Vielleicht auch ein Schmuggler, Dieb oder Schwarzhändler. Vielleicht ein Polizist. Vielleicht war er aber auch einfach nur gestorben.

Richard hatte einen Halt gesucht, um sich hochzuziehen. Sein Blick war über die Gleise gewandert. Er hatte aussteigen, der Bahnpolizei seine Waffe geben und den Dienst quittieren wollen. Doch bevor er das tun konnte, waren ihm die Beine weggeknickt. Er brach zusammen, war unfähig, sich zu bewegen. Richard Munckler lag auf dem Spielplatz seiner Kindheit.

***

Miro Schwitanski konnte sich mit einer Hand die Krawatte binden. Er konnte auch mit einer Hand eine Zigarette drehen oder ein Streichholz anzünden. Er war eben ein geschickter Mann.

Miro liebte es, beim Aufwachen den Himmel zu sehen. So oft es ging, übernachtete er in einem dachlosen Trümmerhaus oder in einem Waldstück und nicht in seinem Bett in dem schmutzigen Fremdarbeiterlager.

Diese Nacht hatte er gut geschlafen.

Es gab wenig, was Miro belasten konnte. Das Leben in Deutschland gehörte nicht dazu. Zwar träumte er manchmal von zu Hause. Dann sah er weite, goldgelbe Felder und Wiesen mit fröhlichen Menschen, die wenig arbeiteten und lieber feierten. Aber das war nur ein Bild, nicht die Wirklichkeit. Das wußte Miro. Er konnte sich lebhaft vorstellen, wie man die behandelte, die nach dem Krieg zurückgekehrt waren. Er wußte, daß in Polen niemand mit offenen Armen auf ihn warten würde. Also blieb er.

Aus der kleinen Tasche, die er immer bei sich hatte, zog er einen gesprungenen Rasierspiegel und einen Kamm. Vor jeder Tour nahm er sich vor, einen neuen, kleinen Rasierspiegel zu stehlen, damit er seinen alten endlich wegwerfen konnte. Aber bislang hatte er das in der Eile immer vergessen.

Miro kämmte sich das dunkelblonde Haar zurück und lächelte in seinen Rasierspiegel. Die strähnigen, glatten Haare waren nur schwer unter Kontrolle zu bringen. Was der Kamm nicht schaffte, besorgte eine Mütze, die er sich aufsetzte. Er strich sich über die wettergegerbte Haut. Eine Rasur würde guttun, dachte er und legte sich auf seine Decke, um in den Himmel zu schauen.

Miro liebte die Freiheit. Auf einer Decke im Freien in einem alten Wehrmachtschlafsack zu übernachten und morgens in den Himmel zu starren, war für Miro Freiheit. Das versöhnte ihn mit den vielen unangenehmen Dingen, die er in den letzten Jahren erlebt hatte. Aber das war Vergangenheit. Jetzt genoß er, daß er mehr oder weniger machen konnte, was er wollte. Er hatte beschlossen, sich nur noch ganz selten im Leben zu ärgern.

Nur wenn abends etwas schiefging, nicht alles reibungslos ablief, wenn er mit seinen Leuten loszog, konnte er seinen Vorsatz nicht immer beherzigen.

So wie letzte Woche.

Immer wieder sah er diese Frau, wie sie vor ihm stand und ihn anbrüllte, während ihr Blut und Schweiß die Haut herunterlief. Abhauen sollte her. Sie werde so lange brüllen, bis sie ein Nachbar hören würde. Er sollte bloß nicht glauben, sie hätte Angst vor ihm. Miro hatte die Frau mehrmals kräftig geschlagen, doch sie hatte immer weiter gebrüllt, als wenn ihr das nichts ausgemacht hätte. Ungewohntes hatte sich bei ihm abgespielt. Es war Gefühl in die Sache gekommen. So etwas wie Leidenschaft. Sie hatte sich gegen ihn gewehrt, was Miro verunsichert hatte. Sie hatte gekämpft und ihn so immer mehr herausgefordert. Mit seinen üblichen Methoden war er nicht weitergekommen, er hatte sich anstrengen müssen und sie durch die Wohnung geschleudert. Immer wieder war sie aufgestanden, um ihm zu sagen, daß er ein mieser Hund sei. Während die Frau ruhiger wurde, war in Miro das Maß an Verunsicherung größer geworden. Er hatte gemerkt, daß er mehr reagierte, als zu agieren.

Er hatte ihr die Bluse und den Büstenhalter aufgerissen und noch fester zugeschlagen. Sie schien das zu ignorieren, als sie halbnackt vor ihm gestanden und ihn gezwungen hatte, ihr in die zusammengekniffenen Augen zu sehen. Sie war kein anonymes Opfer mehr für Miro gewesen. Nicht mehr irgendeine Frau, deren Willen er brechen konnte, um ihr seine Verachtung zu zeigen und sich selbst seiner Überlegenheit zu vergewissern. Die Frau hatte Miro seine eigene Schwäche spüren lassen, ein Gefühl, das er nie mehr empfinden wollte. Nicht nur er war stark und unbezwingbar. Diese deutsche Frau war es auch. Sie hatte schwer, aber gleichmäßig geatmet und so ihre wohlgeformten Brüste auf und ab wiegen lassen. Dann hatte sie an Miro heruntergesehen, ganz langsam, bis zu seiner ausgebeulten Hose. Erst in diesem Moment war sich Miro seiner Erregung bewußt geworden.

Auch das war anders gewesen, als er es kannte. Wenn eine Frau vor ihm um Gnade winselnd auf dem Boden kroch, machte ihn das an. Einen Menschen total unterwerfen zu können, stimulierte ihn. Dann nahm er seinen weiblichen Opfern auch den letzten Rest von Stolz. Nur wenige Stöße waren nötig, um zum Höhepunkt zu kommen.

Doch in Müngersdorf war es nicht seine eigene Überlegenheit, was ihn erregt hatte. Hier war es die Stärke und Schönheit dieser Frau. Mit jedem Schlag, zu dem Miro ausgeholt hatte, war er schwächer geworden. Und jedes Mal, wenn sich die Frau wieder aufrappelte, war ihre Macht über Miro größer geworden, bis sie ihn schließlich zur Aufgabe hatte zwingen können. Miro hatte gespürt, daß er sich diese Frau nicht unterwerfen konnte. Er hatte keine Sekunde ernsthaft daran denken können, sich die Frau zu nehmen. Sein steifes Glied hatte ihn, nicht sie erniedrigt. Es war ein Zeichen der Schwäche gewesen. Er hatte keine Macht mehr gehabt. Als er seine Pistole gezogen und sie ihr unter die Nase gehalten hatte, hatte die Frau sogar gelächelt. »Schieß ruhig«, hatte sie leise geflüstert.

Natürlich hatte Miro nicht mehr abdrücken können. Er hatte verloren. Ratlos war er gewesen, völlig ratlos. Sein Kumpel Leo hatte ihn aus der Wohnung gezogen und ihm geraten, wegzulaufen.

Die Niederlage machte ihm zu schaffen. Die Frau ließ ihn auch Tage danach nicht los.

Über Miro zogen dunkle Wolken auf. »Es gibt Regen«, sagte er zu sich selbst und beschloß, aufzustehen. Er rollte seinen Schlafsack in die Decke, schnürte alles zusammen, schlug den Kragen des alten Wehrmachtmantels hoch und machte sich auf den Weg nach Hürth. Eine Stunde Fußweg war das ungefähr. Da würde er dann in der Küche des ungeliebten Lagers sich etwas zu essen machen. Er hatte letzte Woche seinen eigenen Geburtstag vergessen und wollte ihn heute ein bißchen nachfeiern.

Miro haßte die Deutschen nicht. Er hatte nie einen von ihnen ermordet, um seinen kleinen Beitrag zu leisten, damit dieses Volk für seine Verbrechen büßte. Das hatten viele von seinen Kumpels gemacht. Rache war nicht seine Sache. Er fand das primitiv. Und außerdem hatte er immer noch Hemmungen abzudrücken. Er konnte sich das selbst nicht erklären. Vielleicht aus Respekt.

Es gab nur eine Situation, in der er sich als blutigen Racheengel vorstellen konnte. Wenn irgendwann einmal die Männer vor ihm stehen würden, die ihn aus Nawra weggeschleppt hatten, nachdem sie seinem Vater eine Kugel in den Kopf geschossen hatten. Die würde er, ohne zu zögern, erschießen. Nein, besser, erschlagen. Einen nach dem anderen. Oder noch besser: Er würde sie zwingen, sich gegenseitig zu erschlagen. Bestimmt. Die Gesichter hatte er sich gemerkt. Die haßte er.

Bei den Deutschen, die er nach seiner Deportation aus Polen kennengelernt hatte, war das anders. Für sie empfand er nur Verachtung, keinen Haß. Das war bis heute so geblieben. Aus Sicht der meisten Deutschen, die mit Miro zusammentrafen, war es wahrscheinlich ziemlich gleichgültig, aus welchen Beweggründen Miro sie zusammenschlug. Das Ergebnis war dasselbe. Nur, daß er sie am Leben ließ.

Aber, wenn ihm wie letzte Woche in Müngersdorf sein Opfer mit Stärke, Stolz und Mut entgegentrat, dann kam etwas von dem Respekt zurück, den Miro als kleiner Junge empfunden hatte, wenn ihm sein Opa vom großen und fleißigen Nachbarn im Westen erzählt hatte.

Sein Freund Leo sagte immer, er sei ein zu guter Mensch. Mit weichem Kern unter harter Schale. Das war Miro nicht recht. Miro wollte absolute Kontrolle. Vor allem über sich selbst.

Er hatte erleben müssen, wie andere seinen Willen gebrochen hatten. Damals in dem Eisenbahnreparaturbetrieb, wo er jeden Tag mit bloßen Händen Holzwolle in die Ritzen stopfen mußte. Jeden Mittag gab es gekochte Rübenblätter, Russenbrot mit gemahlenem Stroh oder Laub und dazu Wassersuppe. Immer wieder Wassersuppe. Er hatte ohne Erfolg versucht, sich zu wehren. Diese Schwäche war ihm unerträglich gewesen. Man hatte ihn, Miro Schwitanski, zum Sklaven gemacht, und das sollte nie wieder passieren. So gaben die Überfälle Miro nicht nur ein Gefühl von Macht, sondern sie dienten auch der permanenten Überprüfung, ob er wirklich alles unter Kontrolle hatte. Um so härter hatte ihn die Müngersdorfer Niederlage getroffen.

Und dann war da noch die Sache mit der Förster in Lindenthal. Auch das war nicht so gelaufen, wie es sollte. Zu viel Risiko. Und wieder hatte er sich ärgern müssen. Das war ein bißchen zu viel für einen Tag gewesen.

Er hatte schon kein gutes Gefühl gehabt, als er Ingrid Förster zum ersten Mal in die Augen gesehen hatte. Er hätte sich auf sein Gefühl verlassen sollen. Jetzt war es zu spät. Und den Lohn für seine Hilfsbereitschaft würde er in diesem Leben auch nicht mehr erhalten. Die Polizei war sehr aktiv in dieser Sache. Das schloß Miro daraus, daß er schon zweimal beim Durchblättern der Zeitung kleinere Artikel zu dem Mord gesehen hatte. Es war nicht so, daß sich Miro ernsthaft Sorgen machte, denn schließlich genoß er als ehemaliger Zwangsarbeiter ja Narrenfreiheit. Dreimal war er schon festgenommen worden. Dreimal hatten ihn die Engländer wieder freigelassen.

»Die Deutschen haben nichts mehr zu sagen im eigenen Land«,

sagte er sich, als ihn ein Geräusch hinter einem Bretterzaun daran erinnerte, daß man Nahrungsmittel braucht, wenn man sich etwas Leckeres zum Geburtstag kochen will. Miro lugte durch einen Spalt im Zaun. Er hatte sich nicht getäuscht. In einem Verschlag grunzte ein kleines Ferkel.

Er überlegte kurz, sondierte die Lage und entschied dann, nicht lange zu fackeln. Seine Pistole hatte er im Lager versteckt. Das ging im Moment nicht anders. Aber er hatte sein Messer. Miro kletterte mit einem Satz über den Zaun, sprang zu dem Verschlag, riß ihn auf und stach dem Tier zwischen die Augen. Alles ging blitzschnell. Er kletterte mit dem noch zappelnden, quiekenden Schwein zurück auf die Straße. Und als der Besitzer des Ferkels aus seinem Haus stürmte, lag Miro mit dem blutenden Schwein, das er am Hals aufgeschlitzt hatte, schon hinter einer Böschung am Wegesrand.

Der Mann stand in Unterhose und Pantoffeln auf der Straße und brüllte »Komm raus, du Dieb« und anderen wirkungslosen Unsinn. Er war offensichtlich von den Schreien seines sterbenden Ferkels geweckt worden.

»Du musst früher aufstehen«, dachte Miro und lachte. Der Mann gestikulierte wild in alle Himmelsrichtungen und merkte nicht, wie lächerlich er dabei ohne Hose aussah. Das waren die Leute, die Miro verachtete. Vielleicht hatte diese lächerliche Figur auch Fremdarbeiter durch die Gegend gescheucht, dachte Miro, doch im Grunde war ihm das egal. Er legte das blutende Schwein neben seine zusammengerollte Decke, nahm die Mütze vom Kopf, strich sich das Haar glatt, setzte die Mütze wieder auf, überprüfte den Sitz seiner Krawatte und stand auf. Schnurstracks marschierte er auf den Mann zu, der so überrascht war, Miro auf sich zukommen zu sehen, daß er mit dem Brüllen aufhörte.

»Was ist los?« fragte Miro den Mann ruhig, lächelte und schlug zu. Mit dem ersten Haken brach er ihm das Nasenbein, mit dem zweiten schlug er ihm die Schneidezähne aus, und beim dritten Schlag in den Magen ging der Mann zu Boden. Auch das ging alles blitzschnell. Dann trat Miro dem Mann einmal in den Unterleib und einmal ins Gesicht. Er tat das routiniert, kühl, konzentriert und ohne große Aufregung. Ohne Haß, aber mit viel Verachtung.

Miro sah, wie sich zwei Männer in sicherer Entfernung auf die Straße getraut hatten, aber sie blieben, wo sie waren. Er hatte noch nie erlebt, daß deutsche Männer anderen Männern zu Hilfe geeilt waren, die er verprügelte.

Der Mann auf der Straße blutete aus Nase und Mund und war nicht in der Lage, einen Ton herauszubringen. Miro drehte sich um, holte seine Sachen und packte das Ferkel an den Hinterbeinen. Es war fast ausgeblutet. Als er seinen Weg auf der Straße nach Hürth fortsetzte, zog er eine feine Blutspur hinter sich her, die der leichte Nieselregen, der eingesetzt hatte, verwischte.

Er wußte, daß er nichts zu befürchten hatte. Für Mundraub eines ehemaligen Zwangsarbeiters gab es bei den Engländern keine Strafe, für Körperverletzung höchstens eine Ermahnung, und dafür würde sich keiner die Mühe machen, ihn zu verfolgen.

Das wird ein schöner Tag, dachte Miro. Er würde ein paar Freunde einladen und Spanferkel grillen.

Getränke hatten sie in einer Grube hinter dem Lager versteckt. Das war die Beute des Überfalls auf eine Gaststätte in Esch, den er vorgestern mit einem Kumpanen aus Frust über die gescheiterte Aktion von Müngersdorf begangen hatte. Die Schnapsflaschen hatten sie nicht, wie sie das sonst mit ihrem Diebesgut machten, zu ihren Kontaktleuten gebracht, damit die die Sachen versteckten. Mit dem Schnaps wollten sie sich diesmal selbst betrinken.

Und dafür, dachte Miro, ist heute ein ausgezeichneter Tag.

***

»Wie geht es Ihnen?«

Richard wunderte sich über diese überraschende Eröffnung des Gesprächs nach allem, was passiert war.

Alfons Mohren hatte sich auf die Bettkante gesetzt und ließ

keinen Zweifel bei den Anwesenden aufkommen, daß er diesen Montag morgen mit bester Laune beginnen wollte. Herbert Frey saß aufrecht und angezogen in seinem Krankenbett und grinste. Peters kaute an den Fingernägeln und glotzte aus dem Fenster. Richard versuchte, seine Kopfschmerzen zu vergessen.

»Genießen Sie diesen Augenblick, Frey«, sagte Mohren, »denn er ist bald vorbei. Wir könnten Sie heute in den Klingelpütz bringen. Und Sie wissen ja, daß es da nur halb so schön ist wie hier.«

Mohrens Fröhlichkeit verunsicherte Frey. Sein Grinsen paßte nicht mehr ganz zum Rest seines Gesichtsausdrucks. Richard fand, daß er sogar ein bißchen ängstlich dreinschaute.

Mohren zog den ersten Trumpf: »Sie kennen den Klingelpütz ja schon recht gut, wie ich erfahren habe. Da haben Sie so manche Woche verbracht in den letzten Jahren. Gut, daß einige Unterlagen den Krieg überstanden haben.«

Freys Verunsicherung wuchs sichtlich. Noch grinste er allerdings.

»Es gibt andere Unterlagen, die den Krieg nicht überlebt haben«, fuhr Mohren sibyllinisch fort. »Papier verbrennt einfach zu schnell. Und es gibt Unterlagen, die es nie gegeben hat, obwohl man die Leute das Gegenteil glauben ließ. Sie hatten recht, Frey, wir sollten mal ein Schnäpschen zusammen trinken. Vielleicht in dem Keller in Ihrem Haus, den Sie sich so nett eingerichtet haben sollen, wie man hört.«

Der zweite Trumpf, den Mohren gezogen hatte, hatte noch größere Wirkung als die Erwähnung des Vorstrafenregisters: Herbert Frey war nicht mehr Herbert Frey. Das Grinsen verschwand, als hätte es ihm jemand aus dem Gesicht geboxt. Schwäche vertrieb die Arroganz. Mohren hatte den Fürsten von Sülz gestürzt.

Mohren war aufgestanden. Richard hatte nicht ganz verstanden, was sein Chef meinte. Jetzt beugte sich dieser zu Frey hinunter, ließ ihn seinen Atem und seine Verachtung spüren. Er packte ihn am Arm, direkt an Freys Verband und drückte mit Daumen und Zeigefinger zu. Frey riß vor Schmerz die Augen und den Mund auf, ohne zu schreien. Mohren lächelte.

»So, und jetzt noch einmal von vorn, mein Lieber«, sagte der Oberinspektor und setzte sich wieder. »Fangen wir mit Ihrer Foltergeschichte an.«

Freys Mund stand immer noch offen. Sein Gesichtsausdruck beruhigte sich ein wenig. Man merkte, wie er um Fassung rang.

»Sie sagen, die Nazis hätten Sie 1943 wegen Ihrer politischen Gesinnung festgenommen. Wie kommt es, daß Sie ein Gericht wegen schweren Betrugs zu einem halben Jahr Haft verurteilt hat? Eine Strafe, die Sie zufällig zur gleichen Zeit wie Ihre angebliche Gestapo-Haft abgesessen haben.«

Frey hatte sich wieder weitgehend unter Kontrolle. Man konnte ihm zwar immer noch seine Unsicherheit ansehen, doch gleichzeitig wirkte er konzentrierter. Er kniff die Augen zusammen, als wollte er wie ein Schachspieler die nächsten sechs Züge und Gegenzüge durchrechnen und prüfen. Zu grinsen gab es hier vorläufig nichts mehr.

Frey wiegte den Kopf hin und her, und tatsächlich kam eine Gegenfrage: »Können Sie das beweisen, Mohren?«

Die Beweislage war wirklich dünn. Es gab nur die eine Seite mit der Auflistung der Vorstrafen, die die Engländer freigegeben hatten. Andererseits saß da ein Mann, der sein Leben lang den linken Arm nicht mehr richtig bewegen konnte, weil er, nach eigener Aussage, von der Gestapo mißhandelt worden war. Natürlich mußte sich das nicht ausschließen. Man konnte durchaus wegen Betrugs ins Kölner Stadtgefängnis gekommen und dann dort wegen seiner politischen Gesinnung in die Fänge der Gestapo geraten sein.

Die Gestapo hatte den Klingelpütz fest im Griff gehabt. Schon 1933 waren dort Kommunisten hingerichtet worden. Ein Mann, den niemand kannte, hatte mit einem Handbeil sechs Männern des Rotfrontkämpferbundes die Köpfe abgeschlagen. Hermann Göring hatte die brutale Hinrichtung persönlich aus Berlin angeordnet.

Als Richard zum ersten Mal von dieser Geschichte gehört hatte, hatte er versucht, sich diesen Mann vorzustellen. Den Mann mit dem Handbeil. Er hatte den Wunsch gespürt, diesen Mann, den er für ein Monster hielt, kennenzulernen, um ihn zu fragen, wie man so etwas tun konnte. Lange bevor der Krieg sämtliche Sitten verroht hatte. Mit einem Handbeil Köpfe abhacken!

Wenn Richard den Stavenhof im Eigelsteinviertel entlangschlich und sich überlegte, mit einer der Prostituierten aufs Zimmer zu gehen, begegnete ihm immer auch die Geschichte der sechs, mit dem Handbeil geköpften jungen Männer, die ungefähr so alt gewesen waren, wie er heute.

Am Ende des Stavenhofs an der Ecke zum Gereonswall befand sich in den Dreißiger Jahren die Kneipe »Ohm Paul«. Dort hatten sich die Mitglieder des Rotfrontkämpferbundes getroffen. Von dort waren sie Richtung Eigelstein gezogen, um sich mit der SA zu prügeln. Sicher auch an jenem Februartag 1933. Zur vielleicht letzten großen Kölner Straßenschlacht. Zwei SA-Männer waren erschossen worden. Nicht zufällig, denn beide sollen vor ihrem Eintritt in die SA selbst Kommunisten gewesen sein. Die sechs Männer, die dann nach ihrer Festnahme und einem Schauprozeß vor dem Kölner Schwurgericht im Klingelpütz geköpft worden waren, sollen an den Morden beteiligt gewesen sein. Die Nationalsozialisten hatten eine große Sache daraus gemacht, die bis nach Berlin und zu Hermann Göring ihre Kreise gezogen hatte.

Henker war ein Lehrberuf. Doch mit einem Handbeil zu köpfen, hatte kein Henker mehr in Deutschland in dieser Zeit gelernt. So muß die Hinrichtung der sechs Männer zu einem regelrechten Blutbad geworden sein. Der Henker habe mehrmals nicht richtig getroffen und nachschlagen müssen, erzählte man sich. Der Pfarrer von St. Ursula habe das mit ansehen müssen, und der könne das bestätigen. Er war selbst von der Gestapo verhaftet worden, nachdem er für die sechs Gerichteten eine Messe gelesen hatte.

Alles schien möglich gewesen zu sein in dieser Zeit, dachte Richard. Also warum nicht die Geschichte von Herbert Frey? Doch Richard mißtraute diesem Mann auf dem Krankenbett trotzdem.

»Ich muß das gar nicht bis ins kleinste Detail beweisen, Frey.«

Mohren behielt durch Offenheit die Überhand. »Es reicht, wenn Zweifel an Ihrer angeblichen politischen Verfolgung aufkommen. Dann steht Aussage gegen Aussage. Und ich bin Polizist.«

Richard rutschte unruhig auf seinem Stuhl hin und her. Der Oberinspektor ging sehr weit, fand er. Doch er imponierte ihm.

»Gut, wechseln wir das Thema«, fuhr Mohren fort. »Sprechen wir über Ingrid Förster. Wollen Sie uns heute sagen, woher Sie sie kannten?«

»Nein«, war Freys knappe Antwort.

Mohren stand wieder auf, ging einen Schritt auf Frey zu, um anzudeuten, daß er ihm den Schmerz von eben durchaus noch einmal zufügen konnte. Doch er zögerte.

»Sie sind geliefert, Mann«, sagte er nur, »arbeiten Sie ein bißchen mit uns zusammen, dann wird die Landung für Sie nicht ganz so hart.« Er setzte sich wieder. »Es heißt, Hans Roos hätten sich mit Ihnen auf offener Straße geprügelt, weil Sie Frau Förster beleidigt hätten. Sie hätten sie eine Hure genannt.«

»Kann sein«, murmelte Frey. »Sie war ja auch eine.«

»Eine Hure?«

»Ja, eine Hure!«

»Warum?«

»Weil sie ein mieses Stück war. Eine Schlampe. Sie hat die Leute beschissen, schlecht behandelt, vor allem die Männer. Am langen Arm verhungern lassen. Im wahrsten Sinne des Wortes.«

»Hatten Sie mal was mit Ingrid Förster?«

»Wer behauptet das?

»Ja oder nein.«

»Nein.«

»Woher kannten Sie Ingrid Förster?«

Keine Antwort.

»Womit konnte Ingrid Förster Ihnen drohen?«

»Keine Ahnung. Mit nichts.«

»Dann waren Sie vielleicht einfach nur eifersüchtig.«

»Nein. Warum sollte ich?«

Frey hatte angefangen, sich wieder zu wehren. Mohren behielt das Heft in der Hand, aber Frey wurde zunehmend munterer.

Dumm ist er nicht, dachte Richard. Im Gegenteil. Ohne Beweise war er nicht zu überführen.

»Sprechen wir über den Polen«, sagte Mohren, »vielleicht fällt Ihnen da mehr ein. Sie haben gesagt, Sie hätten nichts zu tun mit irgendwelchen ehemaligen Fremdarbeitern.«

»Das stimmt.«

»Wie kommt es dann, daß Sie in der Mordnacht mit einem Polen eine rege Diskussion hatten?«

Frey zögerte einen Moment, als müßte er sich erinnern, um zu antworten. »Ach so, der Mann, der in der Kneipe war«, sagte er dann, »war das ein Pole?«

Mohren lächelte. Er wußte, daß er hier nicht mehr gewinnen konnte. Aber zumindest hatte er auch nicht verloren. Das Verhältnis zwischen Mohren und Frey hatte eine neue Qualität bekommen, und dabei spielte ganz offensichtlich gegenseitiger Respekt eine Rolle. Frey sah nicht mehr auf Mohren herab, der ihm ein paar empfindliche Wunden zugefügt hatte – einschließlich der Schußverletzung am Oberarm. Und Mohren schien seinerseits die Art, wie sich Frey in seiner Befragung schlug, Respekt abzunötigen. Vielleicht ließ sich Frey doch noch einmal überraschen.

»Gestern nachmittag hat jemand die Wohnung von Ingrid Förster und Hans Roos in ein Schlachtfeld verwandelt, weil er etwas Wichtiges oder Kostbares gesucht hat. Offensichtlich mit Erfolg.«

Mohren machte ein Pause, um Freys Reaktion abzuwarten, doch der hatte sich wieder voll im Griff. Es war keinerlei Gefühlsregung zu sehen.

»Frey, was war bei Frau Förster oder Herrn Roos zu finden? Sie sind doch immer so gut informiert. Helfen Sie uns mal.«

Doch Frey wollte nicht helfen.

»Sie waren mit Martin Förster und einem Polizisten bei Ingrid Frey im Haus, als Förster seiner ehemaligen Frau die Konzession gestohlen hat.«

»Ich habe nichts gestohlen.«

»Gut, sagen wir geholt. Wo hatte Ingrid Förster diese Konzession?«

»Keine Ahnung. Wir standen im Flur und haben gewartet.«

»Hat es lange gedauert, bis sie damit wiederkam?«

»Nein.«

»Waren Sie außer diesem einen Mal noch einmal in der Wohnung von Ingrid Förster?«

»Nein.«

Sie kamen keinen Schritt weiter.

»Gut«, sagte Mohren, »dann bringen wir Sie jetzt zu Ihrem feinen Kumpel Theo Langel. Da haben Sie genug Zeit, ein bißchen in sich zu gehen. Vielleicht fällt Ihnen im Klingelpütz noch was ein.«

Frey kletterte bereitwillig aus seinem Bett und holte seine Jacke aus dem Schrank.

»Sie wissen, daß Sie mich nicht lange da halten können«, sagte er, und für einen kurzen Moment war sein Grinsen wieder da.

Er hatte recht. Sie wußten wenig, hatten kaum Beweise, kein richtiges Motiv und nur eine vage Vorstellung davon, was passiert sein mußte. Sie gingen fest davon aus, daß Frey die Schlüsselfigur in diesem Fall war. Doch wahrscheinlich war er nicht derjenige, der geschossen hatte. Das hatte irgendein Pole übernommen. Aber warum? Langel hätte das sicher auch für Frey getan. Wozu also jemanden engagieren? Und was war mit dem Einbruch von gestern, für den Langel, Frey und auch Förster perfekte Alibis hatten?

Richards Kopfschmerzen kamen wieder. Die Dinge paßten nicht zusammen.

Vielleicht mußten sie sich noch einmal intensiver um Roos kümmern. Vielleicht war es doch ein ganz normaler Raubmord einer Polenbande gewesen, und Frey war der Tipgeber oder der mögliche Hehler für das Diebesgut. Dann könnte man auch den Einbruch während der Beerdigung erklären. Die Mörder waren noch einmal zurückgekommen, um das zu finden, was sie in der Mordnacht erfolglos gesucht hatten.

Richard hätte die Dinge gern mit seinem Chef erörtert, doch zu all diesen Spekulationen und Fragen kam noch eine dazu, die diesen Wunsch zur Zeit schwer umsetzbar machte: Womit hatte sein Chef gegenüber Herbert Frey Waffengleichheit hergestellt? Diese Frage hätte Richard als erste stellen wollen. Was hatte zwischen Mohren und Frey gestanden?

Richard schoß ein Gedanke durch den Kopf. Er sah Mohren noch einmal aus dem Zimmer treten, während Frey auf ihn zurannte. Ganz langsam. Richard hielt die Bilder an, Augenblick für Augenblick, und sah Mohren, wie er seine Pistole zog. Warum tat er das erst jetzt im Flur? Mohren schoß auf Frey, obwohl der sich laut und deutlich ergeben hatte. Frey war nicht vor der Festnahme geflohen, nicht vor der Polizei. Er war vor Mohren weggelaufen.

Nun war sich Richard ganz sicher: Sein Chef hatte Herbert Frey töten wollen. Er war allein in das Haus gegangen, um ihn zu erschießen.

Richard erinnerte sich an die Erleichterung, die er in Mohrens Gesicht gesehen hatte, als sie feststellten, daß Frey den Schuß überlebt hatte. Es war die Erleichterung eines Mannes, der in dem Moment, in dem er den Fehler begangen hatte, diesen erkannte und dann froh war, daß er ohne große Folgen geblieben war. Durch den Schuß war Mohren aus einer Art Trance gerissen worden, in die ihn Haß oder Ohnmacht oder einfach nur Angst geführt hatten.

Sie waren mit Frey zum Auto gegangen, um ihn ins Gefängnis zu bringen. Richard sah auf. Vor ihm saß dieser Mohren, der gutgelaunt den Opel Richtung Hansaring steuerte. Jeder hat sein Päckchen zu tragen. Ist es besser, wenn man es aufschnürt?, fragte sich Richard. Oder sollte man die Dinge so lassen, wie sie sind?

Im Grunde war er bei der Polizei, um die Päckchen aufzuschnüren. Er war neugierig, warum wer wann wen ermordet hatte. Um viel mehr ging es doch gar nicht. Oder doch? Um Gerechtigkeit vielleicht? Aber was ist schon Gerechtigkeit?, dachte Richard, während er Mohrens ausrasierten Nacken anstarrte.

Sünde ist nur dann Sünde, wenn man sie selbst als solche erkennt, erinnerte sich Richard an die Worte eines Religionslehrers in seiner Schule vor dessen Berufsverbot. Und was ist mit Schuld? Gab es Schuld ohne Sünde und umgekehrt? Nein, umgekehrt nicht. War Schuld etwas objektiv Vorhandenes? Natürlich, dachte Richard, doch gleich kamen ihm Zweifel. Kann jemand schuldig sein, wenn er ein ehrenwertes Motiv für seine Tat anführen kann? Oder sich in eine fixe Idee ohne Ausweg verannt hat, wie Mohren vielleicht, als er zu Frey in die Wohnung gegangen war? Und weiter: Eine Sünde kann man sühnen. Was macht man mit einer Schuld? Wer Glück hat, entscheidet selbst, ob er sie abtragen will oder nicht. Irgendwas zur Wiedergutmachung tut. Wer Pech hat, wird schuldig gesprochen und bestraft. Strafe ist keine Sühne, also ist Schuld nicht dasselbe wie Sünde.

Frey hatte die Augen geschlossen, während sie von Schlaglöchern und Mohrens Fahrweise durchgeschüttelt wurden. Was verband ihn mit Mohren?, fragte sich Richard.

Nein, Mohren war nicht schuldig, weil er auf Frey geschossen hatte. Da war sich Richard sicher. Aber vielleicht gab es da noch etwas anderes. Eine andere Art von Schuld. Früher. Und der Sammler Frey wußte davon. Von einer folgenreichen Verfehlung, vielleicht sogar von einem Vergehen, an dem Mohren schuldig war, genau wie sich Richard schuldig am Tod von Karl Heinz Siemens fühlte.

Und Frey? Was war mit seiner Schuld? Selbst wenn er Papiere gefälscht hätte, um nach dem Krieg als politisch Verfolgter anerkannt zu werden: Was wog diese Schuld im Vergleich zu all denen, die sich erfolgreich durch die Entnazifizierungsverfahren geschlichen hatten, und trotz zahlreicher Vergehen in den letzen Jahren, im Krieg oder vorher zu Hause, davon überzeugt waren, unschuldig zu sein? Sie saßen jetzt unbehelligt auf wichtigen Posten, kamen von der Ostfront zurück zur Polizei oder anderen Behörden, nicht nur weil sich ein Amerikaner oder Brite großzügig gezeigt hatte, sondern vor allem, weil sie selbst von sich glaubten, nichts falsch gemacht zu haben. Sie zählten sich zu den weniger Schlechten. Leute wie Frey wären dann die Schlechten.

Mohren bog auf den Hansaring ein. Vor ihnen stand das gewaltige, finstere Gebäude vom Klingelpütz. Das Kölner Gefängnis, das sich mitten in der Stadt befand, hatte den Krieg fast unbeschadet überstanden.

Die Amerikaner hatten das Gefängnis fast übergangslos in Betrieb gelassen. Richard, der jeden Tag an dem Gebäude vorbei zur Arbeit am Kaiser-Wilhelm-Ring ging, machte das Gefängnis Angst. Er dachte daran, wie schnell man dort landen konnte. Mit und ohne Urteil eines Gerichts. Für ihn war es eine Frage von Glück oder Pech, dem Klingelpütz entgangen zu sein. Er hatte versucht, sich vor allem zu drücken: Er hatte die HJ geschwänzt, die Schule und die Zeltlager, in denen sie Krieg spielen mußten. Er hatte die Appelle versäumt und war schließlich sogar abgehauen, nachdem Oberbannführer Wallrabe alle Kölner Jungs aufgefordert hatte, das Vaterland, das längst verloren war, zu verteidigen. Hätte man ihn erwischt, wäre er in einer der Zellen dieses Kastens gelandet.

Mohren fuhr durch die erste Einfahrt des Gefängnisses. Richard spürte, wie die Luft dünner wurde, und als sich hinter ihnen das erste, schwere Eisentor wieder schloß, hätte er vor Not schreien können. Er spürte eine ihn erdrückende Enge, sah um sich herum Steinmauern, die sich langsam näherten, um ihn einzusperren. Die Flügel des Gefängnisses waren wie die Fänge eines riesigen Raubtiers, das seine Pranken um sein Opfer legt, um dann plötzlich zuzuschnappen. Genauso hatte er sich ein Gefängnis vorgestellt. Er wußte, warum er sich zwei Jahre lang erfolgreich davor gedrückt hatte, hier einen Menschen hinzubringen und tagtäglich beim Vorbeigehen dieses mulmige Gefühl verspürte.

Jetzt würden sie Herbert Frey hier einliefern. Im Grunde nur, weil sie dachten, daß er es wohl verdient habe. Aber worin bestand seine Schuld?

Wohl kaum darin, daß er genau wie alle anderen erfolgreich versucht hatte, unter dem neuen Regime mit guten Karten neu anzufangen. Sie setzen Frey genau wie Langel ins Gefängnis, obwohl sie für eine Beteiligung an dem Mord an Ingrid Förster keine ausreichenden Beweise hatten. Alles hatte seine formale Richtigkeit, alles war legal. Aber das wäre es auch gewesen, wenn Richard hier vor zweieinhalb oder drei Jahren eingebuchtet worden wäre.

Immer wieder kam Richard das Gesicht von Hans Roos in den Sinn. Er sah ihn, wie er im Präsidium auf dem Stuhl vor dem Schreibtisch gesessen hatte, wie er sich verstellt hatte, um zu verbergen, wie es in ihm aussah. Roos hatte für Richard schon gelogen, bevor er den Mund aufgemacht hatte. Er hätte ihn mindestens so gern wie Frey in den Klingelpütz gefahren. Aber dann dachte er an Ferdinand, der seinen Vater sicher zur Zeit dringend brauchte. Der kleine Mann, das große Kind.

Er wollte etwas tun, damit Kinder wie Ferdinand eine bessere Zukunft bekamen als ihre Eltern, die ihre schon verspielt hatten. Sie sollten wissen, wer die weniger Schlechten und die Schlechten sind, um selbst entscheiden zu können, welche Schuld abzutragen, welche zu bestrafen und welche Sünde gesühnt werden kann oder muß. Richard war sieben Jahre älter als Ferdinand. Sieben Jahre waren 1947 eine halbe Ewigkeit. Als Ferdinand zum ersten Mal in die Schule gegangen war, war Deutschland schon im Krieg. Richard hatte wenigstens noch ein paar Jahre ohne Angst vor den Bomben spielen können. Jetzt wollte Richard arbeiten, einen Beitrag leisten: Also mußten die Päckchen, die alle mit sich trugen, aufgeschnürt werden. Nicht nur das von Frey. Auch das von Mohren, von Paul, auch sein eigenes. Und wenn es sein mußte, auch das der Frau, die Ferdinands Mutter werden sollte. Für Ferdinand.

Die Gefängnismauern machten ihm das Atmen schwer. Richard merkte, wie seine Hände naß wurden. Auf den Handinnenflächen bildeten sich Schweißperlen, die langsam bis zu den Fingerkuppen liefen. Er hätte jetzt nichts anfassen können. Mit Mühe brachte er ein paar Worte heraus, als Mohren und Peters ausstiegen.

»Ich bleibe im Wagen.«

Mohren nickte nur, als er den Sitz nach vorn klappte, damit auch Frey aussteigen konnte.

»Können Sie die Wagentür bitte auflassen«, flüsterte Richard.

Er sah, wie Mohren, Peters und Frey hinter einer Tür im Gefängnis verschwanden. Vielleicht wäre er doch besser mitgegangen? Denn nun war er zu allem Überfluss allein in dem Vorhof des Gefängnisses. Die zwei uniformierten Wärter am Tor boten keinen Beistand, sie waren vielmehr Teil der Bedrohung. Richard wischte sich die nassen Hände an der Hose ab und kletterte aus dem Wagen, um wenigstens den Himmel sehen zu können. Doch über ihm hing eine finstere, tiefe, graue Wolkendecke.

Richard suchte Halt bei einem Gedanken. Ein schöner sollte es sein. Sein siebter Geburtstag fiel ihm ein. Ein buntes Bild mit Kerzen, Ballons, einem kleinen verpackten Geschenk, seine Mutter, sein Bruder, sein Vater. Dann sah er wieder Züge. Richard blickte in die Wolken und entdeckte die schäbige Decke des Krankenzimmers, in das man ihn gelegt hatte, nachdem er auf dem Gelände des Gremberger Bahnhofs zusammengebrochen war. Er konnte keinen Halt an schönen Erinnerungen finden. Genau wie die Wolkendecke einfach da war, genauso war Karl Heinz Siemens immer da. Was mußte er tun, damit er verschwand?

Richard erinnerte sich daran, daß er dieses Gefühl der tonnenschweren Last, die ihm die Brust einquetschte und das Atmen schwer machte, schon damals in dem Krankenzimmer gespürt hatte. So wie sich jetzt die Gefängnismauern um ihn zusammenzogen und die Wolkendecke ihn zu erdrücken schien, so waren ihm damals Wände und Decke des Krankenzimmers viel zu nahe gewesen. Um sich schlagen wollte er, die Freiheit erkämpfen, die Wände und Mauern eintreten.

»Gratulation!« Er war in dem Krankenzimmer wach geworden und hatte sofort dieses Gefühl gehabt, von allen Seiten bedrängt zu werden und völlig die Kontrolle zu verlieren. Ohnmacht im wahrsten Sinne des Wortes.

»Gratulation!« Das war wie ein Fallbeil gewesen. Er hatte geschlafen. Langsam hatte er die Augen geöffnet, um sich an das grelle Licht um ihn herum zu gewöhnen. Er hatte das Bett ertastet, in dem er lag. »Gratulation!« Noch bevor er die Stimme zuordnen konnte, hatte er seinen damaligen Chef am Mundgeruch erkannt. Trimborns fettes, feistes Gesicht hatte sich über ihn geschoben. Mit einem ebenso fetten und feisten Lächeln. Wie konnte dieser Mann so ein fettes Gesicht haben, wo doch alle in Köln hungerten!

»Munckler«, hatte er gesagt, »wir sind stolz auf Sie! Sie stehen schon in der Zeitung. Leider hatten wir kein Foto von Ihnen. Sonst hätten die das auch gebracht. Und da Sie vorgezogen haben zu schlafen, anstatt das Protokoll zu schreiben, konnten die auch kein Foto von Ihnen machen.«

Trimborn stank immer ganz besonders stark aus dem Maul, wenn er versuchte, lustig zu sein. Er lachte fett und feist. Langsam war Richard klar geworden, was sein Chef da gemeint hatte.

»Wie lange bin ich schon hier?«

»Du hast gut zwanzig Stunden Pause gemacht«, hatte eine weitaus angenehmere Stimme gesagt. Paul war auch da gewesen. »Die haben dich ohnmächtig auf den Gleisen aufgesammelt und ins Krankenhaus gebracht. Und da bist du immer noch.«

»Hallo, Paul«, hatte Richard gesagt, froh darüber, nicht mit diesem Trimborn allein im Zimmer zu sein. »Ich habe einen Mann erschossen!«

»Sie haben«, hatte Trimborn dazwischengerufen, »die Bande zerschlagen. Ganz allein. Ich bin sehr stolz.«

»Die ganze Bande?«

»Wir haben den einen mit zwei gebrochenen Beinen aufgelesen«, hatte Paul geantwortet. »Der hat gesungen wie ein Vogel und seine Kumpane verraten. Einen suchen wir noch, einen haben wir in seiner Wohnung verhaftet, und beim vierten hast du uns ja die Arbeit abgenommen.«

Paul hatte keine Ahnung. Karl Heinz Siemens war tot. Richard hatte ihm den Kopf weggeschossen. Einfach so. Nein, einfach so war das nicht gewesen. Irgendwas war schiefgelaufen. Irgendwoher war die Angst gekommen, und dann macht man Dinge, die man nicht machen will. Kurzschluß.

Nein, kein Kurzschluß. Karl Heinz Siemens war ein Morphiumdieb, schuldig, keine Reue. Der hatte ihn ausnutzen und dann feige das Weite suchen wollen. Das hatte er gefunden. Das Weite. Durch einen Kopfschuß. Dafür tötet man niemanden. Mord aus Haß. Ein niederes Motiv. Keine Notwehr. Todesurteil. Ein Mörder, der gestehen muß.

»Ich …«, Richard hatte tief Luft geholt, um zu gestehen. »Ich weiß, wer der …«

Wem sollte er damals irgendwas gestehen? Trimborn, Paul? Sich selbst? »Ich weiß …«

»Der sah ziemlich übel aus«, hatte ihn Paul unterbrochen. »Gab wohl einen Kampf, was?«

»Spielt doch keine Rolle«, hatte Trimborn gesagt, »Hauptsache, der Fall ist erledigt. Niemand weint dem Mann eine Träne nach. Ruhen Sie sich aus, Munckler!«

Richard hatte den Kopf zur kahlen Krankenzimmerwand gedreht, und Trimborn hatte sich verabschiedet. Paul hatte sich auf einen Stuhl neben das Bett gesetzt und Richard nach einer Pause noch einmal tief Luft geholt. »Ich werde mir einen anderen Beruf suchen.« Er erinnerte sich, daß er damals selbst überrascht gewesen war, wie entschlossen das geklungen haben mußte, was er da gesagt hatte.

»Red keinen Unsinn«, hatte Paul geantwortet. »Die sind alle ziemlich stolz auf dich. Jetzt geht's aufwärts.«

Er hatte Paul damals kaum zuhören können. Auch jetzt, in dem finsteren Gefängnishof, sausten ihm wieder die gleichen Bilder durch den Kopf wie damals. Die wackelige, hölzerne Patton-Brücke, der Trümmerberg in Vingst, der einmal sein Zuhause gewesen war, der Mann auf dem Fahrrad, der ihn zur Polizei bestellte, Heinrich der Große auf dem Eisenbahnwaggon und immer wieder die Augen von Siemens.

Jetzt geht's aufwärts. Doch immer wieder türmten sich neue Trümmerberge vor Richard auf. Als er damals auf der Patton-Brücke gestanden hatte, schienen sie ihm zu groß, um sie je überwinden zu können. Anderthalb Jahre später dann, als ihn der Tod des ehemaligen Kameraden vom Gremberger Bahnhof zum Held machte, hatte er Pauls Hilfe gebraucht. Jetzt im Gefängnishof wollte er es selbst schaffen.

»Willst du immer nur die Rübe hinhalten oder selbst mal was in die Hand nehmen?« hatte Paul damals an seinem Krankenbett gesagt. »Die kommen alle wieder. Und wenn du nicht ein bißchen auf die Tube drückst, sind die vor dir da.«

»Wer kommt wieder? Was meinst du?« hatte er seinen Freund gefragt.

»Die Hüter von Recht, Anstand und Ordnung. Die Parteigenossen. Die Vergangenheit«, war Pauls Antwort gewesen.

»Unsinn, Paul. Ein PG wird kein Polizist. Unser Chef ist ein Jude.«

»Und trotzdem scheint es ihn nicht zu stören, daß die Genossen wieder zu Amt und Würde kommen. Köln hat wieder eine halbe Million Einwohner. Die lungern rum, organisieren, klauen und hungern. Da braucht man die Erfahrung der alten Männer.«

»Das glaube ich nicht.«

»Dann laß es.« Paul hatte abfällig gelächelt. »Aus Kriminalräten werden Kommissare. Aber du wirst sehen, es dauert nicht mehr lange, da haben die ihren alten Dienstgrad wieder. Und bei den unterbesetzten Landposten dürfen sich die ersten Recken aus den Einsatzkommandos wieder warmlaufen.«

»Was sind das für Leute? Die aus den Einsatzkommandos?« hatte Richard gefragt.

»Das sind die, die was werden wollten. Die haben hinter uns die Drecksarbeit gemacht. Juden und Polen aufgeknüpft und in die Züge gestopft. Granaten in Kirchen geworfen. Die haben ihre Pflicht für Volk und Führer getan.« Paul hatte die Augen zusammengekniffen. »Das wissen die feinen Briten und Amerikaner nicht. Und der Chef auch nicht. Aber ich weiß es. Unsere neuen Kollegen sind Drecksschweine. Und sie werden dir und mir die Stellen wegnehmen bei der Kripo oder sonst wo.«

»Was willst du tun?«

»Schneller sein«, hatte Paul geantwortet.

***

Mohren und Peters kamen zurück in den Gefängnishof und holten Richard in die Gegenwart zurück.

»He, Munckler«, rief Peters und schlug ihm auf die Schulter, »wir haben Frey ein nettes Zimmerchen ausgesucht. Der Mordversuch von vorletzter Woche, weißt du? Der Geisteskranke, der seinem Nachbarn die Brechstange in den Magen gebohrt hat. Den wir aufgespießt am Gartentor gefunden hatten.«

Richard nickte.

Peters freute sich: »Vielleicht kommen die beiden sich ein bißchen näher hier.«

Die drei Polizisten stiegen in den Wagen. Mohren drehte sich zu Richard um.

»Munckler«, sagte er mit nachdenklicher Miene, »alles in Ordnung mit Ihnen?«

Richard bemühte sich, ein wenig zu lächeln. Nein, er wollte sich nicht weiter seinem Schicksal ergeben. Mohren, Frey, Roos, Förster und all die anderen – das waren alte Männer. Sollte er sich von ihnen sagen lassen, was gut und was schlecht war und in Zukunft sein sollte?

»Ja, klar. Alles in Ordnung«, antwortete er. »Was soll schon sein?«

In diesem Moment wußte Richard, daß er an diesen Ort zurückkommen würde. Nicht nur in diesen Vorhof hier. Nein, er müßte weitergehen. Und zwar allein.

***

Miro Schwitanski versuchte, sich zu konzentrieren. Er wollte einen klaren Gedanken fassen. Ein verschwommenes Bild scharfstellen. Er mußte sich konzentrieren, damit hier nichts schieflief. Er mußte sich darauf konzentrieren, möglichst keinerlei Anstalten zu machen, sein Bett zu verlassen. Auch nicht, wenn man ihn dazu zwingen würde. Er krallte seine Finger in das Laken.

Miro war sternhagelvoll. Ein schönes Geburtstagsfest mit leckerem Schwein am Spieß hatten sie gefeiert, viel gelacht und ein bißchen getanzt. Es war zwar erst halb sechs am Abend, aber sie konnten nicht mehr.

»Wenn's dunkel wird, soll man schlafen gehen!« hatte Leo gebrüllt.

Es war tatsächlich ein schöner Tag gewesen. Bis jetzt.

Es war das eingetreten, was Miro nicht für möglich gehalten hatte. Er suchte nach Erklärungen, war aber viel zu betrunken, um eine zu finden. Er durfte sich damit auch nicht von der zur Zeit wichtigsten Sache ablenken lassen: nur nicht aufstehen! War er zu leichtsinnig gewesen? Wenn nicht heute, dann letzte Woche. Da hatte er gedacht: »Was soll's? Die Chance, daß jemand zu dir ins Lager kommt, ist minimal. Also nehme ich die Pistole mit.« Jetzt spürte er sie im Rückgrad. Er lag auf ihr, und das sollte so bleiben.

Miro war gerade in sein Zimmer getorkelt, hatte beschlossen, heute einmal hier zu schlafen, weil das in seinem Zustand wohl die einfachste Lösung war, hatte sich angezogen auf das Bett geschmissen, sich von seinen Kumpanen verabschiedet und damit begonnen, das rasende Karussell in seinem Kopf abzubremsen, um einzuschlafen. Da waren zwei uniformierte Polizisten eines Überfallkommandos in sein Zimmer gestürzt. Gleichzeitig war im ganzen Haus ein Sturm losgebrochen.

Miro hörte, wie Möbel umfielen, rennende Menschen, Schreie und Befehle. Jetzt nur keine Hektik, dachte er, ganz ruhig bleiben. Und im Bett bleiben. Ihm war übel, und das fand er gut. Er bereitete sich darauf vor, jederzeit den Folgen seiner Übelkeit freien Lauf lassen zu können. In seinem Suff fand er das eine gute Idee, um die Angreifer abzuwehren, beziehungsweise abzulenken.

Normalerweise kam deutsche Polizei nicht ins Lager, und wenn sie sich dann doch einmal zögerlich hinbewegte, hatte immer einer im Lager einen Tip bekommen. Diesmal waren sie alle kalt überrascht worden. Miro kniff die Augen zusammen, um die Bedrohung besser einschätzen zu können. Er kämpfte immer noch gegen den Schwindel im Kopf. Alles war verschwommen. Er sah hektische Bewegungen, Uniformen, einen Schlagstock, der auf seinen Bettnachbarn niederging, mittlerweile vier, fünf Polizisten im Zimmer, einen, der seinen Kumpel Leo aus dem Bett riss, am Hals packte, aufrichtete und gegen die Wand drückte.

»Nur nicht aufstehen«, dachte Miro, »nur nicht aufstehen.«

Einer der Polizisten trat an Miros Bett.

»Du nix verstehen, Polacke!« brüllte ihn der Mann an.

Miro fand, daß das jetzt der richtige Augenblick war, um sich zu übergeben. Er würgte kurz, und schon schossen Alkohol und Spanferkel aus ihm heraus. »Du Sau!« brüllte der Polizist, als Miro ihm auf die Stiefel kotzte. Er spürte den stumpfen Schlag des Schlagstocks im Nacken. Schmerzen empfand er keine. Dazu mußte man bei Miro schon andere Kaliber auffahren. Es blieb bei dem einen Schlag. Ein Kollege war dem Polizisten in den Arm gefallen und hatte ihn zurückgehalten. Miro hörte, wie zwei Männer über dreckige Stiefel und eine dafür angemessene Bestrafung debattierten, doch das interessierte ihn wenig. Er lag in seiner Kotze, verzog keine Miene und hörte schließlich das, was er hören wollte: »Laß ihn. Der hat sich schon selbst das gegeben, was er verdient.« Das war geschafft. Während seine Zimmergenossen in Reih und Glied breitbeinig und mit ausgestreckten Armen mit dem Gesicht zur Wand aufgestellt worden waren, lag er weiter in seinem Bett. Miro war wieder einmal stolz auf sich. Doch er hatte sich zu früh gefreut.

Während er langsam durchatmete und sein Schwindel nachzulassen begann, wurde es plötzlich still im ganzen Haus. So als wenn jemand einen Schalter umgelegt hätte. So etwas hatte Miro bei einer Razzia noch nie erlebt. Langsam drehte er den Kopf zur Seite, er konnte jetzt besser sehen, aber noch war alles unscharf.

Dann hörte er Schritte im Flur. Es war das einzige Geräusch, das man derzeit im Haus wahrnehmen konnte, in dem immerhin über vierzig Männer untergebracht waren. Es war gespenstisch. Die Schritte hörten auf, vielleicht am Nebenzimmer. Dann ein Flüstern. Ein Mann stellte ein Frage. Eine Antwort war nicht zu hören. Dann wieder Schritte. Jetzt waren sie ganz nahe. Miro sah im Türrahmen die Umrisse von zwei Personen auftauchen. Die Polizisten im Zimmer brachten die fünf Polen an der Wand geräusch- und wortlos dazu, sich umzudrehen. Viel mehr passierte zunächst nicht. Miro konzentrierte sich wieder. Langsam wurden aus den Umrissen im Türrahmen Gestalten, dann wurden aus den Gestalten ein Mann und eine Frau, dann wurde aus der Frau, ein Mensch, den Miro kannte.

Sie waren seinetwegen hier! Nur seinetwegen! Miro wurde es glühend heiß. Er fühlte sich plötzlich völlig elend, schwach und minderwertig, wie er da in seiner Kotze lag. Der beißende Geruch des Erbrochenen stieg ihm in die Nase. Die Frau kam einen Schritt ins Zimmer. Jetzt war das Bild gestochen scharf. Miro sah, wie sie mit dem Finger auf ihn zeigte. Es war die Frau, gegen die er letzte Woche in Müngersdorf verloren hatte. Die starke, blutende Frau, die halbnackt vor ihm gestanden und sich nicht ergeben hatte, die nicht um Gnade gebettelt, sondern ihn angebrüllt hatte. Jetzt sagte sie kein Wort. Sie lächelte. Neben ihr trat ein junger Polizist in Zivil in den Raum.

»Festnehmen«, sagte der nur. Zwei Polizisten packten Miro unsanft am Arm und zogen ihn aus seinem vollgekotzten Bett. Ein dritter packte Miros Bettgestell und kippte es zur Seite. Gleichzeitig wurde Miros Spind entleert, indem er einfach umgeworfen wurde. Miro war mit einem Schlag stocknüchtern. Er sah, wie der Polizist, der sich um sein Bett kümmerte, ein Messer zog. Die Matratze hatte er auf die vollgekotzte Seite gelegt. Jetzt schlitzte er sie mit dem Messer auf.

»Das war's«, dachte Miro und suchte Blickkontakt zu der starken deutschen Frau. Er spürte kalte Handschellen, die sich um seine Handknöchel schlossen. Die Frau sah ihm tief in die Augen. Miro empfand den Respekt, den er schon in Müngersdorf vor dieser Frau gehabt hatte. Gleichzeitig spürte er Verlangen. Es fehlte noch etwas, um seine Niederlage wirklich perfekt zu machen. Er wollte von dieser Frau auch körperlich bezwungen werden. Die Frau war hübsch und durch die Wunden im Gesicht, die ihr Miro zugefügt hatte, noch hübscher, fand er. Miro wünschte sich, sie würde ihn schlagen und treten. Er merkte, wie sein Glied steif wurde. Diesmal gefiel es ihm. Diese Frau hätte mit ihm machen können, was sie wollte, hier vor all den dummen, deutschen Polizisten. Ihm die Kleider vom Leib reißen und sich auf ihn setzen. Wie es ihr gefallen hätte. Sofort. Die starke Frau lächelte immer noch. Miro lächelte zurück.

»Sieh dir das mal an, Brander«, hörte er den Polizisten sagen. Der Mann hatte die Pistole gefunden. Miro mußte gar nicht hinsehen. Er sah weiter in die Augen der Frau, als er aus dem Zimmer gezogen wurde.

»Sie sind verhaftet«, sagte der Kriminalbeamte. Miro lächelte, obwohl er das dumpfe Gefühl hatte, daß es jetzt mit der Narrenfreiheit vorbei war. Diese Frau würde aufpassen, daß kein britischer Offizier ein Auge zudrücken würde. Sie würde dafür sorgen, daß es diesmal unangenehmer werden würde. Und dann war da ja auch noch die Pistole, die Miro in seiner Matratze versteckt hatte. Die Polizisten schubsten Miro durch den Hausflur ins Freie und setzten ihn in einen Opel Kapitän. Miro sah noch einmal die hübsche, starke Frau. Hinter ihr wurden seine Zimmergenossen aus dem Haus geführt. Dann setzte sich der Wagen Richtung Köln in Bewegung.

***

Mohren hatte Richard in der Rurstraße bei Hans Roos abgesetzt. »Schnüffeln Sie noch ein bißchen rum«, hatte er gesagt, »und lassen Sie sich nicht von seinen Nazigeschichten beeindrucken.«

Richard hatte sich ein wenig gewundert, daß ihm Mohren die Sache allein überließ. Doch dann war ihm klar geworden, daß sein Chef wenig Interesse an Roos hatte. Er war ihm gleichgültig und aus seiner Sicht für den Fall uninteressant. Richard sah das anders. Er war sich sicher, daß Hans Roos irgendwas verschwieg. Er wollte an der Fassade kratzen und war um so enttäuschter, als ihm ein Hans Roos die Tür öffnete, der sich durch nichts von dem Mann unterschied, den er bisher erlebt hatte. Richard hatte gedacht, daß ein überraschender Besuch der Polizei Roos nicht die Chance gegeben hätte, sich zu vorzubereiten. Doch so war es nicht.

Roos trug einen schwarzen Anzug. Nur die Krawatte fehlte. Er war gepflegt und freundlich. Was Richard noch viel mehr überraschte, war der Zustand der Wohnung, als Roos ihn hereingebeten hatte.

»Wie haben Sie das so schnell geschafft?« fragte Richard verwundert.

Die Wohnung, die gestern noch einem Schlachtfeld geglichen hatte, war nun sorgfältigst aufgeräumt. Es waren kaum noch Spuren des Einbruchs zu entdecken. Nur die Axteinschläge auf dem Fußboden hatte Roos nicht komplett mit Teppichen verdecken können.

»Die Nachbarn haben mir geholfen«, sagte Roos, »sie haben mir ein paar Sachen wie die alten Teppiche hier geschenkt oder geliehen. Es muß weitergehen. Oder?«

Er sah Richard fragend an. Er wollte wirklich eine Antwort.

»Ich würde gern noch mal mit Ihnen über alles sprechen, Herr Roos«, sagte Richard.

Roos bot ihm einen Stuhl an, und Richard bemerkte, daß es das Sofa, auf dem sie Ingrid Förster gefunden hatten, nicht mehr gab.

»Möchten Sie etwas trinken?« fragte der Belgier. »Ich habe Kaffeepulver.«

Richard empfand das als Bestechungsversuch. Nein, er wollte von diesem Mann nichts annehmen.

»Sie mögen mich nicht. Warum? Was haben Sie gegen mich?«

Richard war völlig perplex. Wieder konnte er nicht antworten. Er suchte nach Worten.

»Ich, ich«, stammelte er, »ich denke, das tut nichts zur Sache. Warum sollte ich was gegen Sie haben?«

»Ich weiß es nicht«, sagte Roos, »ich habe Sie gefragt.«

Der Belgier ging in die Küche und setzte Wasser auf.

»Wo ist Ferdinand?« fragte Richard, um die Situation ein wenig zu entkrampfen.

»Bei seinem Freund Heinrich. Das ist der Junge, zu dem Sie Ferdinand gefahren haben.«

»Was macht er so, der Ferdinand, wenn er nicht zur Schule geht?«

Roos kam aus der Küche und setzte sich neben Richard.

»Ach, wissen Sie, ich war ja viel zu wenig zu Hause. Ich konnte mich gar nicht mehr richtig um Ferdinand kümmern. Ich weiß nicht genau, was er so unternimmt. Sie gehen gern zum Bahnhof, die Kinder. Spielen da. Sie kennen das sicher.«

Spielen am Bahnhof. Das kannte Richard sehr gut.

Roos sprach weiter: »Ich sage immer, paßt auf. Das ist bestimmt zu gefährlich. Aber er hört nicht auf mich.«

»Und sonst? Hört er sonst auf Sie?

Roos zögerte mit der Antwort. »Wenn Sie mich so fragen«, er sah ein bißchen traurig aus, »dann muß ich wohl sagen, daß das vorbei ist. Ich war eben zuwenig da für ihn in den letzten Monaten. Wenn er überhaupt noch auf einen Rat gehört hat, dann mußte der von Ingrid kommen. Er hat sie sehr geliebt.«

»Sie auch?«

Roos sah Richard erstaunt an. »Natürlich. Was denken Sie?«

»Was ist mit Ferdinands richtiger Mutter? Ihrer ehemaligen Frau?« fragte Richard. »Haben sie noch Kontakt?«

»Nein. Ich bedauere das. Ich habe ja noch drei weitere Kinder. Aber ich sehe sie nicht mehr. Vielleicht ändert sich das einmal wieder.«

Roos stand auf, um den Kaffee zu holen. Obwohl Richard abgelehnt hatte, brachte er eine zweite Tasse mit.

»Ich denke jetzt viel darüber nach, was ich falsch gemacht haben könnte«, fuhr er fort. »Wissen Sie, ich habe viel Pech im Leben gehabt. Und jetzt das. Glauben Sie an Schicksal?«

Richard ging die Fragerei von Roos auf die Nerven. *Er* wollte hier die Fragen stellen und ließ sich jetzt das Heft aus der Hand nehmen.

»Ich glaube, ich weiß, warum Sie mich nicht mögen«, sagte Roos und schenkte den Kaffee ein. »Sie halten mich für einen Feigling, einen Spießer.«

Jetzt hatte Richard die Nase voll.

»Hören Sie, Herr Roos«, sagte er unwirsch, »ich bin nicht hier zum Kaffeekränzchen. Soll ich Ihnen sagen, was ich an Ihnen nicht mag? Die Art, wie Sie reden. Und außerdem«, Richard stand auf, um sich aus den Fängen des Mannes zu befreien, »und außerdem halte ich Sie für einen Lügner.«

Als Richard die Worte ausgesprochen hatte, ärgerte er sich

schon. Das war dumm gewesen, doch Roos verzog keine Miene. Statt dessen nahm er seine Tasse und trank einen Schluck. Richard kochte innerlich. Er mußte sich zusammenreißen. Roos setzte die Tasse wieder ab:

»Wahrscheinlich waren Sie im Krieg, Herr Munckler. Und deshalb haben Sie so Ihre Schwierigkeiten, sich mit Leuten zu unterhalten, die nicht im Krieg waren.« Roos wurde lauter und deutlicher. »Sie denken, was interessiert mich deren Geschwätz. Die waren ja noch nicht einmal im Krieg. Stimmt es?«

Richard stutzte. Ihn ärgerte die Gemeinsamkeit mit Roos, nicht im Krieg gewesen zu sein. Er fuhr herum.

»Nein, lieber Herr Roos, nein. So ist das nicht!« sagte Richard. »Ich kann nur schwer ertragen, wenn jemand durch die Gegend läuft, mit der Absicht, anderen ein schlechtes Gewissen zu machen. So wie Sie.«

Jetzt schien Roos überrascht. Richard fand selbst seltsam, was er da gesagt hatte. Warum machte ihm Roos ein schlechtes Gewissen? War es das wirklich? Er hatte es nicht ganz getroffen. Aber er war nahe dran.

»Wissen Sie, Herr Roos«, Richard beruhigte sich wieder, »es ist egal, ob Sie im Krieg waren oder nicht. Ich war es nämlich auch nicht.«

Richard ging im Zimmer auf und ab.

»Sie tun so, als käme das Leid einfach so über Sie. Es fällt sozusagen vom Himmel. Ihre Ehe, Ihre Verhaftung, die Nazis, Ihr Todesurteil, Ihre Flucht, Ihre Kinder, Ferdinand und jetzt der Mord und der Einbruch. Sie sind immer das Opfer. Sie tun so, als hätten Sie keinerlei Anteil, an dem was passiert. Sie sind in Deutschland geblieben, obwohl Sie als Belgier ausreisen konnten. Wie ein Märtyrer. Es scheint, als wenn Sie das nur gemacht hätten, um irgendwann einmal jemandem von dem Leid erzählen zu können. Warum sind Sie nicht gegangen? Vielleicht waren Sie doch ein Spion. Vielleicht auch nicht. Es spielt keine Rolle – heute spielt das keine Rolle, verstehen Sie?«

Richard stand im Türrahmen der Küche und blickte auf den Stuhl, auf dem Ferdinand gesessen hatte, als er ihn gefunden hatte.

»Ihr Sohn Ferdinand, der kann nichts dafür. Der kann auch nichts für seinen Vater. Ich glaube Ihnen nicht, Herr Roos. Jeder hat einen Anteil an dem, was passiert. Auch Sie.«

Hans Roos hatte Richard in Ruhe zugehört, so wie ein älterer Mann einem jüngeren zuhört. Etwas abschätzig, etwas überlegen, dem jüngeren Unreife unterstellend. Richard hatte das durchaus bemerkt, doch er blieb ebenfalls ganz ruhig. Sollte Roos denken, was er wollte.

»Es fällt mir schwer, Ihnen zu folgen«, sagte Roos nach einer kleinen Pause. »Wollen Sie mir Schuld an dem Tod meiner zukünftigen Frau unterstellen?«

»Sie haben von Schicksal gesprochen. Schicksal ist nicht Schuld. Aber auch nicht Zufall.«

»So habe ich das nicht gemeint, als ich Sie danach gefragt habe, ob Sie an Schicksal glauben.«

»Ach so«, sagte Richard mit viel Ironie in der Stimme. »Wie denn? Hans Roos als Opfer göttlicher Bestimmung? Vorgesehen als lebendige Anklage gegen alles Deutsche? Nein, Herr Roos, Sie sind deutscher als viele Deutsche. Sie glauben, Sie wären was Besseres. Sie glauben, man hätte Ihnen Unrecht angetan und Sie hätten es nicht verdient und nicht verhindern können, weil Sie der Schwächere waren. Ihre Geschichte interessiert mich nicht, verstehen Sie? Sie ist belanglos.«

»Belanglos? Daß mich eines Ihrer Gerichte zum Tode verurteilt hat, ist belanglos?«

»Ja. Es ist nicht eines *meiner* Gerichte gewesen, Herr Roos. Es ist eines *Ihrer* Gerichte gewesen.«

So ermittelt man nicht in einem Kriminalfall, dachte Richard und zwang sich, ruhiger zu werden.

»Sie sind selbstgerecht«, sagte Roos leise, aber bestimmt.

»Kann sein«, antwortete Richard und nickte. »Wissen Sie, Roos, ich fühle mich nicht wohl in diesem Land, in dem Sie freiwillig geblieben sind. Die, die im Krieg waren, sehen auf mich herab, weil ich nicht im Krieg war. Die, die bei den Braunen mitgemacht haben, meinen, sie müßten mir erklären, daß ich nie in der Lage sein werde zu verstehen, warum sie mitmachen mußten.

Und dann kommen auch noch Leute wie Sie, die mir ihre Verfolgung vorhalten wollen. Dafür bin ich aber nicht zuständig. Ich habe Sie nicht verfolgt und schon gar nicht zum Tode verurteilt.«

Richard setzte sich wieder auf den Stuhl.

»Ich bin hier, um den Mord an Ingrid Förster aufzuklären. Und alles, was damit nichts zu tun hat, soll mich nicht interessieren. Und Ihre persönliche Geschichte hat nichts damit zu tun.«

Roos schien über die Antwort nachzudenken. Richard lehnte sich zurück, um Roos demonstrativ Zeit zu lassen. Doch Roos antwortete nicht.

»Gut«, sagte Richard tief befriedigt, »fangen wir noch mal an. Als Sie nach dem Krieg Ingrid Förster wiedergetroffen haben, wovon hat sie da gelebt?«

»Von nichts. Wie alle«, war Roos' kurze Antwort. Er zeigte Richard deutlich, daß er keine Lust mehr hatte, mit ihm zusammenzuarbeiten.

»Von nichts also. Wie haben Sie denn dann als unverheiratetes Paar diese Wohnung hier bekommen? Soweit ich weiß, hat Frau Förster hier vor Kriegsende nicht gewohnt.«

»Ingrid hatte ein bißchen Geld und einen kleinen Barren Gold. So hat sie die Wohnung hier gekauft. Die Frau, die hier vorher wohnte, wollte wegziehen. Ingrid kannte sie, und man kam ins Geschäft.«

»Einen Barren Gold? Ein bißchen Geld? Woher hatte Frau Förster einen Barren Gold?«

»Ich weiß es nicht.«

»Und Sie haben auch nie gefragt?«

»Nein.«

»Nein? Sie erzählen mir von Ihrer Vergangenheit und haben die Frau, die Sie heiraten wollten, nicht gefragt, woher sie im Krieg einen Barren Gold hatte?«

»Nein.«

»Warum nicht?«

»Ich wollte nicht.«

»Was wollten Sie nicht?«

»Ich wollte es nicht wissen.« Roos wurde unruhig.

Jetzt war Richard hinter der Fassade, und Roos schien zu merken, wie sein Schutzschild zusammenbrach.

»Warum wollten Sie das nicht wissen? Herr Roos? Hatten Sie Angst vor der Wahrheit?«

»Kennen *Sie* die Wahrheit? Die Leute haben versucht, zu überleben.« Roos wirkte hilflos. »Ich weiß nicht, woher meine Frau das Geld hatte. Sie sagte mir, sie habe ein wenig Geld, und sie kenne die Frau hier, der die Wohnung gehörte. Ich solle mir keine Gedanken machen und erst recht keine Sorgen. Mit dem Geld und dem Gold sei alles in Ordnung. Sie habe es von einer Frau geerbt, die im Krieg nach einem Bombenangriff gestorben sei.«

»Haben Sie es ihr geglaubt?«

»Ich wollte es glauben.«

»Aber Sie hätten Ingrid Förster durchaus zugetraut, das Geld auch auf anderem Weg bekommen zu haben. Vielleicht ist sie nach einem Angriff losgezogen und hat es gestohlen? Wäre auch möglich. Vielleicht hat sie es auch verdient.«

Roos sah aus, als wenn er gerade über die letzte Möglichkeit schon häufig nachgedacht hätte. Es gab Gerüchte über Herrenbesuche. Es gab dieses Gerücht über ein Verhältnis mit Herbert Frey.

»Ich möchte nur noch einmal ganz sichergehen: Sie haben Ihre zukünftige Frau nie gefragt, was sie gemacht hat, bevor Sie sie kennengelernt haben?«

»Ich weiß, daß sie vor dem Krieg die Spedition mit ihrem Mann betrieben hat.«

»Und danach?«

»Ihr Mann mußte in den Krieg, und die Spedition wurde ausgebombt.«

»Das weiß ich. Ich meine, wovon hat sie gelebt?«

»Ich habe es Ihnen schon gesagt. Ich habe sie nicht gefragt.«

Richard stand wieder auf. Einerseits genoß er den Verlauf des Gesprächs, das er wie ein Verhör führte. Er bedauerte, daß er allein hier war und keiner protokollierte, wie er Hans Roos an die Wand drückte und dafür sorgte, daß sich dieser feine Mann plötzlich so schlecht fühlen mußte. Andererseits merkte er auch, daß er wenig wirklich Weiterführendes erfuhr. So armselig dieser Mann da vor ihm in dem abgewetzten Sessel saß, er schien die Wahrheit zu sagen. Und die lautete, daß er die Wahrheit nicht kannte. Noch nicht einmal einen kleinen Ausschnitt der Wahrheit.

Richard ging auf und ab, konzentrierte sich und fragte: »Sie haben gesagt, daß Sie Ingrid Förster während des Krieges kennengelernt haben, nachdem Sie nach Köln geflüchtet sind. Sie hätten sich bei ihr versteckt und sich in sie verliebt, bevor Sie dann beide verhaftet worden seien. Stimmt das?«

»Ja«, murmelte Roos.

»Wo haben Sie sie kennengelernt?«

»In einer Kneipe.«

»In welcher Kneipe?«

»Den Namen weiß ich nicht mehr.« Roos zögerte. »Es stand kein Name dran. Ich kannte nur die Hausnummer.« Man konnte ihm ansehen, wieviel Qual ihm die Aussprache des Straßennamens bereitete. »Es war ein Lokal in der Großen Brinkgasse.«

Die Große Brinkgasse war eine Straße, in der sich zahlreiche einschlägige Lokale aneinanderreihten. Früher wie heute. Hier konnte man Prostituierte treffen, in Hinterzimmern dem Glückspiel frönen und andere anrüchige Angelegenheiten erledigen. Offiziell hatten die Nationalsozialisten die Lokale schließen lassen. Tatsächlich war jedoch auch während des Krieges der Betrieb in leicht eingeschränkter Form weitergegangen.

»Hat sie in dem Lokal gearbeitet?« fragte Richard.

»Nein«, antwortete Roos bestimmt, »auf jeden Fall ist sie nie wieder hingegangen, solange ich bei ihr war. Ich hatte die Adresse von dem Lokal von einem Freund. Es hieß, daß man da gegen Geld ein Versteck finden könnte, wenn man eines bräuchte. Also habe ich gefragt. Die haben mich dann ein bißchen in die Mangel genommen, der Wirt hat einen Jungen losgeschickt, der nach etwa zwei Stunden mit Ingrid zurückgekommen ist. Ich habe bezahlt, und sie hat mich mitgenommen. Das war alles.«

Richard stellte sich Ingrid Förster als Prostituierte in der Großen Brinkgasse vor. So erledigte sich die Frage, woher sie Herbert

Frey gekannt haben könnte. Er merkte, daß er sich dazu hinreißen ließ, aus dem Mordopfer Ingrid Förster eine Täterin zu machen. Ihm gefiel der Gedanke, weil so auch der Belgier ein echtes Motiv gehabt hätte, seine angehende Frau zu töten. Mord aus Eifersucht. Vielleicht hatte Ingrid Förster Roos belogen und betrogen, ihm vielleicht sogar ein Verhältnis mit Frey eingestanden. Das hätte sicher gereicht, um den Belgier dazu zu bringen, die Kontrolle zu verlieren. Aber das mußte man erst einmal alles beweisen. In jedem Fall hatte Ingrid Förster Kontakt zur zwielichtigen Szene Kölns. Das war nicht viel, aber immerhin etwas.

Richard trank einen Schluck von dem mittlerweile kalt gewordenen Kaffee. Er war der Herr im Ring. Warum hätte er also keinen Kaffee trinken sollen?

»Haben Sie mal drüber nachgedacht, was hier am Sonntag passiert sein könnte? Der Einbruch, die geheime Grube unterm Küchenschrank?«

»Sie haben gesehen, aus welchem Jahr die Zeitungen stammten, mit denen die Grube ausgelegt war«, sagte Roos, der sich ganz offenbar seine Gedanken gemacht hatte. »Da hat meine Frau, ich meine, Ingrid Förster, hier noch nicht gewohnt. Meine Frau kann das Versteck nicht angelegt haben. Sie wird auch nicht von ihm gewußt haben, denke ich. Wahrscheinlich haben die Einbrecher etwas gesucht, von dem wir gar nichts wissen konnten.«

»Vielleicht. Die Einbrecher haben von dem Versteck gewußt. Zumindest von der Möglichkeit, daß es ein Loch unterm Boden geben könnte. Sonst hätten sie nicht mit einer Axt Ihren ganzen Fußboden zerhackt. Sie sind davon ausgegangen, daß irgendwas von Wert da drin gewesen sein mußte. Aber wenn es die Vorbesitzerin der Wohnung da hineingetan haben sollte, ist es doch erstaunlich, daß Einbrecher erst Jahre später danach suchen.«

Roos nickte. »Ich habe keine Ahnung, wer das gewesen sein könnte. Wirklich. Natürlich hätte ich Frey verdächtigt. Aber der war ja im Krankenhaus, wie Sie sagen. Ich weiß es nicht.«

»Warum hätten Sie Frey verdächtigt?«

»Das habe ich Ihnen doch schon einmal gesagt. Er hatte Angst, daß diese Lüge mit seiner politischen Verfolgung auffliegen konnte. Ingrid wußte was von Frey. Aus seiner Vergangenheit. Frey hat vielleicht gedacht, daß sie Beweise dafür hätte.«

»Dann hat Ihre Frau das Versteck vielleicht doch gekannt und benutzt. Und Frey wohl auch?«

»Ich weiß es nicht«, stammelte Roos. »Ich bin genauso ratlos wie Sie.«

Richard beschloß, noch einmal überprüfen zu lassen, wie gut man in einem Militärhospital bewacht wird. Aber die Möglichkeit, daß ein angeschossener Frey mal eben aus dem Krankenhaus nach Lindenthal gekommen war, um dann mit einer Axt die Wohnung zu zertrümmern, erschien ihm recht unwahrscheinlich.

»Ich nehme an, Sie haben Ihre zukünftige Frau auch nicht danach gefragt, was sie eigentlich gegen Frey in der Hand gehabt hätte, wenn es darauf angekommen wäre.«

Roos wischte sich die Hände an der Hose ab. Er schwitzte. Das war Angstschweiß. Richard war erstaunt. Damit hatte er nicht gerechnet. Roos atmete schwer:

»Ich gehe einmal davon aus, daß Sie keine Beweise gegen Frey haben«, er sah Richard fragend an, »ich meine, in dem Mordfall jetzt.«

Richard nickte schwach.

»Wenn Sie nichts gegen Frey in der Hand haben, müssen Sie ihn freilassen.«

Richard verstand. Nicht nur Ingrid Förster konnte Freys angebliche politische Verfolgung auffliegen lassen. Auch Hans Roos. Er hatte aus Angst gelogen. Er mußte sich davor fürchten, daß Frey auch ihn umbringen lassen könnte. Und wer einen Polen als Mörder engagieren kann, der kann auch jemanden für eine Hausdurchsuchung bezahlen.

»Es macht keinen Unterschied für Sie, ob Frey drinnen oder draußen ist. Sagen Sie mir, was Sie wissen!«

»Ich kann es nicht beweisen«, flüsterte Roos. »Ich glaube, auch Ingrid konnte es nicht beweisen. Sie hat es nur mitbekommen eben. Und ich weiß es nur von Ingrid. Das ist überhaupt kein Beweis. Es gab nirgendwo Unterlagen, die man gegen Frey hätte verwenden können. Da bin ich mir ziemlich sicher.«

»Was wissen Sie?«

»Frey war nicht in Gestapo-Haft. Ingrid hat gesagt, er sei auch nie Kommunist gewesen.«

»Und weiter?«

Roos zögerte. Richard spürte, daß es dem Belgier nicht paßte, ihm – diesem unreifen, jungen Polizisten – die Geschichte zu erzählen.

»Ingrid hat Frey gehaßt. Ich weiß nicht, warum. Also, ob er verfolgt wurde oder nicht, das weiß ich nicht. Darüber will ich nichts sagen ...«

»Das habe ich verstanden, Roos. Weiter, weiter!«

»Die Sache mit dem Arm. Das war nicht so, wie Frey erzählt.«

Roos sank in seinem Sessel zusammen und machte den Anschein, als ob er mit diesen Worten seinen Bericht beenden wollte.

»Roos. Bitte!« Richard wurde laut. »Sprechen Sie in ganzen Sätzen. Was meinen Sie?«

Roos raffte sich noch einmal auf. Seine Stimme blieb leise und ängstlich.

»Frey sagt, die Gestapo habe ihm den Arm zerschlagen und ihn dann ohne Arzt in der Zelle liegen lassen. Deshalb könne er den Arm heute nicht mehr bewegen. Das war der Beweis, um ihn als politisch Verfolgten anzuerkennen. Das ist aber nicht die Wahrheit.« Wieder zögerte Roos. »Anfang 1944 hatte Frey eine Einberufung bekommen. Ich glaube zum Transportkorps Speer. Nichts Aufregendes. Ich weiß nicht, wie er sich bis dahin gedrückt hat. Er sagt, er sei wegen seiner Gesinnung wehrunwürdig gewesen. Vielleicht war es so. Auf jeden Fall wollte Frey der Einberufung nicht Folge leisten. Ingrid hat in der Nachbarstraße von Frey in Sülz gewohnt. Sie hat das alles mitbekommen, hat sie mir erzählt. Frey sei vier Tage nicht mehr aus seiner Wohnung rausgekommen. Nur ein Bekannter von Frey sei ein paarmal gesehen worden, wie er in die Wohnung gegangen sei. Wohl, um ihm was zu essen zu bringen. Dann ist Frey nach diesen vier Tagen wieder auf der Straße erschienen – mit dem rechten Arm in einer Schlinge. Verstehen Sie?« Roos richtete sich auf. »Er hat es selbst getan. Er hat sich selbst den Arm zerschlagen, weil er nicht zur Wehrmacht wollte. Selbstverstümmelung nennt man das. Und hinterher hat er gelogen und die Sache dafür benutzt, um als politisch Verfolgter anerkannt zu werden.«

Richard spürte ein flaues Gefühl im Magen. Unweigerlich stellte er sich vor, wie ein Mann mit einem Knüppel oder einem Brett auf seinen eigenen Arm einschlug, um ihn zu brechen. Mehrfach. Und dann auf den gebrochenen Arm noch einmal.

Er sah Frey mit blutunterlaufenen, aufgerissenen Augen und Schaum vor dem Mund vor sich. Schreiend, sich selbst verstümmelnd. Richard kippte instinktiv den Rest des kalten Kaffees hinunter.

»Ich muß mir was zu trinken holen«, sagte er leise, stand auf und nahm die Tasse, »ein Glas Wasser. Entschuldigen Sie.«

Roos nickte, und Richard ging in die Küche. Über der Spüle versuchte er sich zu sammeln. Er füllte die Tasse mit Wasser und goß sie in sich hinein. Langsam ging er zurück. Er wollte ganz ruhig bleiben und vor Hans Roos keine Schwäche zeigen.

»Sie haben es selbst gesagt, Herr Roos. Sie haben keine Beweise.« Richard ging wieder zu dem Stuhl neben dem Sessel zurück und ließ sich fallen. Er wußte nicht so genau, was er sagen sollte, und so brachte er nur ein schwaches »Das ist eine unglaubliche Geschichte« heraus.

»Glauben Sie diese unglaubliche Geschichte?« fragte Roos.

»Glauben Sie sie?« fragte Richard zurück. »Ich werde Herbert Frey einfach danach fragen. Freys weiße Weste ist sowieso schon schmutzig. Sein Ruf in Sülz ist stark ramponiert. Warum sollte er das nicht zugeben?«

Roos sah Richard erschreckt an. Der Angstschweiß war wieder da. »Machen Sie sich keine Sorgen, Roos. Ich halte Sie da raus. Das kann mir ja auch ein anderer erzählt haben. Und wenn Sie wirklich keine Beweise gegen Frey haben, wird Ihnen auch nichts passieren. Frey weiß, daß irgend jemand in Ihrer Wohnung das Unterste zuoberst gekehrt hat. Egal, ob er dahinter steckt oder nicht, er weiß so, daß bei Ihnen jedes mögliche Versteck entdeckt worden ist. Das müßte ihm genügen.« Richard stand auf, um zu gehen. »Kennt er eigentlich Ferdinand Frey? Hat er ihn mal gesehen?«

»Ich glaube nicht. Bei dem Streit um die Konzession war er nicht dabei.«

»Und Frey? Weiß er, daß es Ferdinand gibt? Könnte Ingrid Förster Ferdinand diese Geschichte erzählt haben, so daß Frey auch von Ferdinand belastet werden könnte?«

Richard hatte zunächst nicht bemerkt, was seine Frage bei Roos auslöste. Zu sehr war er plötzlich von dem Gedanken begeistert, daß man mit zwei Ohrenzeugen Frey noch besser in die Enge treiben konnte als mit einem. Richard hatte kein echtes Interesse daran, Roos wirklich zu schützen. Er wollte Frey.

Erst ein zweiter scharfer Blick in die Augen von Roos ließ ihn erschrecken. Wieder sah er Angst, aber es war eine andere Art von Angst. Eine schlimmere. Wenn Ferdinand von Freys Selbstverstümmelung wußte, war dann auch er in Gefahr?

***

Richard traf Paul im Flur des Polizeipräsidiums, nachdem er Mohren Bericht erstattet hatte. Der Oberinspektor hatte ihm seinerseits von Zeugenaussagen berichtet, die Frey und Langel eindeutig als Waffenhändler und Waffenbesitzer beschrieben hatten. Langel habe sogar seinem Frisör mit einer P 38 gedroht, als der ihm die Haare zu kurz geschnitten hatte. Mohren hatte sich bei Richards Bericht besonders für Freys Selbstverstümmelung interessiert und Richard dann mit den Worten »Ruhen Sie sich mal ein wenig aus« nach Hause geschickt.

»Du siehst schlecht aus«, sagte Paul. »Ist alles in Ordnung bei dir?«

Richard log, sagte »Ja« und fragte nach Neuigkeiten bei den Ermittlungen im Einbruchsfall Roos.

»Es gibt nichts«, antwortete Paul, »wir haben auch keine Zeit im Moment. Wir haben endlich einmal eine Fremdarbeiterbande hochnehmen können. Dank einer Frau, die sich wehren wollte. Das hättest du sehen müssen, Richard. Die ist wie eine Rächerin durch das Lager marschiert, hat den Jungs der Reihe nach in die Augen gesehen und dann den Mann rausgesucht, der sie überfallen hat. Tolle Frau.«

»Ihr werdet die Jungs sowieso laufen lassen. So wie immer.«

»Nein, diesmal nicht. Die Frau hat Beziehungen zu einem hohen britischen Offizier, heißt es. Und außerdem haben wir 'ne alte Pistole aus britischen Armeebeständen gefunden. Bei dem Haupttäter in der Matratze. Ganz schön peinlich für die Briten.«

Paul war die große Freude, die er empfand, anzusehen. Die Arbeit in der Abteilung Diebstahl und Überfälle war eine frustrierende Angelegenheit, denn die Aufklärungsquote war gering, bei Fällen mit Fremdarbeitern als Hauptverdächtigen war sie fast gleich Null.

»Wir werden den Polen bestimmt noch ein paar andere Sachen nachweisen können«, sagte Paul, »ein paar Gegenüberstellungen werden reichen.«

Richard hatte Paul bis ins Verhörzimmer begleitet. Dort sah er zum ersten Mal Miro Schwitanski. Der ehemalige polnische Fremdarbeiter sah schlimm aus. Weniger, weil ihn ein deutscher Polizist mißhandelt hätte, sondern ganz einfach deshalb, weil er unheimlich viel getrunken haben mußte. Der Mann stank. Man konnte ihm ansehen, daß ihm das unangenehm war. Trotz seiner miesen äußeren Verfassung strahlte Miro etwas aus. Das war nicht irgendein dahergelaufener Dieb, dachte Richard.

Man hätte diesem Mann erlauben müssen, sich zu waschen, dachte Richard und setzte sich auf einen Schemel in die Ecke des Raumes, um Paul bei der Arbeit zuzusehen.

»Miro Schwitanski, 39 Jahre alt, 179 Zentimeter groß, geboren in Nawra bei Bromberg in Polen, im Dezember 1943 deportiert, dann Einsatz als Fremdarbeiter bei der Reichsbahn in Köln, später auf einem Bauernhof in der Eifel, seit 1945 wohnhaft in Hürth«, sagte Paul.

»Muß ich den polnischen Namen für Bromberg ins Protokoll

schreiben?« fragte sein Kollege an der Schreibmaschine. »Wie heißt Bromberg auf Polnisch?«

»Bydgoszcz«, murmelte Miro. Der Kollege überhörte das.

»Warum sind Sie nicht nach Hause gegangen? Zurück nach Polen nach dem Krieg«, fragte Paul.

Miro zuckte mit den Schulter. »Was soll ich da? Es ist alles kaputt, und jetzt sind auch noch die Russen da.«

Es hatte nicht den Anschein, als ob er Paul Schwierigkeiten machen wollte.

***

Miro wußte, daß er verloren hatte. Zumindest das erste Gefecht. Das nächste wollte er dann bei den Engländern fechten, und da hoffte er auf Erfolg. Da würde er dann die alte Platte vom armen, geschundenen Fremdarbeiter wieder auflegen, über die Deutschen schimpfen und ausgedachte Erklärungen vortragen, warum ihm das eine oder andere Mal die Hand ausgerutscht war. Das würde sicher wieder klappen, dachte Miro, aber das war mehr gutes Zureden als echte Überzeugung; denn diese Festnahme nahm er nicht so gelassen wie die letzten. Da war diese unglaubliche Frau, die ihn belastete, da war die Pistole, und da war dieser Paul Brander, der ihn anders behandelte als andere Deutsche. Auch das sah Miro nicht als gutes Omen.

»Müssen wir den Überfall in Müngersdorf noch ausführlich besprechen oder können wir es kurz machen, Herr Schwitanski?«

»Was werfen Sie mir vor?«

»Schwere Körperverletzung, Sachbeschädigung und versuchter Raubüberfall.«

»Gut. Ich gestehe das.«

»Das ist alles?«

»Ich habe die Frau geschlagen, aber nichts gestohlen. Was noch?«

Paul legte Miro das Protokoll der Aussage der Frau vor. »Lesen Sie das.«

»Ist das von ihr?«

Miro sah die wunderbare Unterschrift der hübschen, starken Frau. Sie hatte in knappen Worten Miros Niederlage geschildert. Er habe sie getreten und geschlagen, die Kleider vom Leib gerissen, sie gewürgt und ihr den Arm ausgerenkt und sie schließlich mit einer Pistole bedroht. Und dann sei er abgehauen, weil sie sich ihm nicht gebeugt hatte.

»Soll ich das auch unterschreiben?« fragte er.

»Nein, Sie bekommen ein eigenes Protokoll«, sagte Paul. »War es so?«

Miro gab Paul das Papier zurück.

»Ja. Hab ich doch schon gesagt. Ich gestehe das.«

Plötzlich schoß ihm ein Gedanke durch den Kopf. Gerade noch rechtzeitig. Eine blitzartige Eingebung:

»Warten Sie. Darf ich das noch einmal sehen?«

Paul gab ihm erstaunt das Protokoll zurück. Miro tat so, als müßte er den Text noch einmal überfliegen.

»Doch«, sagte er, »es ist alles richtig so. Nur eine Kleinigkeit stimmt nicht. Nicht so wichtig, aber Sie haben mich ja gefragt.«

Die Polizisten sahen Miro erwartungsvoll an.

»Was denn?« fragte Paul.

»Die Uhrzeit. Sie stimmt nicht. Es war nicht gegen neun, als wir da reinmarschiert sind, sondern später.«

»Interessant«, sagte Paul, als hätte ihm gerade jemand erzählt, daß der Kölner Dom eine katholische Kirche sei. Miros kleine Korrektur schien er nicht besonders wichtig zu finden. »Schauen Sie immer auf die Uhr, wenn Sie jemanden zusammenschlagen?«

»Ich hab ja gesagt, daß das nicht so wichtig ist. Nur wenn ich das unterschreiben soll, sollte es stimmen. Sie haben mich gefragt.«

»Schon gut, Mann. Wieviel Uhr war es?«

»Nach halb elf. Ich habe vor dem Haus auf die Uhr gesehen. Und da war es halb elf durch.«

»Gut, schreib das dazu«, sagte Paul zu seinem Kollegen an der Schreibmaschine.

»Schreib, Schwitanski gesteht, die Frau am 19.11.1947 zwischen halb elf und elf abends überfallen zu haben.«

Dann wandte er sich wieder Miro zu.

»Vielleicht fällt Ihnen außer einer Uhrzeit noch die ein oder andere Kleinigkeit ein? Irgendwelche anderen Überfälle zum Beispiel?«

Miro zog die buschigen Augenbrauen hoch.

»Sie sollen ein Ferkel gegrillt haben hinter dem Lager und dabei viel Schnaps gesoffen haben. Wo hatten Sie das Schwein her?« Paul wartete nicht auf eine Antwort. »Sie haben es auf dem Weg zum Lager gestohlen. Und den Besitzer haben Sie auf offener Straße zusammengeschlagen?«

Miro hatte sich in Paul Brander nicht getäuscht. Das war ein guter Polizist, dachte er und beschloß Pauls Fleiß zu belohnen.

»Ich hatte Geburtstag. Das tut mir leid mit dem Mann, aber er hat mich bedroht, und da mußte ich mich wehren.«

»Das glaube ich Ihnen nicht.«

»Dann lassen Sie es.«

»Und der Schnaps? Kann es sein, daß der aus einem Überfall in Esch stammt? Der Wirt liegt mit einer schweren Kopfverletzung im Krankenhaus, nachdem Sie ihm dreimal mit einem Brecheisen auf den Kopf geschlagen haben.«

»Das war ich nicht«, log Miro.

»Das werden wir sehen. Der Mann wird Sie oder einen Ihrer Kumpanen wiedererkennen.«

Der andere Polizist, der sich als Richard Munckler vorgestellt hatte, stand jetzt von seinem Schemel auf und ging auf Miro zu.

»Es gab da noch einen anderen Einbruch gestern«, sagte er. »Wenn Sie nicht in Esch waren, waren Sie vielleicht in Lindenthal in der Rurstraße.«

Miro wurde es unbehaglich, und er passte auf, daß man ihm das nicht ansah. Er überlegte kurz. Das war wirklich nicht angenehm. Er mußte Straftaten gestehen, um für andere ein Alibi zu haben. Und mit der Rurstraße wollte er nichts zu tun haben. Er sah erst Richard, dann wieder Paul an.

»Ich weiß nichts von einem Einbruch gestern in Lindenthal.«

Diesmal log Miro nicht. »Ich war das in Esch. Ich gestehe auch das.«

Miro konnte Munckler die Enttäuschung ansehen. Um so mehr überraschte ihn, daß er nicht aufgab.

»Sind das immer dieselben Jungs, mit denen Sie losziehen?«

Miro sah den Polizisten erstaunt an.

»Ich meine, ziehen die auch mal ohne Sie los?«

»Keine Ahnung, was Sie meinen.«

Sie hatten in dem Hürther Lager sämtliche Zimmergenossen von Miro und einen Mann aus dem Nachbarzimmer verhaftet. Das waren die sechs, mit denen Miro gefeiert hatte. Alle waren leicht daran zu erkennen gewesen, daß sie betrunken waren und schon um halb sechs in ihren Betten gelegen hatten.

»Sie haben mich schon verstanden, Schwitanski. Daß Sie allein ein Schwein stehlen können und dann dessen Besitzer verprügeln, wissen wir. Aber was tun Ihre Leute allein?« fragte Munckler weiter.

Miro wußte nicht, worauf der Polizist hinauswollte. Eigentlich war er sich immer sicher gewesen, daß keiner seiner Kumpane irgendwas ohne ihn versucht hätte. Er war der Boß. Er sagte, was ging und was nicht. Doch die hartnäckige Fragerei des Polizisten ließ bei ihm leise Zweifel aufkommen. Den Überfall auf die Kneipe in Esch hatte er allein mit Leo gemacht. Die anderen hätten durchaus in der gleichen Zeit in der Rurstraße einbrechen können. Die Verlockung wäre groß gewesen. Försters Beerdigung hatte in der Zeitung gestanden. Das war ein beliebter Trick, um herauszufinden, wann man gut in Wohnungen einsteigen konnte. Aber das war eigentlich nicht Miros Sache. Er liebte es, seinen Opfern gegenüberzustehen. Er brauchte keine Tricks. Aber seine Kumpane? Miro gab eine ehrliche Antwort: »Was weiß ich, wo die Leute sind, wenn ich nicht bei ihnen bin, außer, daß sie nicht bei mir sind.«

»Wer sind Ihre Leute?«

Miro lächelte kurz. Er war enttäuscht, daß dieser clever erscheinende Polizist ernsthaft von ihm erwartete, daß er seine Leute verpfeifen würde.

»Gut«, sagte Paul, »wir haben drei Geständnisse von Ihnen. Das reicht erst einmal, um Sie hierzubehalten.« Die nächsten Worte trafen Miro wie Faustschläge. »Die Engländer haben uns freie Hand gegeben. Wir entscheiden, wie's weitergeht. Und zwar morgen. Abführen.«

***

Als Richard nach Hause ging, wählte er bewußt den Weg über den Ring. Der Kaiser-Wilhelm-Ring ging in den Hansaring über. Der endete am Adolf-Hitler-Platz, der jetzt Deutscher Platz hieß. Das hatten sich die Menschen, die in Köln Straßennamen erfanden, fein ausgedacht. 2000 Jahre Stadtgeschichte von den Ubiern bis Adolf Hitler. Dazwischen die Karolinger und die Salier, die Hohenstaufen und die Hohenzollern. Doch für Richard endete die Zeitreise erst einmal am Hansaring.

Normalerweise legte er hier einen Zahn zu, um möglichst schnell an dem Gefängnis vorbei zu sein. Jetzt blieb er stehen und starrte auf den mächtigen Kasten, in dem Herbert Frey zusammen mit einem Mann, der seinen Nachbarn am Gartentor mit einer Brechstange aufgespießt hatte, ein schäbiges Abendessen zu sich nehmen mußte.

Seit über hundert Jahren stand hier der Klingelpütz. Benannt nach dem Platz, auf den ihn die Preußen nach amerikanischem Vorbild als erstes beheiztes Gefängnis in ihrem Herrschaftsbereich mitten in der Stadt gebaut hatten. Vier Flügel liefen kreuzförmig auf ein achteckiges Zentralgebäude zu. Hunderte dürften hier getötet worden sein. Vielleicht über Tausend. Niemand wußte es genau.

Schuld, Sünde, Strafe und Sühne, noch einmal schwirrten die Begriffe durch seinen Kopf. Jetzt fiel ihm die Buße ein. Das hatte er heute mittag im Auto vergessen. Schuld abtragen, Sünden gestehen, sühnen und bestraft werden – das war nicht das, wonach er gesucht hatte. Es war die Idee von Buße. Man kann Buße tun.

Etwas anderes tun, was nicht direkt mit der Schuld zu tun hat. Etwas Gutes tun, im Bewußtsein, schuldig zu sein. Nicht als verhängte Strafe, sondern als freiwilligen Akt.

Richard merkte, wie Leben in seine müden Glieder kam. Er reckte sich, holte tief Luft. Er wollte keine Ungereimtheit und Lüge durchgehen lassen. Niemand sollte ihn betrügen können. Er wollte kämpfen. So sollte es sein.

Mindestens vierzig Jahre hatte er noch vor sich, dachte Richard, da würde sich noch so mancher nach ihm umsehen. All die Freys, Roos, Försters und Mohrens. Und dafür war er bereit, Opfer zu bringen. Das erste wartete direkt vor ihm: Er mußte mit Herbert Frey sprechen, heimlich und allein, in dem Gebäude, das er eigentlich nicht betreten wollte, weil es ihm die Luft zum Atmen nahm. Aber jetzt fühlte sich Richard stark genug und faßte den Vorsatz: »Morgen«, sagte er laut, »morgen gehe ich da rein.«

Er beschloß, so früh wie möglich zu versuchen, sich von seinem Chef abzusetzen, um dann Frey im Klingelpütz aufzusuchen. Irgendein Vorwand würde ihm schon einfallen. Schnellen Schrittes ging er Richtung Agnesviertel. Über die Bahnunterführung ratterte ein Güterzug. Richard sah noch nicht einmal auf.

***

Miro staunte darüber, mit welcher Sicherheit ihn dieser junge Polizist mit Namen Paul Brander abserviert hatte. Eine Sicherheit, die nicht nur aus dem Gefühl des kurzfristigen Triumphes entstehen konnte. Zum ersten Mal hatte der Pole wirklich Probleme am Hals.

Er kannte das Verfahren. Jetzt mußte der Polizist Protokolle für die Briten schreiben. Die würden dann geprüft. Dann würde er sicher noch einmal von einem englischen Beamten angehört werden. Das war zumindest bis jetzt immer so gewesen, und das war seine Chance.

Doch diesmal war alles anders. Er hatte es im Grunde schon

seit Tagen gefühlt. Jetzt, nach dem Verhör mit Brander, war er sich dessen fast gewiß. Er hatte einen schweren Fehler gemacht, der Folgen haben würde.

Miro war in eine Großraumzelle im Klingelpütz gebracht worden, und hier traf er all seine Kumpane wieder, die mitverhaftet worden waren. Auch das war seltsam. Normalerweise wurden Leute, die miteinander in Verbindung standen, in der Untersuchungshaft getrennt, weil man verhindern wollte, daß sie sich absprechen konnten. Aber offensichtlich schien das dieser Paul Brander nicht für nötig zu halten. War schon alles geklärt? Wußte die Polizei vielleicht sogar mehr als er selbst?

Miro suchte die Antwort in den schnarchenden Gesichtern seiner Kollegen, die allesamt ihren Rausch ausschliefen. Sicherlich hatte man alle verhört so wie ihn. Vielleicht hatte sich jemand verplappert. Miro war nicht mehr Herr der Lage, er hatte die Dinge nicht mehr unter Kontrolle.

»So geht das nicht!« rief Miro laut und sprang von seinem Etagenbett. Er stellte sich mitten in den Raum und brüllte: »Aufwachen. Ich will wissen, was hier läuft.«

Leo drehte sich knurrend um. Das Öffnen der Augen schien ihm Probleme zu bereiten.

»Was willst du, Mann?« murmelte er.

»Ich will, daß diese Schwachköpfe hier aufwachen!«

Leo raffte sich auf und setzte sich auf die Bettkante. »Ist irgendwas schiefgelaufen?«

»Allerdings. Wir haben ein paar Probleme.«

»Wieso Probleme?« fragte Leo.

»Das will ich ja gerade herausfinden.«

Miro ging von Bett zu Bett und teilte kräftig aus. Danach schlief keiner mehr. Er mußte die Hierarchie wieder herstellen. Er spürte ein ungewohntes Gefühl, für das er kein deutsches Wort kannte. Er spürte den Verlust von Autorität.

Er ging im Zimmer auf und ab, musterte seine Kameraden mit strengem Blick, jederzeit bereit, noch einmal eine ordentliche Ohrfeige auszuteilen, falls bei jemandem die Aufmerksamkeit nachzulassen drohte.

»Wir können das hier kurz machen«, sagte Miro. »Gibt es etwas, das ich wissen muß?«

Es war mucksmäuschenstill in der Zelle. Nur Miros Fußtritte auf dem Steinboden gaben einen gleichmäßigen Takt vor. Er bekam keine Antwort. Seine Komplizen Leo, Pilic, Jarusch und Stanislaw sahen auf ihre Fußspitzen. Die beiden anderen Zelleninsassen, die bei der Razzia verhaftet worden waren, waren nur Geburtstagsgäste gewesen. Sie wußten also mit Sicherheit von nichts.

»Leo«, sagte Miro, »alter Freund. Hast du mir was zu sagen?«

Leo schüttelte den Kopf, und Miro glaubte ihm. Dann ging er zu Stanislaw. Stanislaw war dumm, aber ein lieber Kerl. Der Jüngste der vier, die zu Miro gehörten. Stanislaw war immer gehorsam gewesen.

»Stanislaw, wie siehst du die Sache?«

Der Angesprochene zuckte mit den Schultern. Miro ergriff mit Daumen und Zeigefinger Stanislaws Kinn und hob den Kopf.

»Sieh mich an, wenn ich mit dir rede«, sagte er leise.

Stanislaw suchte verunsichert und ängstlich Blickkontakt. Als sich ihre Blicke trafen, schlug Miro zu. Mit unbarmherziger Härte knallte er ihm die rechte Faust gegen die Schläfe. Stanislaw stürzte zu Boden. Keiner wagte zu atmen.

»Steh auf, mein Junge«, sagte Miro immer noch mit leiser Stimme, als wenn nicht er es gewesen wäre, der da eben einen Freund zu Boden geschlagen hatte. Stanislaw zog sich am Bettgestänge hoch und setzte sich wieder.

»Noch mal von vorn«, sagte Miro, »sieh mich an.«

Stanislaw sah ihn an.

»Gibt es etwas, das ich wissen sollte?«

Stanislaw sagte immer noch nichts. Zumindest sagte er nichts mit Worten. Statt dessen wanderte sein Blick von Miro weg. Er sah an ihm vorbei. Ihm gegenüber saß Pilic. Miro registrierte Stanislaws wortlose Antwort. Ohne Vorwarnung drehte er sich blitzschnell um die eigene Achse. Den rechten Arm hatte er weit ausgestreckt. Mit der vollen Wucht seines ganzen Körpers sauste seine Handkante gegen Pilics Hals, als wollte er ihn mit der bloßen Hand köpfen oder ihm wenigstens das Genick brechen. Pilic knallte mit dem Kopf gegen den Bettpfosten und rollte auf den Boden. Miro stellte seinen Fuß auf Pilics blutenden Kopf und erhöhte langsam das Gewicht.

»Soll ich dir deinen hohlen Schädel zerquetschen? Das könnte lustig werden.«

Miro sah durch den Raum. Erwartungsgemäß sah er keinerlei Reaktion bei seinen Zellengenossen. Alle schauten zu Boden. Keiner wagte, sich zu rühren. Miro war dabei, seine Autorität wiederherzustellen. Und er tat das wie immer, wenn er gewalttätig wurde, ohne große Emotion. Seine Stimme blieb ganz ruhig: »Gibt es etwas, das ich wissen sollte, Pilic?«

Pilic versuchte etwas zu sagen, doch er konnte nicht. Miro hob den Fuß ein wenig an. »Ich höre.«

»Du warst nicht da«, stammelte Pilic, »du warst weg mit Leo. Das fanden wir nicht gut.«

»Ach?« Miros Fuß senkte sich wieder bedrohlich auf Pilics Kopf.

»Wir haben uns gefragt, warum du uns nicht mitgenommen hast«, jammerte Pilic, »und wir haben gedacht, du wärst sicher noch ärgerlich wegen der Sache mit dieser Alten in Lindenthal.«

»Was erzählst du mir da für einen Unsinn? Komm zur Sache!«

»Wir, wir ...«, Pilic rang stotternd nach Luft, »wir sind noch einmal hingegangen.«

»Was seid ihr? Ich verstehe dich schlecht.«

»Wir haben gedacht, da müßten noch Sachen sein, die wir finden könnten, wenn sie die Alte unter die Erde bringen. Deshalb sind wir noch einmal hingegangen.«

Jetzt verlor Miro die Beherrschung. Er hätte Pilic zerquetschen können. Fürs erste trat er ihn in den Bauch. Er drehte sich um und brüllte Stanislaw und Jarusch an.

»Ihr seid noch mal hingegangen? Ihr seid noch mal in diese verdammte Wohnung in der Rurstraße gegangen? Habe ich das richtig verstanden?«

Jarusch nickte.

»Wir haben gedacht: Das ist doch auch unser Anteil. Warum

sollten wir darauf verzichten? Du hast nicht mit uns gesprochen. Du bist einfach mit Leo abgehauen, um das Ding in Esch zu drehen.«

Miro kochte vor Wut und ließ sie an Pilic aus, der sich am Boden krümmte. Bei jedem Wort, das er brüllte, setzte es einen Fußtritt.

»Euren Anteil wolltet ihr holen? Nach all dem, was da passiert ist? Ihr seid Dummköpfe! Alles ist noch schlimmer, als ich gedacht habe. Das hier ist erst der Anfang.«

Leo war vom Bett gesprungen und packte Miro von hinten an der Schulter. Er war der einzige, der das durfte. Er rettete Pilic. »Hör auf, Miro. Komm.«

Miro ließ sich auf Leos Bett fallen. Stanislaw sah nach Pilic, und Jarusch sagte: »Wir haben nichts gesagt, Miro. Die wissen nicht, daß wir das waren in Lindenthal.«

»Man geht nicht zurück an so einen Ort«, murmelte Miro. »Schon gar nicht ohne mich. Sie dürfen uns nicht mit der Rurstraße in Verbindung bringen. Das kann doch nicht so schwer zu verstehen sein, oder? Es geht hier nicht um einen Einbruch, für den uns die lieben Engländer laufenlassen. Hier geht es um eine Frau, die erschossen worden ist. Hier geht es um Mord.«

***

»Tragen Sie sich in die Liste ein«, hatte der unfreundliche Mann gesagt, der ihm die Tür geöffnet hatte. Richard fühlte, daß es ihm immer schwerer fiel, zu stehen. Er verspürte ein leichtes Zittern in den Knien und Oberschenkeln. Seine Beine wollten ihn nicht mehr halten. Auch das Schreiben war sehr mühselig. Er mußte auf seinen neben der Liste liegenden Dienstausweis sehen, weil er befürchtete, seinen Nachnamen falsch zu schreiben. Die Luft wurde dünner, sein Atem kürzer. Aber er hatte es geschafft. Er war drin im Klingelpütz.

Als das erste Tor hinter ihm zugefallen war, hatte er wieder diese Ohnmacht verspürt. Dieses Gefühl, nicht mehr Herr seiner Sinne zu sein. Richard erinnerte sich an einen Abend im Sommer 1946, als es ihm schon einmal so gegangen war. Damals hatte er auch allen Mut zusammennehmen müssen, um einen Ort zu erreichen, der ihn gleichermaßen angezogen wie abgestoßen hatte. Er war zum Stavenhof im Eigelsteinviertel gegangen. Tagelang hatte er sich selbst gequält. Zweimal war er schon über den Ring an der Eigelsteintorburg vorbeigeschlichen, doch beide Male war er kurz vor dem Ziel wieder umgekehrt. Der Stavenhof war der Platz für die älteren Prostituierten in Köln. Die Frauen standen auf der Straße und an den Theken der Kneipen und warteten auf ihre Freier. Richard wollte endlich wissen, was es hieß, mit einer Frau zu schlafen. Er wollte es mit einer erfahrenen Frau tun, die ihn in die Geheimnisse der körperlichen Liebe einweihen sollte. Richard hatte sich vorgestellt, in eines der Etablissements zu gehen und dort wie ein kleiner Fürst empfangen zu werden.

»Endlich mal frisches Fleisch«, wollte er die Damen sagen hören. Stark und mannhaft wollte er da auftreten, die eigene Furcht überwinden. Doch als die Tür des Lokals, das er ausgewählt hatte, zugefallen war, hatte er sich elend und schwach gefühlt. Zitternd war er an die Bar gewankt, um sich irgendwo festhalten zu können. Das Lokal hatte so ausgesehen, wie er es erwartet hatte. Kein Klischee von einem Animierlokal war ausgelassen worden: roter Plüsch, schwaches Licht unter Lampenschirmen mit langen goldenen Fransen, alte Männer, ein düster dreinschauender, wortkarger Wirt hinter der Bar und dazu Parfumdüfte, die Schweiß- und Spermagerüche übertünchen sollten. Als dann die erste Prostituierte auf ihn zukam, war aus seiner Schwäche Ohnmacht geworden.

Die Frau war bildschön, nicht zu dick, nicht zu dünn, mit zwei gewaltigen Brüsten, die aus dem viel zu engen Büstenhalter quollen, den sie unter einer hauchdünnen, aufgeknöpften Bluse trug. Sie wird um die vierzig Jahre alt gewesen sein. Mit der Hand war sie Richard über den Innenschenkel gefahren und hatte ihn gefragt, ob aus ihnen beiden etwas werden könne. Richard, der drei Monate für diesen Augenblick gespart hatte, hatte den Mund geöffnet, um die Frage zu bejahen. Doch er hatte keinen Ton herausbekommen. Seine Stimme war verlorengegangen, und er hatte sie auch im weiteren Verlauf des Abends nicht wiederfinden können. Die Frau hatte ihn einfach bei der Hand genommen, durch eine Hintertür gezogen und in ein kleines Zimmer im zweiten Stock des Hauses gebracht. Da hatte Richard wie ein kleiner Schuljunge auf dem Bett gesessen und beinahe geheult. Nicht, weil ihm das alles auf einmal peinlich geworden wäre, sondern weil er tiefe Angst verspürt hatte, dieses Zimmer aus eigener Kraft nicht mehr verlassen zu können.

Natürlich hatte er versagt. Nichts hatte sich zwischen seinen Beinen geregt. Die schöne Frau hatte sich ausgezogen und ihm ihre Brüste vors Gesicht gehalten, sie hatte mit ihren Fingern an sich und ihm herumgespielt, um ihn zu erregen. Aber nichts hatte sich getan. Zu Richards Ohnmachtsgefühl hatten sich Scham und ein schlechtes Gewissen gesellt. Die Frau hatte sich vor ihn hingekniet und versucht, ihn mit ihrem Mund und ihrer Zunge wiederzubeleben. Auch das war vergebens gewesen. Und dann hatte sie ihm schließlich den schmerzlichsten Hieb verpaßt: Als Richard trotz des Mißerfolgs wortlos bezahlen wollte, hatte sie ihn voller Mitleid angesehen und ihn wieder an die Hand genommen. »Armer Junge«, hatte sie gesagt, »behalte das Geld und komm damit ein anderes Mal wieder.«

Richard war aus dem Haus auf die Straße getorkelt, als wäre er sturzbetrunken gewesen. Tatsächlich war er stocknüchtern.

Jetzt war dieses Gefühl wieder da. Er steckte den Dienstausweis wieder ein und ließ sich von dem Wärter den Weg in Freys Zellenblock erklären. Dort gebe es ein Verhörzimmer, da werde man Frey dann hinbringen.

»Übrigens«, sagte der Wärter, »vielleicht sagen Sie dem Schwachkopf dann mal, daß er wieder essen soll. Der meint nämlich, er sei im Hungerstreik.« Der Mann fand das lustig und lachte.

Richard machte sich auf den Weg. Wieder eine schwere Eisentür, die für ihn geöffnet wurde, dann noch eine, ein langer Flur, dann die ersten Zellen. Richard hörte Stimmen. Hier saßen Verbrecher. Sicher auch welche, an deren Verhaftung er beteiligt gewesen war. Richard blieb immer dicht an der Wand, um sich notfalls abstützen zu können, wenn seine Beine ihren Dienst ganz versagen würden. Er tat etwas Verbotenes.

Das hätte Mohren nie erlaubt, was er vorhatte. Ihm war keine passende Entschuldigung eingefallen. Deshalb hatte er sich einfach krankgemeldet. Er wußte, daß sein Besuch hier schnell herauskommen würde. Aber das war ihm egal. Er war sich sicher, hier etwas zu erfahren, was ihm auch als Schutz vor möglichen Sanktionen dienen würde.

Als Richard im Verhörzimmer ankam, saß Frey schon da. Hinter ihm hockte ein Wärter mit einem Schlagstock, vor ihm stand ein Tisch, auf dem er sich abstützte. Frey hatte Wunden im Gesicht. Seine ganze rechte Gesichtshälfte war blau und blutunterlaufen. Trotzdem blieb er der starke Mann. Er saß aufrecht, aber nicht angespannt. Und er grinste.

»Das ist eine Überraschung«, sagte er ohne Regung, »ein netter Besuch von Mohrens Adlatus.« Frey streckte die Beine aus. »Was wollen Sie? Ich habe wenig Zeit.«

»Ich möchte mit Ihnen reden«, antwortete Richard.

»Worüber?«

»Über viele Dinge. Über Sie. Über Ingrid Förster. Über Alfons Mohren.«

Frey sah Richard erstaunt an. »Über Alfons Mohren?«

»Ja.«

»Hat der Sie nicht geschickt? Sie sind auf eigene Faust hier, junger Mann? Warum dieses Risiko in Zeiten, in denen sich Feigheit mehr lohnt als Wagemut?«

Richard überhörte die Frage. Er fand sich gar nicht wagemutig. Er fühlte sich unsicher und im Zweifel eher feige als mutig. »Ich möchte wissen, woher Sie meinen Chef kennen.«

»Warum?«

»Ich muß es wissen.«

»Warum sollte ich es Ihnen sagen? Es ist nicht wichtig. Ein Gauner kennt einen Polizisten. Und umgekehrt. Das ist nichts Ungewöhnliches.«

»Nein. Das ist nicht alles.«

Richard merkte, daß es so überhaupt keinen Sinn hatte, sich mit Frey zu unterhalten. Er winkte den Wachmann zu sich und flüsterte ihm etwas ins Ohr, worauf der ihn verwundert ansah. Richard sagte jetzt lauter: »Das ist schon in Ordnung so. Sie können sich auf mich verlassen.«

Der Wärter zuckte mit den Schultern, drehte sich um und ging. Richard hatte Frey zum ersten Mal verblüffen können. Sie waren allein.

»Was ist mit Ihnen passiert, Frey? Wer hat Sie geschlagen?«

»Auch das brauchen Sie nicht zu wissen. Fragen Sie mich nicht nach dem, was hier drin passiert. Ich war oft genug hier. Nichts hat sich geändert. Sogar die Wärter sind dieselben.«

»Haben die Wärter Sie geschlagen?«

Frey sah gelangweilt auf den Boden. »Und wenn?« Frey zögerte einen Augenblick. »Aber wenn Sie mir einen Gefallen tun wollen, lieber Herr – ähm, wie heißen Sie eigentlich?«

»Munckler. Richard Munckler.«

»Herr Munckler, dann sorgen Sie dafür, daß dieser Schwachsinnige aus meiner Zelle verschwindet. Es ist nicht so, daß ich Angst vor ihm habe. Ich empfinde seine Anwesenheit als Beleidigung.«

»Ich werde es versuchen. Und was tun Sie für mich?«

»Nichts. Sie haben mich schließlich hier reingebracht. Sie und Ihr Chef.«

Richard hatte zwei Zigaretten mitgebracht. Er war kein Raucher, und das konnte man ihm ansehen, wenn er es dann trotzdem einmal tat. Schon beim Anzünden des Streichholzes stellte er sich ungeschickt an. Er brauchte drei, vier Versuche, bis es brannte.

Frey lächelte. Und das war bemerkenswert. Er lächelte, anstatt zu grinsen. Es schien ihm nicht viel Mühe zu machen, Richard zu durchschauen. Richard spürte Wohlwollen statt der Arroganz, die er von Frey kannte.

»Geben Sie mir die andere?« fragte er betont höflich. »Die haben Sie doch sicher für mich mitgebracht.«

Richard merkte, daß er Frey nicht gewachsen war. Er konnte hier nicht den starken Mann machen. Er mußte Frey bitten, ihm zu helfen. Verlangen konnte er nichts. Richard gab Frey die zweite Zigarette und die Streichholzschachtel. Frey steckte sich die Zigarette an, atmete den Rauch ein, lehnte sich genüßlich zurück, verharrte einen Moment und blies dann den Rauch aus. Er lächelte wieder. Dann senkte er den Kopf und sah Richard scharf an.

»Wie alt sind Sie, Richard Munckler?«

»Einundzwanzig.«

»Waren Sie im Krieg?«

»Nein.«

Immer dieselbe Frage. Allerdings reagierte Frey auf Richards Antwort völlig anders, als die Menschen sonst. Er sagte nur: »Das ist gut so.«

Richard sah ihn entgeistert an. Gut so? Was war gut so?

Frey beugte seinen Kopf Richtung linker Schulter und musterte sein Gegenüber.

»Sind Sie abgehauen? Oder hatten Sie einfach Glück?«

»Beides«, antwortete Richard. »Ich wollte nicht.«

Sonst hatte er auf diese Fragen immer geantwortet, daß er zu jung gewesen sei, daß man ihn vergessen hätte, daß er im Bergischen Land gewesen sei, als seine Kumpanen an die Front zogen, und er so den Zeitpunkt verpaßt hatte.

»Ich wollte auch nicht«, sagte Frey, »aber leider haben sie mich dann doch noch gekriegt, in letzter Minute sozusagen. Im Oktober '44 bin ich zum Fahrdienst gekommen. Das habe ich drei Monate mitgemacht, dann bin ich da abgehauen. War kein großes Problem. Hab mich in Friesland versteckt und bin dann zurück nach Köln gekommen.«

»Warum sind Sie so lange darum herumgekommen?«

»Ich war wehrunwürdig. Das verstehen Sie nicht. Wehrunwürdig.« Frey betonte jede einzelne Silbe. »Tolles Wort, finde ich. Kann man stolz drauf sein.«

»Weil Sie Kommunist waren?«

Frey lachte. »Ja. Das klingt gut. Aber warum soll ich dir was vormachen. Entschuldigung, Ihnen was vormachen. Die blöden Engländer haben euch mein Vorstrafenregister gegeben. Ich war ein kleiner Gauner, lieber Munckler.« Frey schaute an die Decke.

»Ein Gauner, der KPD wählt. Ein kommunistischer Gauner, wenn Sie wollen. Sagen wir: ein netter Kerl, der immer die Welt verbessern wollte, aber dazu leider keine Möglichkeit hatte.«

»Sie waren im Ortsausschuß. Das war eine Möglichkeit.«

Frey verschränkte die Arme hinter seinem Kopf und musterte Richard.

»Glauben Sie?«

Richard zuckte mit den Schultern.

»Vielleicht«, sagte Frey, »vielleicht manchmal im ersten halben Jahr. Da haben wir dem einen oder anderen ein paar unangenehme Fragen gestellt und ihm das Leben ein wenig schwerer gemacht. Aber wenn man sich das heute mal ansieht, so im Rückblick, kann man nur sagen: Viel haben wir nicht erreicht. Und ich schon gar nicht. Zumindest nicht im Ortsausschuß. Ich habe denen gesagt,ohne mich, und bin gegangen.«

»Man hat Sie ausgeschlossen.«

»Und wenn schon. Ist dasselbe.«

Richard merkte, daß er sich deutlich besser fühlte als noch vor wenigen Minuten. Die Übelkeit war verschwunden, das Atmen fiel ihm leichter. Doch das ließ ihn gleichzeitig unsicherer werden. Es war nicht mehr das Gebäude, das Richard zu schaffen machte. Es war dieser Mann, der ihm gegenübersaß. Es war nicht die eigene Unbeholfenheit. Derer war sich Richard längst bewußt. Es war aufkommende Sympathie mit diesem Verbrecher, der wahrscheinlich sogar ein Mörder war.

»Und Sie? Sie halten wohl nichts vom Kommunismus? Wen haben Sie gewählt bei dieser komischen Veranstaltung, die die Engländer hier aufgezogen haben? Bei der Landtagswahl zum Beispiel?«

Man sprach nicht darüber, wen man wählte. Das war den Leuten peinlich. Noch nie hatte jemand Richard so direkt gefragt, wen er denn wählen würde. Man diskutierte mal über dies und das. Aber zu sagen, wo man sein Kreuzchen macht, war verpönt.

Richard hätte gern sein erstes Kreuzchen auf einem Stimmzettel gemacht, doch dazu war er noch zu jung gewesen. Er hatte

»diese Veranstaltung« gar nicht »komisch« gefunden. Er hatte aber auch noch nie darüber nachgedacht.

»Ich durfte noch nicht wählen. Ich war noch nicht einundzwanzig.«

»Und beim nächsten Mal? Wen werden Sie wählen?«

»Ich werde die SPD wählen, denke ich«, sagte Richard zögerlich.

»Warum?«

»Weil«, Richard suchte nach ein paar klugen Worten, fand aber keine, »weil ich aus einer Familie komme, die immer SPD gewählt hat. Fast immer. Und weil ich glaube, daß die was für eine bessere Zukunft tun.«

Richard ärgerte sich. Das war alles wirklich peinlich. Es hatte schon einen Grund, daß man über Wahlentscheidungen nicht sprach. »Ach, ich weiß auch nicht so genau, ich habe mich noch nicht so gut informiert. Ich habe mal Dienst gehabt, als Kurt Schumacher im Eisstadion gesprochen hat. Das fand ich ganz gut.«

Frey nickte wohlwollend. »Da haben wir ja bei den letzten Wahlen beide schwer verloren, was? Alles schwarz hier in Köln. Und sonst auch. Das ist schlimm, weißt du. Sehr schlimm. Da muß man sehen, wo man bleibt. Sogar die Engländer wechseln die Farbe. Vor einem Jahr hätte keiner von euch gewagt, mich auch nur blöd von der Seite anzusehen. Jetzt haben sie mich fallengelassen, die guten Kämpfer für eine bessere Welt.«

Frey sagte das ganz ruhig. Ihm war offenbar klar geworden, daß ihm seine guten Kontakte zu den Briten künftig nicht mehr helfen würden.

»Das ist alles wie bei einem Spiel, Munckler«, sagte er, »alles Taktik und Strategie. Wer gewinnen will, muß hin und wieder mal den Partner wechseln. Das hat Hitler am Anfang auch ganz gut gemacht. So wie es eben paßt.« Er beugte sich zu Richard vor. »Ich will dabei aber nicht mitspielen. Hab ich noch nie gewollt.«

Politik war nicht Richards Sache. Er mußte ein bißchen Boden gut machen. Schließlich war er nicht hier, um über die Landtagswahl oder die britische Besatzungspolitik zu plaudern. Er entschloß sich, den angenehmen Ton der Unterhaltung zu riskieren.

»Das interessiert mich im Moment wenig, Frey. Sprechen wir noch einmal über Ihre Strategie bei Ihrer Einberufung. Als die Wehrmacht Sie einziehen wollte, trotz Ihrer Wehrunwürdigkeit, sollen Sie sich dagegen gewehrt haben, sagt man. Und zwar nicht im Oktober '44, sondern ein paar Monate früher. Weshalb? Aus politischen Gründen? Aus Angst? Aus Wut?«

Bei der Frage sah Richard ganz gezielt auf Freys verkrüppelten Arm. Er wagte viel mit dieser Andeutung von Freys angeblicher Selbstverstümmelung, und tatsächlich reagierte Frey alles andere als erfreut auf den Themenwechsel.

Erst schien er überrascht, dann verärgert. Er zog noch einmal an der Zigarette und blies Richard den Rauch über den Tisch ins Gesicht. »Was ist das hier?« fragte er. »Was wollen Sie?«

»Ich möchte gern die Wahrheit erfahren. Ich bin nicht hier, um Sie zu verhören, Herr Frey. Es gibt keine Zeugen, kein Protokoll. Ich verspreche es Ihnen: Alles bleibt unter uns.«

Herbert Frey schien Richard nicht zu glauben. Er hatte wohl schon zu viele Polizisten in seinem Leben getroffen.

»Warum sollte ich Ihnen vertrauen, Richard Munckler?«

Richard zuckte mit den Schultern. »Wenn es mich nicht gäbe, wären Sie jetzt tot. Erschossen von Alfons Mohren. Und der wird nicht ohne Grund auf Sie geschossen haben. Sie sind aus dem Zimmer gestürzt, weil Sie mich gehört haben. Sie sind mir in die Arme gelaufen, weil Sie nicht sterben wollten. Und ich möchte wissen, ob Sie es wert sind, daß mein Chef Sie verfehlt hat.«

Richard sah, daß er Wirkung erzielte. Frey schien regelrecht verblüfft. Richard erarbeitete sich Respekt.

»Ich mache Ihnen einen Vorschlag, Frey. Wir sprechen nicht über den Fall Ingrid Förster. Nur über Sie und mich und über Mohren. Und alles bleibt unter uns. Einverstanden?«

»Wir können auch über Ingrid Förster sprechen. Ich entscheide schon selbst, was ich Ihnen sage und was nicht. Sie werden nicht glauben, daß ich Ihnen trotz Ihrer Beteuerungen einen Mord gestehe. Und damit Sie mich später nicht noch einmal danach fragen: Ich war es nicht.«

Richard wartete einen Moment, weil er dachte, Frey würde ein bißchen mehr preisgeben. Doch Frey tat ihm den Gefallen nicht.

»Hat Ingrid Förster Sie erpreßt?« fragte Richard.

»Womit?«

»Mit Ihrem Arm«, antwortete Richard wie selbstverständlich.

»Ich verstehe nicht.«

»Ihr kaputter Arm hat Sie vor der Wehrmacht bewahrt, als Sie zum ersten Mal einberufen worden sind. Und dann war er der Beweis für Ihre politische Verfolgung.«

»Na und?«

Richard kam sich vor, als würde er auf einem Fenstersims balancieren. Er konzentrierte sich stark, um nicht das Gleichgewicht zu verlieren.

»Sie haben Ihren Arm selbst zerschlagen. Selbstverstümmelung nennt man das.«

Richard hatte mit einer unfreundlichen Reaktion gerechnet, doch Frey begann, wieder zu lächeln.

»Was, wenn es so wäre, Richard Munckler?«

Richard stockte. Ja, was, wenn es so wäre? Was, wenn es so war? Welcher Mann zerschlägt seinen Arm, um nicht in den Krieg zu müssen? Noch nicht mal an die Front hatte man ihn schicken wollen, wenn Roos recht hatte. Nur zum Transportkommando Speer. Und trotzdem hat er sich geweigert, den Kriegsdienst verweigert, indem er sich selbst den Arm gebrochen hat. So etwas tut man nicht aus Angst, dachte Richard. Das kann nicht jeder. Und daß er nach dem Krieg den verkrüppelten Arm der Gestapo andichtet? »Na und«, hatte Frey gesagt und recht gehabt. Natürlich hatten die Nazis Freys Arm auf dem Gewissen, auch wenn er es selbst getan hatte.

Es herrschte ein paar Augenblicke Stille in dem dunklen Raum des Gefängnisses, während Richard diese Gedanken durch den Kopf gingen. Zwei Männer musterten sich, prüften gegenseitig ihre Integrität und waren sich der eigenen Fehlbarkeit bewußt. Freys Frage war beantwortet: Ob er sich den Arm selbst zerschlagen hatte oder ob es die Gestapo war, war unerheblich. Es war ohne Bedeutung.

Von Bedeutung war vielmehr, daß man einen Mann mit dieser Sache erpressen konnte. Denn sie beschrieb die deutsche Wirklichkeit viel besser als vieles andere. Frey war angreifbar, weil er sich mutwillig und mit Gewalt dem Kriegsdienst entzogen hatte. Das war der eigentliche Skandal. Der Verdacht, daß sich Frey mit dem Arm die Anerkennung als politisch Verfolgter erschlichen haben könnte, erschien Richard nur noch als Nebensächlichkeit. Sein Bild von Frey hatte sich gewandelt. Ein Mann, der sich selbst den Arm zerschlägt, verdiente Achtung, fand Richard.

»Sagen Sie mir, wie man das macht? Und womit?«

Frey zögerte nicht mit der Antwort.

»Man macht ein Stemmeisen im Ofen heiß, knebelt sich selbst und schlägt dann mit der linken Hand mit aller Kraft auf den rechten Arm.«

Frey ließ sich wieder auf seinem Stuhl zurückfallen. Seine Arme hingen schlaff herunter. Er wirkte völlig entspannt.

»Mit dem ersten Schlag brichst du dir den Unterarm. Man schafft das nur, wenn der erste Schlag sitzt. Die zweite Schwierigkeit besteht darin, instinktiv weiterzuschlagen, obwohl man eigentlich dem Schmerz nachgeben will. Das muß man sich vorher klarmachen, einreden. Verstehst du? Stundenlang einreden. Ein Bruch ist nicht so schmerzhaft wie eine Verstauchung oder eine Prellung. Also mußt du weiter so fest schlagen, wie es geht, und nie auf die gleiche Stelle zweimal. Irgendwann spürst du dann keine Steigerung des Schmerzes mehr. Dann ist es wichtig, gegen eine mögliche Ohnmacht anzukämpfen. Man schlägt genau zehn Mal zu. Zählt mit. Das lenkt ab. Danach empfiehlt es sich, eine ganze Flasche Korn zu trinken und sich ins Bett zu legen. Schluß.«

Frey saß weiter regungslos da. Ob er das so schon jemand anderem erzählt hatte? Richard empfand Respekt und mußte sich dazu zwingen, Frey nach wie vor als das anzusehen, was er ohne Zweifel auch war, ein Verbrecher. Ein Betrüger, ein Hehler, ein Fälscher und vielleicht auch ein Mörder.

»Und Ingrid Förster hat das gewußt mit dem Arm?«

Frey nickte.

»Aber sie hat Sie bei den Nazis oder der Wehrmacht nicht angeschwärzt. Erst nach dem Krieg hat sie damit gedroht, die Sache auffliegen zu lassen.«

»Ja«, jetzt gab Frey jede Deckung preis, »Ingrid Förster war zwar ein Biest und eine elende Schlampe, aber sie war kein Nazi. Außerdem hat sie selbst einen Sohn im Krieg verloren, schon sehr früh. In Polen glaube ich. Sie konnte schon zu einer Zeit, als ganz Deutschland noch »Hurra« geschrien hat, verstehen, wenn jemand nicht in den Krieg wollte. Das war dann aber schon der einzige positive Zug an ihr, der mir einfällt.«

»Martin und Ingrid Förster hatten einen Sohn?«

»Hermann hieß er. Ich hab ihn aber nie kennengelernt. Der Förster spricht schon mal von ihm.«

»Warum war Ingrid Förster ein Biest? Ich meine, gab es irgendwas, das Sie dazu gebracht hat, nach dem Krieg Ihre Meinung zu Frau Förster zu ändern?«

»Sie war eben so. Fertig.« Freys Körper bekam wieder Spannung. »Ich erzähle Ihnen was: Wo waren Sie im Spätsommer '44? Können Sie sich erinnern, wie es bei Ihnen zu Hause ausgesehen hat?«

Natürlich konnte Richard das. »Ja.«

»Können Sie sich an Teller erinnern, große Teller«, Frey malte mit den Händen einen Kreis in die Luft, »voll mit Mandeln und Karamellen? So wie vielleicht an Weihnachten vor dem Krieg. Essen Sie gern Reibekuchen?« Frey lächelte wieder. »Bestimmt essen Sie gern Reibekuchen. Jeder Kölner tut das. Haben Sie im Herbst '44 irgendwo Reibekuchen bekommen? In Öl schön braungebraten?«

Frey kannte die Antworten, so daß er gar nicht auf sie warten mußte. Der Gedanke an Reibekuchen oder gebrannte Mandeln ließ Richard das Wasser im Mund zusammenlaufen.

»Oder Käse. Große Stücke Käse. Und Fleisch. Richtiges Fleisch. Vom Schwein. Vom Rind. Kein Huhn oder Hase. Richtiges Fleisch.« Man konnte sehen, wie Frey vor seinem geistigen Auge den Tisch deckte. »Im Spätsommer 1944.«

»Wo spielt die Geschichte?« fragte Richard.

»In einer großen Wohnung in Sülz, mein Lieber. In der Wohnung von Ingrid Förster. Ihr Mann war im Krieg, ihr Liebhaber im Gefängnis, Deutschland in Trümmern, und Ingrid Förster hatte alles, was das Herz begehrt. Sie hat Kernseife für fünfundvierzig Mark verkauft, verstehen Sie? Alles Mögliche konnte man bei ihr kaufen. Zu Wucherpreisen. Alles konnte sie besorgen, wenn man sie dafür anständig bezahlte.«

Freys nüchterne, überlegene Art, seine Souveränität und Gelassenheit waren verflogen, während er von Ingrid Förster sprach. Richard entdeckte Eigenschaften, die seine Achtung vor Frey wieder sinken ließen: Neid, Zorn und Haß. Dies zusammen mit dem Wunsch, sich von einer Erpresserin zu befreien, war ohne Zweifel ein Mordmotiv.

»Sie haben Geschäfte mit der Förster gemacht, oder? Sie haben ihr geholfen, diesen Lebensstil zu finanzieren, stimmt's?«

Frey schien die Frage nicht zu gefallen.

Richard fragte weiter: »Sie haben Hehlerware an sie weiterverkauft. Vielleicht haben Sie auch den ein oder anderen kleinen Dienst für sie erledigt. Und Ingrid Förster hat es Ihnen nicht so gedankt, wie Sie sich das vorgestellt haben?«

»Vielleicht war es so«, sagte Frey mehr zu sich selbst als zu Richard. Dann beugte er sich vor, um Richard in die Augen zu sehen. »Als ich mir den Arm kaputtgemacht hatte, ging es mir dreckig. Ich konnte wochenlang nichts mehr tun. Kein Geld verdienen. Keine Aufträge. Keine Geschäfte. Mir ging es genauso schlecht wie den meisten. Viel hab ich nie gehabt. Und da hatte ich gar nichts mehr. Mein Neffe hat sich ein wenig um mich gekümmert in dieser Zeit. Die Briten hatten ihm sein Zuhause weggebombt, seine Mutter war schwer verletzt, und da ist er zu mir gekommen. Ich sollte für ihn sorgen, aber er mußte dann für mich sorgen. Er hatte fürchterlichen Hunger. Ich habe ihn zu Ingrid Förster geschickt. Zu den Tellern mit Mandeln, Karamellen, Käse und Fleisch. Nicht für mich, verstehst du? Nur für sich sollte er um etwas zu essen fragen. Neun Jahre war er alt, der Kleine. Wissen Sie, was sie mit ihm gemacht hat?«

Richard konnte sich die Antwort denken.

»Sie hat ihn weggeschickt«, sagte Frey, »mit schönen Grüßen an den Onkel, hat sie gesagt. Nichts hat sie ihm gegeben. Nur schöne Grüße an den Onkel.«

Frey schien immer noch so fassungslos, wie er es wohl auch damals war, als der kleine Junge zu ihm zurückgekommen war.

»Das war Ingrid Förster. Ein mieses Stück, das die Menschen verachtet hat – ihren Belgier vielleicht ausgenommen.«

Richard mußte der Tirade gegen die Förster ein Ende machen, auch wenn er sie verstand. Er hätte wahrscheinlich ähnlich über sie geredet, wenn er sie gekannt hätte. Doch jetzt hatte er sich an seinen Chef erinnert, der ihn vor allen Geschichten aus der Vergangenheit gewarnt hatte. Nicht täuschen lassen! Nicht beeindrucken lassen! Er wußte jetzt ungefähr, wie Ingrid Förster im Spätsommer 1944 gelebt hatte. Aber er wußte auch, wie Herbert Frey jetzt im Herbst 1947 lebte.

»Und Sie sind der ungekrönte König von Sülz, der heute lebt wie die Made im Speck. Haben Sie sich solche Teller besorgen können, um die Sie Ingrid Förster beneidet haben? Liegen da jetzt Mandeln und Karamellen drauf? Man sagt, Sie bringen Ihr Fleisch selbst mit ins Lokal und bezahlen den Koch für die Zubereitung. Das ist auch nicht ohne. Da gibt es keinen wesentlichen Unterschied zwischen einer Ingrid Förster und Ihnen.«

Richard hatte Frey offensichtlich ein weiteres Mal überraschen können. Er hatte keine Lust auf eine angenehme Plauderei. Trotz oder wahrscheinlich gerade wegen des veränderten Bildes, das er von Frey gewonnen hatte, wollte er die Konfrontation mit diesem Mann. Er hatte durchaus Verständnis dafür, daß Herbert Frey sich in Sülz mit seiner leicht manipulierten Vergangenheit, seinen guten Kontakten und den Erfahrungen, die er aus der elenden Kriegszeit mitgebracht hatte, behaglich im Wohlstand eingerichtet hatte. Aber bei allem Respekt für einen Mann, der sich selbst mit einem brennenden Eisen den Arm zerschlägt, um der Wehrmacht zu entfliehen: Sich mit ihm gemein machen, wollte Richard nicht.

»Lassen Sie die Ironie«, sagte Frey böse. »Sie glauben, es gebe keinen wesentlichen Unterschied?«

Zum ersten Mal in diesem Gespräch stand er auf. Er stellte sich hinter seinen Stuhl und sah demonstrativ an Richard vorbei.

»Und ob es den gibt. Und Sie kennen ihn. Ich hoffe nicht, daß Sie glauben, ich würde Kapital aus der Not derer ziehen, die unschuldig aus dem Krieg herausgekommen sind. Dann lägen Sie völlig falsch. Ich nehme mir nur, was ich verdiene. Verstehen Sie? Und es mag viele andere geben, die das auch verdienen, aber nicht bekommen. Das ist aber nicht mein Problem.«

»Sie schaden mit dem, was sie tun, anderen.«

»Auch Schaden kann man sich verdienen. Sollte ich Leuten schaden, dann nur denen, die es nicht anders verdienen.«

»Sie verstoßen gegen Gesetze.«

»Gegen welche Gesetze? Wessen Gesetze? Deutsche? Englische? Nazigesetze oder Besatzergesetze? Wer bestimmt die Regeln des Spiels?«

»Es gibt Regeln, die immer gelten. Gesetze. Geschriebene und ungeschriebene.«

»Die Regel, daß man Hungernden etwas abgeben muß, wenn man im Überfluß hat. Meinen Sie so eine Regel?«

Richard stockte. »Das ist Moral. Eine moralische Frage. Kein Gesetz.«

»Schwache Antwort, Herr Polizist. Sie sind Gesetzeshüter. Welche Gesetze hüten Sie?«

Frey kam nicht mehr mit dem »du« und dem »Sie« durcheinander. Was waren das für Gesetze, die ein Polizist hüten sollte? War er ein Gesetzeshüter? Nein. Genau wie die Menschen, die in den Ortsausschüssen oder in anderen Behörden saßen, war er kein Gesetzeshüter. Sie hüteten die Ordnung statt irgendwelcher Gesetze. Irgendeine Ordnung. Ein Polizist war ein Ordnungshüter. Egal, wer regierte, er hatte für Ordnung zu sorgen. Der Betrüger, Lügner und Fälscher Frey hatte gegen die bestehende Ordnung verstoßen. Sein ganzes Leben lang. Und es schien gleich, wer gerade am Ruder war. Aber Ordnung muß sein, dachte Richard. Immer. Sonst fliegt alles auseinander. Ohne Ordnung konnte es gar keine Grundlage für eine Frage nach der Moral geben.

»Man braucht Regeln, die das Zusammenleben organisieren«, sagte Richard ruhig. »Mag sein, daß Sie das Recht hatten, gegen Hitlers Gesetze zu verstoßen. Aber heute ist das anders. Wie soll es weitergehen, wenn wir uns gegenseitig berauben, betrügen und ermorden? Man braucht einen Rahmen. Und der lautet: Niemand darf dem anderen grundlos schaden.«

»Und wer legt die Gründe fest? Und was ist, wenn es doch jemand tut, obwohl es diese Regeln gibt? Was dann? Wer legt fest, was dann passiert? Wer legt die Strafe fest?«

»Das Gesetz.«

»So, so. Das Gesetz. Wir drehen uns im Kreis.«

»Mein Gott, Frey!« Richard wurde lauter. »Niemand kann hingehen und Ihnen eine reinhauen. Und wenn er's doch tut, wird er bestraft von einer unabhängigen Instanz. Das muß so sein, weil sonst jeder so richtet und Vergeltung übt, wie er will. Das wichtige an Regeln ist, daß sie für alle gelten. Und wenn das alles nicht so ist oder mal war, dann ist es dadurch immer noch nicht falsch. Sie sagen, Sie hätten Ihren Luxus verdient. Morgen kommt einer aus dem KZ nach Hause und sagt dasselbe. Ich werde ihn zu Ihnen schicken und ihm sagen: Da ist das, was du verdienst. Dann wird er sich holen, was er will, weil er glaubt, er sei im Recht. Was machen Sie dann? Sie werden dem Mann sicher nicht applaudieren, wenn er voll gepackt Ihre Wohnung verläßt.«

Frey gab sich noch nicht geschlagen. »Das ist Theorie. Geschwafel und Gewäsch. Was sollen das für Regeln sein. Die zehn Gebote vielleicht, Herr Sozialdemokrat.«

»Warum nicht?«

»Aha. Die zehn Gebote. Du sollst nicht stehlen. Du sollst nicht töten. Oder: Nächstenliebe. Wie wär's damit?«

»Zum Beispiel.«

»Ich will Ihnen was sagen, Richard Munckler«, jetzt wurde Frey laut, »ich habe in diesem Gefängnis gesessen, weil man mir vorgeworfen hat, gestohlen zu haben. Ich habe mit ein paar Geschäften Geld verdient, die gegen die Regeln verstoßen haben. Ich habe hier drin gesessen. Zuletzt 1944. Da war hier die Hölle los. Wir haben in den Zellen gekauert, und die Bomber sind über uns geflogen. Bis zum Schluß, bis zum letzten Tag haben in diesem Gefängnis die Leute gesessen und gezittert, ob es denn bei diesem Bombenangriff endlich getroffen würde. Hier gab es keinen Luftschutzbunker. Können Sie sich das vorstellen? Können Sie sich an Ihre Angst im Luftschutzkeller erinnern? Dann stellen Sie sich das Gefühl vor, schutzlos und eingesperrt die Angriffe zu erleben. Können Sie das?«

Richard dachte an seine Mutter, die sich freiwillig diesem Gefühl ausgesetzt hatte.

»Die Zellen waren alle überfüllt«, fuhr Frey fort, »alles war Scheiße. Die Menschen waren krank. Sterbenskrank. Keiner hat sich einen Dreck um uns geschert. Wir waren der Dreck! Du sollst nicht stehlen! Lachhaft! Sie haben uns alles gestohlen hier drin: unsere Ehre, unsere Würde, unsere Gesundheit, unser Leben.«

Richard hatte endgültig die Kontrolle über das Gespräch verloren. Frey wurde wieder leiser, aber nicht weniger deutlich: »Wissen Sie, wie man hier den Block Vier genannt hat? Den Flügel des Gebäudes, den die Gestapo unter sich hatte? ›Bau des Schweigens‹ hat man ihn genannt, weil man noch nicht einmal die Namen derer kannte, die da drin waren. Man hat den Toten sogar ihre Namen gestohlen. Ich habe sie gesehen, wie sie zur Guillotine geschleppt oder einfach im Hof erschossen worden sind. Wer hat da gegen welche Regeln verstoßen, lieber Munckler? Und welches Gesetz hat die Strafen festgelegt, für die, die gegen Regeln verstoßen?«

Herbert Frey setzte sich matt auf seinen Stuhl und sagte fast bittend: »Geben Sie sich ein bißchen mehr Mühe, Munckler, bitte. Und wenn Sie meine Worte über das Gefängnis hier nicht beeindrucken können, denken Sie an das, was draußen passiert ist. Raub, Mord, Totschlag – ausgeführt von denen, die die Gesetze selbst machen. Was ist mit Ihren Regeln, Munckler?«

Richard war sprachlos. Er hatte Herbert Frey nichts mehr entgegenzusetzen und keine Kraft, nachzufragen. Aber das war auch nicht nötig.

»Sie haben mich nach Ihrem Chef gefragt, Munckler. Eine

überflüssige Frage. Alfons Mohren war dasselbe, was er heute ist: Polizist. Gesetzeshüter. Er hat die Gesetze gehütet. Ihre Gesetze, Munckler. Ja, Ihre Gesetze. Aber, lieber Munckler, es ist eben doch nicht egal, wer regiert. Die Regeln sind nicht immer gleich, und es nützt überhaupt nichts, wenn man vom Gegenteil überzeugt ist. Wer hat für die Nazis die Juden aus den Häusern geholt und abtransportiert? Die Gesetzeshüter, Munckler. Leute wie Sie oder Mohren. Vielleicht sind Sie anders als andere. Vielleicht hatten Sie aber auch nur das Glück, daß Sie einmal ganz dick in der Scheiße gehangen haben. Das hilft, Unterschiede zu erkennen und zu sehen, daß eben nicht jedes Gesetz richtig ist, nur weil es existiert. Man fühlt sich schuldig, obwohl alle Regeln befolgt wurden. Und dann zweifelt man. Wie Sie.«

Richards Herz raste. Er sah den Zug, auf den er aufsprang. Er sah Karl Heinz. Die Haubitze. Den Mann in Uniform. Die Bilder rotierten in seinem Kopf. Die Pistolenkugel. Die Kanonenkugel. Das zerschossene Gesicht. Er hatte das Gefühl, den Raum zu verlassen, wegzuschweben, ohnmächtig zu werden. Doch Frey holte ihn zurück. Er hatte sich ganz dicht zu ihm vorgebeugt.

»Du möchtest wissen, woher ich Mohren kenne?«

»Ja«, stammelte Richard.

Frey kam noch ein bißchen näher, so als wollte er Richard ein Geheimnis ins Ohr flüstern. Richard war auf alles gefaßt, nur nicht darauf: »Ich habe Schnaps von ihm gekauft.«

Frey ließ sich zurück auf seinen Stuhl fallen, er war wieder ganz der alte, unaufgeregt und gelassen. Man sah ihm an, wie er Richards Verblüffung auskostete. Er ließ sich Zeit.

»Ich habe Schnaps von ihm gekauft. Ein paar Flaschen nur. Für einen anständigen Preis. Ich konnte ein wenig beim Weiterverkauf verdienen.«

Richard spürte wieder die Schwäche, die Beklemmung und die Ohnmacht. Er wollte einfach nichts mehr sagen. Sollte Frey ruhig die Situation genießen. Doch Frey wollte seine Überlegenheit gar nicht ausnutzen. Es war nichts von Häme oder Zynismus zu spüren.

»Es gab eine Gruppe von Jugendlichen in Köln«, begann er in

nüchternem Ton zu erzählen. »Die wollten nicht mitmachen bei dem braunen Dreck. Ich würde sie nicht unbedingt Widerstandskämpfer nennen. Das waren wir beide ja auch nicht. Aber sie wollten eben nicht dabei sein und haben das auch deutlich gezeigt. Mit ein paar blöden Streichen. Mehr war das nicht. Aber immerhin. In jedem Fall hatte die Gestapo ein Auge auf die Jungen geworfen. Und weil es den Verdacht gab, daß sie sich Geld mit Schnapsschmuggel verdienten, hat die Gestapo die Kriminalpolizei auf die Gruppe angesetzt. Die haben die dann beobachtet und schließlich erwischt. Die Jungen wanderten hier in den Klingelpütz, und der Schnaps wurde beschlagnahmt. Die Polizisten haben sich gedacht, warum sollten wir den Schnaps an die Schweine von der Gestapo geben. Also behalten wir ihn und teilen ihn auf. Auch Mohren hat seinen Anteil bekommen. Und den hat er an mich verkauft. Er kannte mich von einer früheren Verhaftung. Bis hierhin kein Problem, oder?«

Richard war unfähig, etwas darauf zu erwidern.

»Hier im Klingelpütz sind die Jungen dann von der Gestapo übernommen worden. Sie wurden einfach in den anderen Flügel verlegt. So einfach war das. Und die Polizisten, also auch Mohren, haben das nur durch einen Zufall überhaupt erfahren. Die Gestapo hat die Jungen mißhandelt, gefoltert und geprügelt. Dabei sind zwei der Jungen gestorben. Tod wegen Schnapsschmuggels.« Frey machte eine kleine Pause. »Man könnte auch sagen, gestorben, weil dein Chef die Regeln befolgt hat.«

Richard versuchte, einen klaren Gedanken zu fassen. Das war Mohrens Geschichte! Diese Geschichte sollte ihn dazu getrieben haben, auf den Mann zu schießen, der sie hätte erzählen können. Das konnte nicht sein.

Richard fand wieder Worte: »Und damit wollten Sie ihn erpressen?«

»Womit?«

»Damit, daß zwei Jungen von der Gestapo getötet worden sind, die Mohren vorher verhaftet hatte. Ohne zu ahnen, daß das mit ihnen passiert?«

»Nein. Natürlich nicht.«

Richard sah Frey fragend an, und der gab ihm die Antwort: »Man kann einen redlichen deutschen Polizisten nicht damit erpressen, daß er ein paar Schnapsschmuggler festgenommen und sie der Gestapo übergeben hat. Dafür hat alle Welt Verständnis. Daß zwei Jungen an den Mißhandlungen gestorben sind, spielt keine Rolle. Damit kann sich der redliche Polizist allein rumplagen. Vor einer möglichen Erpressung braucht ein Alfons Mohren keine Angst zu haben. Er hat seine Pflicht getan, die Regeln befolgt, die Gesetze gehütet. Aber ...«, Frey flüsterte jetzt, »damit, daß er mir ein paar Flaschen Schnaps verkauft hat. Damit hätte ich ihn erpressen können. Da hat er gegen die Regeln verstoßen. Eure Regeln. Das wiegt schwerer als der Tod von zwei Jugendlichen.«

»Wen sollte das heute noch interessieren?«

»Ich weiß es nicht. Wahrscheinlich niemanden. Außer Mohren. Den hat das interessiert. Wenn man einen Menschen erpressen will, dann muß der Mensch glauben, erpressbar zu sein. Das reicht. Mohren ist nicht fertig mit der Sache, verstehst du?«

Richard hatte genug. Er hatte mehr erfahren, als er erwartet hatte. Viel mehr war nicht zu holen. Als er aufstand und die Jacke von der Stuhllehne nahm, wandte sich Frey noch einmal an ihn.

»Und was ist mit deiner Geschichte, Richard Munckler? Erzähle sie mir. Sie interessiert mich.«

Richard schüttelte mit dem Kopf. »Es gibt keine Geschichte.«

Er zog die Jacke an, strich sich durchs Haar und ging zur Tür. Plötzlich war das Gebäude wieder da. Der Druck, die Enge. Er konnte die Mauern des Gefängnisses atmen hören. Er hatte das Gefühl, daß sie ihm ganz nahekommen wollten. Nicht um ihn zu erdrücken, sondern um ihm von dem Fürchterlichem zu berichten, das sie gesehen hatten. Von getöteten Schnapsschmugglern, gefolterten Fahnenflüchtigen und geköpften Kommunisten.

Er mußte raus. Ganz schnell. Er schlug gegen die Tür. Es kam ihm wie eine Ewigkeit vor, bis sie der Wärter, den er weggeschickt hatte, geöffnet hatte. Richard preßte noch ein »Machen Sie's gut« heraus. Dann begann er den Weg Richtung Ausgang zu laufen. Frey rief ihm noch nach, er möge nicht vergessen, daß er versprochen habe, sich um seine Verlegung zu kümmern. Doch Richard war schon auf der Treppe hinunter ins Erdgeschoss. »Nur raus«, dachte er. Um Atem ringend, erreichte er den Ausgang. Hinter ihm fielen die Tore zu. Richard setzte sich auf die Bordsteinkante. Ein starkes Zittern ging durch seinen ganzen Körper.

***

Miros Gemütslage hatte sich über Nacht kaum gebessert. Er hatte das Gefühl, keine Sekunde geschlafen zu haben. In der Zelle war kein Wort mehr gesprochen worden. Pilic hatte sich noch mehrfach übergeben und Blut gespuckt. Sie hatten ihn notdürftig mit ein paar kalten Umschlägen, die sie aus ihren Unterhemden gemacht hatten, verarztet. Am Morgen waren sie alle von mehreren Polizisten abgeholt worden. Alle außer Miro, der nun ganz allein in der Zelle saß. Und wieder hatte er das untrügliche Gefühl, daß etwas schieflief.

Er stellte sich den verletzten Pilic vor, wie er auf demselben Stuhl sitzen mußte, auf dem er gestern gesessen hatte. Er stellte sich vor, wie dieser eifrige Polizist Paul Brander Pilic in die Mangel nehmen und wie der dann beschließen würde, ihn, Miro, in die Pfanne zu hauen. Aus Rache. Oder Stanislaw, der Dummkopf. Er würde sich sicher verplappern. Miro verfluchte den Abend, als sie sich auf den Weg nach Müngersdorf gemacht hatten. Wegen dieses blödsinnigen Tips. Da sei viel zu holen. Die Frau sei alleinstehend und würde sich sicher vor Angst in die Hose machen. Und dann war alles in diesem Debakel geendet. Erst die Demütigung, die Niederlage, die ihm die keifende Schöne, die ihn in Hürth wiedererkannt hatte, verpaßt hatte. Und dann die Katastrophe in Lindenthal. Alles war schiefgegangen. Und, als wäre das noch nicht genug gewesen, waren seine Kollegen, ohne ihn zu fragen, noch mal losgezogen, um in der Wohnung in der Rurstraße einzubrechen.

Miro ging in der Zelle auf und ab. Warum sollte er separat verhört werden? Warum ließ man ihn hier allein warten? Mindestens vier Stunden schon. Miro hörte den Essenswagen auf dem Gang. Es war Mittagszeit.

***

Richard war ganz langsam vom Klingelpütz zurück zum Präsidium gegangen. Er redete sich selbst mit jedem Schritt Mut und Kraft zu und versuchte, seinen Kopf von dem Erlebten freizumachen. Er mußte sich eine Strategie überlegen, wie er Mohren gegenübertreten sollte. Zum einen würde Mohren sicher schon wissen, daß er ohne Erlaubnis auf eigene Faust zu Frey gegangen war. Auf den zu erwartenden Anschiß mußte er reagieren. Zum anderen war da Mohrens Geschichte. Seine Verstrickung. Und, was noch schwerer wog, die Gewißheit, daß seinem Chef wohl tatsächlich in der Nacht, als sie Frey verhaftet hatten, die Nerven durchgegangen waren. Aber was nützte ihm dieses Wissen?

Langsam stieg Richard die Treppe des alten Allianzgebäudes hoch. Hinter ihm fuhr ein alter Gefangenentransportwagen vor. Er sah, wie zwei Polizisten den polnischen Fremdarbeiter, den Paul verhaftet hatte, aus dem Wagen zogen und ihn an ihm vorbei die Stufen hoch begleiteten. Richards und Miros Blicke trafen sich kurz.

Schön für Paul, das Ganze, dachte Richard, während ihn die Polizisten und ihr Gefangener überholten. Dann war er wieder mit seinen Gedanken bei Mohren. Ihm fiel keine Ausrede dafür ein, daß er sich am Morgen krankgemeldet hatte, um dann auf eigene Faust den Hauptverdächtigen im Gefängnis zu besuchen, ohne ihn verhören zu wollen, und dann wieder zum Dienst zu erscheinen und einfach zu sagen: »Hier bin ich wieder. Es tut mit leid.«

Aber genau das tat Richard, als er die Tür zum Büro der Mordkommission öffnete. Zumindest hatte er damit begonnen, die zwei Sätze zu sagen, als er den Mann, den man eben an ihm vorbeigeführt hatte, auf dem Stuhl vor Mohrens Schreibtisch sitzen sah. Richard dachte kurz, er habe sich in der Tür vertan und sei in Pauls Büro gelandet. Doch dann sah er Peters am Fenster stehen und Mohren hinter dem Schreibtisch sitzen. Mohren sah Richard scharf an, um ihn dann in einem überraschend freundlichen Ton zu begrüßen: »Schön, daß Sie da sind, Munckler.« Es gab offensichtlich einen Grund zur Freude. »Sie hätten sonst die Auflösung Ihres ersten Falles hier verpaßt.«

Richard hatte Schwierigkeiten, seine Gedanken zu ordnen. »Wir haben ihn«, hörte er seinen Freund Paul flüstern, den er erst jetzt bemerkte. Er hatte hinter der Tür an der Wand gelehnt.

***

»Lieber Herr Schwitanski«, begann der Oberinspektor. Er schien jedes Wort in vollen Zügen zu genießen, und Miro wäre gern aufgesprungen, um ihm für jedes Wort ins Gesicht zu schlagen. Er konnte nicht ertragen, wenn Leute mit ihm sprachen, als sei er ein dummes, kleines Kind. Miro verlangte Respekt. Erst recht von einem deutschen Polizisten. Doch den bekam er hier nicht.

»Wissen Sie, was das ist?« fragte Mohren und winkte mit einer Mappe vor Miros Gesicht. »Das ist ein Bericht des Kriminaltechnischen Instituts. Da sind Sie erstaunt, was?«

Miro beantwortete die Frage nicht. Er versuchte, sich zu sammeln, und überlegte, was da auf ihn zukam, denn eigentlich hatte er damit gerechnet, daß man ihn mit den Aussagen von Pilic und den anderen konfrontieren würde.

»Wissen Sie, Herr Schwitanski, was so ein Kriminaltechnisches Institut alles kann?« fragte Mohren weiter. »Es kann Pistolenkugeln untersuchen.«

Diese künstliche Spannung war unerträglich. Er riß sich zusammen, um ganz ruhig zu bleiben und unbeeindruckt auszusehen.

»Und es kann Pistolen untersuchen.« Mohren griff in seine Schreibtischschublade. »Und wenn es eine Pistole und eine Pistolenkugel untersucht«, Mohren holte die Armeepistole, die man in

Miros Matratze gefunden hatte, aus der Schublade und legte sie auf den Schreibtisch, »dann kann das Institut feststellen, ob die beiden zusammengehören.« Mohren grinste über das ganze Gesicht. »Und es kann feststellen, ob aus der Pistole geschossen wurde, Herr Schwitanski.«

Miro verstand. Es wurde alles noch schlimmer, als er gedacht hatte. Sein Fehler sollte jetzt schwer bestraft werden. Er war nicht darauf vorbereitet, sich gegen einen Bericht des Kriminaltechnischen Instituts zu wehren. Einen kurzen Augenblick lang spürte er wieder diesen tiefen Respekt vor den Deutschen, den er aus seiner Kindheit kannte.

»Dies ist eine P 38«, sagte Mohren. »Und das ist die Kugel aus der P 38.« Er griff noch einmal in die Schublade und holte die Pistolenkugel hervor, mit der Ingrid Förster getötet worden war. »Wissen Sie, wo wir diese Kugel gefunden haben?«

Natürlich wußte Miro das, aber er beschloß, erst einmal weiter zu schweigen. Was sollte er auch sagen?

***

Richard traute seinen Ohren nicht. Das war also der Pole, den Ferdinand beschrieben hatte, und tatsächlich stimmte Ferdinands Beschreibung weitestgehend mit Miro Schwitanski überein. Richard ärgerte sich, daß ihm das nicht schon gestern aufgefallen war. Er musterte den stummen Mann, der sich Mohrens Vortrag anhören mußte. Regungslos saß er da. Vielleicht ein bißchen verwirrt, irritiert, aber gefaßt. Für Richard hatte das Verhalten des Polen Ähnlichkeit mit dem Herbert Freys. Leicht vorstellbar, daß die beiden sich kannten, dachte er. Oder war es am Ende doch nur der Überfall einer Polenbande, dem die Förster zum Opfer gefallen war?

Paul schien Richards Gedanken zu lesen.

»Es ist nicht so einfach, wie Mohren tut«, flüsterte er ihm ins Ohr. »Schwitanski hat ein erstklassiges Alibi.«

Richard sah Paul überrascht an.

»Er hat den Überfall in Müngersdorf gestanden und das Opfer hat ihn eindeutig wiedererkannt«, sagte Paul.

»Weiß Mohren davon?«

»Er ist völlig in seinem Element. Ich habe versucht, ihn rauszulocken, um es ihm zu sagen. Aber du kennst ihn ja.«

»Und die anderen, die ihr verhaftet habt?« fragte Richard leise.

»Das sind harmlose Mitläufer. Zwei haben den Einbruch gestanden. Sie hätten von der Beerdigung in der Zeitung gelesen und seien daraufhin da eingestiegen. Die Tote will jedoch keiner gekannt haben.«

»Das finde ich ein bißchen seltsam. Die Wohnung sah doch wohl eher so aus, als wäre da jemand drin gewesen, der gewußt hat, daß man nach einem Versteck suchen muß.«

Paul zuckte mit den Achseln. »Vielleicht. Das muß alles nicht stimmen. Aber es macht die Sache nicht gerade leichter.«

***

Miro merkte, daß er mit zu viel Gefühl bei der Sache war. Er durfte sich nicht aufregen, sondern musste weiter Gelassenheit ausstrahlen. Es galt, mit klarem Kopf eine Gegenstrategie zu entwickeln. Mohren hatte ihn aufgefordert, endlich auszupacken. Er hatte ihn gefragt, wie er sich das mit der P 38 erkläre. Mohren war aufgesprungen, hatte sich wieder gesetzt, mal gebrüllt, mal ganz leise geredet, und Miro hatte weiter geschwiegen. Immer wieder hatte er zu dem breitschultrigen Polizisten am Fenster geguckt, weil ihm ein unbestimmtes Gefühl sagte, daß dieser Mann ihm durchaus gefährlich werden könnte. Aber Peters hatte sich nicht bewegt. Ohne ein Zeichen seines Chefs hätte er nicht zugeschlagen. Und dieses Zeichen war bislang nicht gekommen.

Mohren sprach immerzu von der P 38. Seine Kollegen spielten keine Rolle in diesem Verhör. Und so dämmerte Miro langsam seine Chance. Pilic und die anderen hatten nichts verraten. Sicher konnte er sich nicht sein, aber es schien ihm doch sehr wahrscheinlich. Also entschloß er sich zum Risiko und dazu, sein Schweigen zu brechen. Er atmete tief durch, und das genügte, um Mohren, der immer weiter fragte, zu unterbrechen.

»Herr Kommissar«, sagte Miro ganz langsam. Er hatte sich für die dreisteste und tollkühnste aller möglichen Lügen entschlossen. »Ich habe die Pistole vorgestern gefunden. Letzte Woche hatte ich sie noch nicht. Ich weiß nicht, wovon Sie da die ganze Zeit sprechen.«

***

Man konnte sehen, wie in Mohren Zorn aufstieg. Seine Augen wurden klein, die Augenlider begannen leicht zu zittern. Er preßte die Lippen aufeinander. Dann zuckte er leicht mit dem Kopf. Das war das Zeichen für Peters, der lässig lächelnd auf Miro zukam. Miro sah Peters in die Augen und lächelte zurück. Er lachte sogar. Das schien Peters zu verunsichern. Die Ohrfeige, die er Miro verpaßte, fiel deutlich schwächer aus, als das, was Richard bei Förster erlebt hatte. Miro blieb wie ein Statue auf seinem Stuhl sitzen. Kein Ausdruck von Schmerz war zu entdecken. Im Gegenteil: Miro lächelte weiter. Richard fand die Szene höchst seltsam und unangenehm. Peters hätte auf Miros Provokation wohl gern mit weiteren Schlägen reagiert, doch Mohren winkte ihn zurück. Schwitanskis Haltung hatte ihn offensichtlich überrascht.

»Wo haben Sie die Pistole gefunden?«

»In einem Waldstück auf dem Weg ins Lager. Keine Ahnung, wer sie da hingelegt hat.«

Mohren wirkte ratlos. »Können Sie uns sagen, wo Sie am Mittwoch abend zwischen zehn und elf Uhr gewesen sind?«

Miro drehte sich zu Richard und Paul um. Er forderte sie wortlos dazu auf, Mohrens Frage für ihn zu beantworten.

»Was soll das? Brander, Munckler, was ist?« fragte Mohren.

»Er hat ein Alibi, sowohl für den Mord als auch für den Einbruch«, antwortete Paul, der endlich die Gelegenheit bekommen hatte, zu sagen, was er wußte. Mohren war böse aufgelaufen. Selbst schuld, dachte Richard, als Paul begann, ihm von den Überfällen in Müngersdorf und Esch zu berichten, die Miro gestanden hatte.

Mohren hörte sich Pauls Schilderung regungslos an. Als Paul fertig war, stand er auf und streckte sich. Dann begann er, wie ein verletztes Raubtier auf- und abzugehen. Er fragte Miro, ob er einen Herbert Frey oder eine Ingrid Förster kenne. Miro beantwortete beide Fragen mit einem klaren »Nein«.

Mohren ging auf Paul und Richard zu. »So einfach gebe ich mich nicht geschlagen. Eine Pistole im Wald. Wer's glaubt, wird selig. Brander«, sagte er ruhig zu Paul. »Ich möchte Ihre Protokolle sehen.«

Paul sah Mohren erstaunt an. Er mußte das als Zweifel an seiner Kompetenz empfinden, und Mohren schien das zu merken.

»Denken Sie nicht so viel darüber nach. Wir alle machen mal Fehler«, jetzt sah er Richard in die Augen, »zwei sehen mehr als einer. Holen Sie die Protokolle, sofort. Und Sie, Munckler«, Richards Herz schlug schneller, »Sie fahren zurück dahin, wo Sie eben hergekommen sind.«

Richard merkte, wie ihm das Blut in den Kopf stieg.

»Und dann lassen Sie Ihre Freunde Herbert Frey und Theo Langel herbringen. Zur Gegenüberstellung.«

Richard hatte das Gefühl, irgendwas sagen zu müssen. Frey und Langel als seine Freunde zu bezeichnen ... Ihm fiel keine Entgegnung ein. Im Grunde müßte er froh sein, dachte er, daß das zunächst einmal alles war, was ihm sein Chef in dieser Sache zu sagen hatte. Mohren gab Peters den Auftrag, Hans Roos und Ferdinand zu holen.

***

Eine Stunde später waren alle zurück im Präsidium. Mohren hatte die Gegenüberstellung wie der Regisseur eines Theaterstücks geplant. Es gab eine genaue Reihenfolge, wann welcher Akteur die Bühne betreten sollte. Richard, Peters und Paul, den Mohren gebeten hatte dabeizubleiben, hatten die Tische im großen Besprechungszimmer an die Wände geschoben. Dann hatte Mohren die drei Männer im Raum postiert.

»Beobachten Sie alles genau. Wir wollen wissen, wer hier wen kennt.« Mohren selbst hatte sich hinter zwei nebeneinandergestellte Tische am Kopfende des Raums gesetzt. Neben ihm saß Marlis Schubäck, die alles protokollieren sollte. Das sah ein bißchen so aus wie der Richtertisch bei einem Prozess, dachte Richard. Und so wird es Mohren wohl auch gewollt haben.

Miro, Frey, Langel, Roos und Ferdinand waren in verschiedene Räume gebracht worden. Sie sollten erst hier im Besprechungszimmer aufeinandertreffen. Doch noch war es nicht soweit. Mohren hatte offensichtlich zunächst andere Dinge zu erledigen. Zu Richards Überraschung hatte er Peters und Schubäck rausgeschickt. »Warten Sie im Flur«, hatte er kurz und knapp gesagt. »Ich habe mit diesen beiden Herren etwas zu besprechen.« Peters war murrend gegangen. Jetzt standen Richard und Paul verloren auf den ihnen zugewiesenen Positionen im Raum, während Mohren auf seinem Richterstuhl sitzenblieb.

»Sie kennen sich schon länger, Sie beide«, begann Mohren. »Zwei junge Polizisten, die Karriere machen wollen, stimmt's? Paul Brander und Richard Munckler. Was glauben Sie? Sind Sie zwei gute Polizisten?«

Mohren sah keinen von beiden an. Er blickte einfach in den Raum, sprach leise, aber deutlich. Richard wußte nicht, ob Mohren auf die Fragen, die er stellte, wirklich eine Antwort erwartete. Er fragte sich, was Paul hier zu suchen hatte.

»Herr Brander, glauben Sie, ich bin blöd?«

Richard sah, wie Paul schluckte.

»Glauben Sie, Sie könnten mal eben so ins Archiv der Personalabteilung laufen und nach meiner Akte fragen, ohne daß ich das erfahre?«

Richard war völlig konsterniert. Paul hatte offenbar auch versucht, herauszufinden, welches Päckchen Alfons Mohren zu tragen hatte. Man konnte Paul ansehen, daß er sich schämte. Wohl nicht dafür, daß er versucht hatte, ein bißchen rumzuschnüffeln, sondern eher dafür, daß er wirklich nicht damit gerechnet hatte, daß Mohren das sofort erfahren würde.

»Sie halten sich für einen cleveren Polizisten. Soll ich Ihnen mal sagen, was Sie sind?« Mohrens Stimme wurde lauter. »Sie sind ein Grünschnabel. Ein Klugscheißer. Und Sie machen Ihre Arbeit schlecht.«

Paul und Richard sahen sich hilflos an.

»Wissen Sie, Brander, wenn Sie gut wären, wirklich gut wären, müßten Leute wie ich Leute wie Sie fürchten. Sie sind aber nicht gut.«

Mohren ließ einen Moment verstreichen und sah dann Paul in die Augen.

»Miro Schwitanski hat kein Alibi für die Mordnacht.«

Paul schien leicht zu zittern. Die Sprachlosigkeit stand ihm ins Gesicht geschrieben. Richard sausten gleichzeitig Bilder und Wortfetzen durch den Kopf: Miro auf dem Stuhl, Paul der ihn verhörte, das Papier, das Paul ihm gegeben hatte, das Protokoll der Frau, die Miro erkannte hatte, dann Miros freundliches Gesicht, als er auf eine Kleinigkeit im Protokoll aufmerksam machen wollte, nur eine Kleinigkeit, die Uhrzeit, die falsche Uhrzeit.

»Haben Sie Ihre Zeugin noch einmal mit Schwitanskis Aussage konfrontiert, Brander?« fragte Mohren. »Zum Beispiel mit seiner Angabe zum Zeitpunkt des Überfalls?«

Mohren wartete. Diesmal offensichtlich, um Pauls Demütigung auszukosten.

»Sie müssen noch viel lernen, Brander. Nicht nur in Sachen Polizeiarbeit.«

Dann stand Mohren auf und ging langsam auf Richard zu. Jetzt war er dran, dachte Richard. Und genau wie Paul würde es ihn zurecht erwischen.

»Was glauben Sie, Herr Munckler«, fragte ihn Mohren, als er direkt vor ihm stand, »ist Ihr Chef ein mieses Schwein gewesen?«

Richard wollte Mohrens Monolog unterbrechen. Er wollte diese Konfrontation nicht. Er wollte nicht wie ein kleiner dummer Schuljunge dastehen. Also zögerte er nicht mit der Antwort. Er brauchte nicht über sie nachzudenken, denn er war sich ihrer mittlerweile ganz sicher.

»Nein«, sagte er ebenso ruhig, wie Mohren gesprochen hatte. »Das glaube ich nicht«, und dann setzte er bewußt hinzu, während er seinem Chef in die Augen sah, die Richard traurig erschienen, »weil ich das weiß.«

Mohren schienen Richards Worte zu überraschen. Er kniff die Augenbrauen zusammen und sah Richard ungläubig und mißtrauisch an. »Was wissen Sie?«

»Daß Sie kein mieses Schwein sind.«

Mohren schien verblüfft über seinen jungen Kollegen. Langsam drehte er sich um und ging mit gesenktem Kopf zurück zu seinem Platz. Zwei Minuten, die Richard wie eine Ewigkeit vorkamen, war es still in dem Raum. Kein Wort, keine Regung. Richard fühlte sich an eine Gedenkminute für die Opfer der Diktatur und des Krieges erinnert. So etwas mußte man in dieser Zeit laufend mitmachen. Doch diesmal spürte Richard tatsächlich eine schwere Last, derer er gedachte.

»Glauben Sie, man kann diese Zeit hinter sich lassen und neu anfangen? So als ob nichts gewesen wäre?« Mohren stellte Richard eine echte, ernstgemeinte Frage. »Glauben Sie, daß man irgendwann damit fertig ist?«

»Ich weiß es nicht«, antwortete Richard ehrlich. »Vielleicht irgendwann. Wenn man sich bemüht.«

Mohren hob den Kopf und sah Richard in die Augen. Der Blick des Oberinspektors war anders als sonst: unsicherer, aber auch freundlicher. Er deutete ein Nicken an. Dann räusperte er sich.

»Gut«, sagte er, »wir wollen uns bemühen. Fangen wir an. Brander, Sie holen Peters und Schubäck! Munckler, Sie holen Schwitanski!«

***

Miro fand alles, was zur Zeit um ihn herum passierte, höchst eigenartig. Er hatte sich in einem Raum, der ihm für eine Gegenüberstellung viel zu groß vorkam, vor den Oberinspektor stellen und ihm den Rücken zudrehen müssen. Vor ihm stand ein Mann, den er noch nie gesehen hatte. Ein dummer Deutscher, dachte Miro. Links und rechts hinter diesem Mann standen die beiden Polizisten, die ihn schon gestern verhört hatten. Rechts an der Fensterfront hatte sich der Polizist, der ihn vor einer Stunde geschlagen hatte, auf einen der Tische gesetzt.

Als sie den Mann hereingeführt hatten, hatte er sich endlich wieder ein bißchen besser gefühlt. Daß er den Mann noch nie gesehen hatte, hatte ihm das Gefühl gegeben, doch wieder eine Chance zu haben. Die deutsche Polizei wußte doch nicht alles, sie schien sogar auf einer völlig falschen Spur.

»Sie sagen, Sie hätten den Mann noch nie gesehen«, wiederholte Mohren Miros Worte. »Und was ist mit Ihnen, Herr Langel? Kennen Sie diesen Mann hier?« Mohren deutete mit einem Nicken auf Miro.

Langel ließ sich Zeit mit seiner Antwort. Das waren die Momente, in denen Miro merkte, daß ihn die versammelten Polizisten ganz besonders scharf beobachteten. Jede Regung konnte ihn der Lüge überführen. Aber er hatte nichts zu befürchten, denn er kannte den Mann wirklich nicht, der die ganze Zeit kein einziges Wort gesagt hatte und auch nicht den Eindruck machte, als wollte er sein Schweigen brechen.

»Gut«, sagte Mohren, »stellen Sie sich da drüben hin und warten Sie.« Er zeigte auf eine Stelle im Raum.

Jetzt wußte Miro, an was ihn das hier erinnerte. An ein Schachspiel. Der Fußboden war das Brett, auf dem Mohren Figuren hin und herbewegte. Dieser Langel war ein Läufer, vielleicht ein Turm. Aber das schien Miro schon eine zu große Bedeutung für diesen dummen Deutschen. Er war sich nicht sicher, welche Figur er selbst in diesem Spiel sein sollte.

Den nächsten Mann, der hereingeführt wurde, hatte Miro schon einmal gesehen. Ja, das war dieser Herbert Frey. Dieser Politiker, den die Polizei mit dem Mord an Förster in Verbindung brachte und der sich seine saubere Weste durch Urkundenfälschung erschlichen haben soll. Ein Foto von Frey war in der Zeitung gewesen. Miro versuchte weiterhin, keine Miene zu verziehen. Er wußte nicht, was hier gespielt wurde. Nur schien dieser Frey eine ziemlich wichtige Figur auf dem Schachbrett zu sein. Der Mann sah gelangweilt in die Runde, ließ seinen Blick einmal durch den Raum streifen, um dann, bei Mohren angekommen, zu grinsen.

»Hallo, Herr Oberinspektor«, sagte er übertrieben freundlich. »Was kommt als nächstes? Soll ich Ihnen sagen, daß ich diesen Polen hier kenne?«

***

Richard fand das alles nur schwer erträglich. Er konnte sich nicht vorstellen, daß die Veranstaltung hier für irgend etwas gut sein könnte. Selbst wenn Frey und Schwitanski zusammen Ingrid Förster erschossen hätten, so würde die Polizei es nicht beweisen können. Die einzige Hoffnung war Ferdinand. Doch das war eine schwache Hoffnung. Vielleicht würde der Junge Schwitanski wiedererkennen. Frey spielte mit ihren Nerven. Er kenne Schwitanski nicht, hatte er gesagt, habe ihn noch nie gesehen.

Richard fiel es schwer, die ihm gestellte Aufgabe zu erfüllen. Er sollte immer die genau beobachten, die in den Raum geführt wurden. Die erste Reaktion sei wichtig, hatte Mohren gesagt. Auf die Mundwinkel müsse er achten. Und auf die Augen. Vor allem auf die Augen. Leichtes Erröten sei sehr verdächtig. Richard fürchtete, Frey könnte sich zu ihm drehen, ihn anschauen und anlächeln. Freundlich anlächeln. Bei aller Sympathie, die er im Gefängnis für den Mann verspürt hatte, durfte er sich nicht ihm verbrüdern. Mohren wies auch Frey einen Platz zu. Frey stellte sich neben Langel, den er wortlos begrüßte. Jede Bewegung vermittelte, was Frey für Mohrens Idee empfand: Verachtung und Langeweile.

Die Tür des Zimmers ging auf und Hans und Ferdinand Roos betraten den Raum. Richard sah Roos und erkannte, was Mohren meinte, als er beschrieben hatte, worauf zu achten war. Hans Roos verharrte, kämpfte um Fassung, seine Augen schienen gläsern und genau wie der ganze Körper für einen Augenblick wie versteinert. Nur ein leichtes Zucken erschien unter dem linken Auge. Roos schluckte, ohne zu atmen, und starrte auf Herbert Frey.

Während Mohren ein paar Worte sagte, um Frey einige Schritte in den Raum zu locken, wanderte Richards Blick zu Ferdinand. Und wieder sah er Angst und Furcht. Keine Wut, wie in den Augen seines Vaters. Statt dessen Entsetzen. Ferdinand sah genauso aus wie in dem Moment, als Richard ihn am Tatort angetroffen hatte. Der Junge schien in eine Art Apathie verfallen zu sein, sich aus Ohnmacht seiner Umgebung verweigern zu wollen. Eine Abwehrreaktion, vielleicht ein Schutzmechanismus, dachte Richard. Aber mit Sicherheit ein Reflex auf den Mann, den Ferdinand ansah. Ferdinand schaute zu Miro Schwitanski hinüber.

Trotz Mohrens Aufforderung blieben beide nahe der Tür stehen. Sie wollten sich den anderen Männern im Raum nicht nähern. Für Richard war die Sache klar: Ferdinand erkannte Miro Schwitanski wieder. Er überlegte, ob er die ihm zugewiesene Position verlassen sollte, um Ferdinand beizustehen. Gleichzeitig sah er die Hand des Dreizehnjährigen, wie sie hilflos nach der Hand des Vaters suchte. Nachdem er sie gefunden hatte, griff er fest zu und krallte seine Finger hinein.

Ferdinand sah zu seinem Vater hoch, wie ein kleines Kind in Not. Der Vater erwiderte diesen Blick. Nur ganz kurz. Ferdinands Augen wanderten zurück zu Miro Schwitanski. Hans Roos' Augen ebenfalls. Richard sah, wie dem Belgier das Blut in den Kopf schoß und er anfing, schneller zu atmen.

Die Reaktion war eine andere als die auf Frey. Roos blieb einen Moment völlig regungslos. Dann sah Richard, wie ihm Tränen in die Augen schossen. Der Bürger Roos verlor die Fassung. Nur ein wenig. Eine Träne lief ihm über die Wange, und als Ferdinand, der immer noch zu seinem Vater hochschaute, das sah, fing auch der Junge an zu weinen. Roos befreite sich von Ferdinands Hand, um den Sohn dann mit dem ganzen Körper an sich heranzuziehen. Er legte seinen Arm um Ferdinands Schulter, und es sah so aus, als hätte er das seit sehr langer Zeit nicht mehr gemacht. Durch Ferdinands Körper lief wieder dieses Zittern. Dann schien er Richard zu bemerken. Langsam sah Ferdinand zu Richard hinüber. Doch offensichtlich, so mußte Richard feststellen, fand er auch bei ihm keinen Halt.

Wie aus weiter Ferne schien Mohrens Stimme zu kommen. »Soll ich zwei Stühle besorgen? Sie können sich setzen.«

***

Als die Tür aufging und Hans Roos hereingekommen war, hatte Miro für einen kurzen Moment gedacht, daß ihm hier überhaupt nichts passieren könnte. Das war schon der dritte Mann, den er kaum oder gar nicht kannte. Doch dann war hinter diesem Mann eine kleinere, schmächtigere Gestalt in einem viel zu kleinen schwarzen Anzug aufgetaucht.

Miro hatte nicht mit ihm gerechnet, auch wenn sein Auftauchen naheliegend war. Es war Ingrid Försters Stiefsohn.

Miro sah, daß ihn Ferdinand hilflos und verzweifelt ansah. Er spürte die Angst und die Ohnmacht des Jungen. Er sah, wie der Junge nach der Hand des Mannes, der offensichtlich sein Vater war, griff, wie der Mann erkannte, was der Junge in diesem Moment dachte, und wie er ihn, Miro, dann selbst mit ähnlichem Gesichtsausdruck anschaute. Vater und Sohn nach der größtmöglichen Katastrophe, dachte Miro und empfand Mitleid. Egal, ob hier letztendlich die Wahrheit ans Licht kommen würde, die beiden trugen schweres Leid miteinander.

Miro dachte an seinen Vater, den die Deutschen vor seinen Augen erschossen hatten. Er dachte daran, wie sehr er seinen Vater geliebt hatte. Und wie sehr er darunter gelitten hatte, daß er ihm das nie gesagt hatte. Er war immer stolz auf seinen Vater gewesen, weil der immer zu ihm gehalten hatte.

Wie durch eine plötzliche Eingebung umgestimmt, beschloß Miro, zurückzugehen, Deutschland zu verlassen. In diesem Moment war er sich sicher, nicht in dieses Land zu gehören und es nie wieder betreten zu wollen. Sollten sie ihn in Polen als Verräter beschimpfen, er war stark genug, das ertragen zu können. Sobald es möglich sein würde, wollte er seinem Vater ein Grab errichten und den Hof, der seinem Vater gehörte, wieder aufbauen, wenn es ihn noch gab.

Miro sah die Träne auf der Wange von Ferdinands Vater und vergaß alle Vorsichtsmaßnahmen, die er sich auferlegt hatte. Er wußte, daß ihn mindestens drei Polizisten in diesem Moment beobachteten. Miro nickte Hans Roos zu. Nur ganz leicht, nur ganz kurz, mit niedergeschlagenen Augen. Er wollte dem Mann am anderen Ende des Raumes so etwas sagen wie »Es tut mir leid«.

***

Tatsächlich hatte nur einer der Polizisten Miros seltsame Geste bemerkt. Richard fing an, alles, was um ihn herum passierte, wie einen Film wahrzunehmen, den man in Zeitlupe auf eine Leinwand projizierte. Richard hielt die Zeit an. Er konnte die Gesichter, die er sah, umgruppieren. Er stellte Miro neben Frey, Miro neben Ferdinand, er sah noch einmal Ferdinand, der die Hand seines Vaters suchte und die Veränderung, die daraufhin mit Hans Roos geschehen war. Roos hatte auf Frey reagiert, Ferdinand auf Miro. Jeder kannte den jeweils anderen. Dann hatte Ferdinand seinem Vater genau dies zu erkennen gegeben, und dann hatte auch Roos gewußt, wer Miro Schwitanski war. Aber war Roos' Reaktion die eines Mannes, der den Mörder seiner zukünftigen Frau traf? Einen kaltblütigen Killer – egal ob Auftragsmörder oder brutalen Räuber?

Roos und Miro schienen jetzt ganz nahe zusammenzugehören. Richard mußte Miro neben Roos stellen. Es war wie ein Puzzle, das Richard im Kopf zusammensetzte. Es gab aber noch Stücke, die nicht paßten.

Frey zum Beispiel. Herbert Frey paßte nicht. Warum, konnte Richard nicht genau sagen. Vielleicht, weil Frey nur mit Langel zusammen in das Puzzle einzufügen gewesen wäre. Warum sollte Frey Miro Schwitanski engagieren, damit dieser einen Mord für ihn beging? Frey hätte Langel für so einen Auftrag gehabt. Und sicher wäre er nicht mitgegangen. Wozu? Es gab die Aussage des Jungen: Drei Männer in der Wohnung, einer davon ein Pole. Den konnte er gut beschreiben, und diese Beschreibung paßte hundertprozentig auf Miro Schwitanski. Also war es Miro. Aber warum?

Wollte er die Schmach, die er bei dem gescheiterten Überfall in Müngersdorf erlebt hatte, bei Ingrid Förster abreagieren? Bei einem zweiten Überfall in der gleichen Nacht zeigen, daß er sich nicht von einer Frau in die Knie zwingen läßt? Aber warum hatte er dann nichts gestohlen nach dem Mord, wo es doch ganz offensichtlich in der Wohnung was zu holen gegeben hatte, wie der Einbruch während der Beerdigung bewies? Miro Schwitanski war kein Verbrecher, der in ein Haus einstieg, ohne zu wissen, ob es dort etwas gab oder nicht. Also hätte er sicher gewußt, daß Ingrid Förster dieses Versteck in der Wohnung hatte. Warum hatte er nicht danach gesucht?

Richards Gedanken rasten. Immer wieder tauchte vor seinen Augen die Tote auf dem Sofa auf. Die Frau mit den großen Tellern voll Mandeln und Karamellen, von denen ihm Frey erzählt hatte. Ingrid Förster hatte miese Geschäfte gemacht im Krieg, von denen Hans Roos nichts zu wissen schien. Warum fragte eigentlich niemand danach? Neben wen hätte man eigentlich Ingrid Förster stellen müssen, wenn sie jetzt hier im Raum gewesen wäre? Richard erinnerte sich an das Gesicht der Toten, das fast makellose Gesicht. Er erinnerte sich an Roos' Unsicherheit, als er über sie gesprochen hatte.

Richard spürte, daß es nur eines einzigen Puzzelteils bedurfte, um alles logisch zusammenzufügen. Er war ganz nahe dran. Er hatte nicht mehr wahrgenommen, was im Raum passierte. Mohren war redend auf und ab gegangen, hatte Frey, Langel und Schwitanski angebrüllt. Dann hatte er sich an Roos gewandt, ihn etwas gefragt, und Roos hatte den Kopf geschüttelt. Anschließend hatte Mohren Ferdinand angesprochen. Richard zwang sich dazu, hinzuhören. Wieder drangen Mohrens Worte wie aus weiter Ferne an Richards Ohr. Sie waren der Hinweis auf das letzte Puzzelteil:

»Ferdinand«, hatte Mohren gesagt, »was du jetzt sagst, ist sehr wichtig. Der Mann, der deine Mutter geschlagen hat, der Mann mit der Pistole, den du beschrieben hast – ist dieser Mann hier in diesem Raum?«

Ferdinand öffnete für seine Antwort kaum den Mund und sagte: »Nein.«

Mohren war irritiert.

»Bist du sicher?«

Ferdinand nickte.

***

Richard wurde schwindelig. Ferdinand erkannte den Mann, auf den seine eigene Täterbeschreibung paßte, nicht als den Mörder von Ingrid Förster wieder. Es gab keinen Grund für den Jungen zu lügen. Wenn er auf Schwitanski gezeigt hätte, wäre der Pole geliefert gewesen. Ferdinand hätte ihn nie wieder gesehen. Miros Komplizen saßen hinter Gittern. Auch von denen hätte Ferdinand nichts zu befürchten gehabt. Die meisten Jungen in seinem Alter hätten wahrscheinlich trotzdem Angst. Doch Ferdinand war anders als die meisten dreizehnjährigen Jungen. Das wußte Richard.

Also gab es für Richard nur eine Erklärung. Ferdinand hatte die Wahrheit gesagt. Und dabei konnte sich der Junge nur deshalb so absolut sicher sein, weil er genau wußte, wer die Frau, die seine Mutter werden sollte, erschossen hatte. Und Richard war sich sicher, daß diese Person hier im Raum war. Genau wie der Mann, den er ihnen in der Mordnacht beschrieben hatte. Aber dieser Mann war nicht der, der Ingrid Förster geschlagen und mit einer Pistole bedroht hatte. Miro Schwitanski war nicht der Mörder von Ingrid Förster.

Richard wollte sprechen. Er wollte seinem Chef ins Wort fallen. Er wollte Roos und Ferdinand anschreien. Doch er stand wie angewurzelt auf seinem Platz. Er rang nach Luft, so unglaublich war das, was ihm jetzt ganz klar schien. Er war sich sicher, wohin er Ingrid Förster stellen mußte. In die Mitte des Raumes! Sie gehörte zu allen, die hier standen. Und neben sie gehörte Ferdinand. Ganz eng neben sie.

Richard sah, daß Mohren Vater und Sohn zur Tür geleiteten wollte. Er darf sie nicht gehen lassen, dachte Richard. Wir sind noch nicht fertig. Richard raffte all seine Kraft zusammen. Er würde seinem Chef ins Wort fallen. Er wollte die ihm zugewiesene Rolle nicht mehr spielen.

»Halt«, rief Richard. »Warten Sie!«

Man hätte eine Stecknadel fallen hören können. Mohren stand wie versteinert mitten im Raum. Peters und Paul sahen Richard entgeistert an. Richard hatte ein ungeschriebenes Gesetz gebrochen.

»Die beiden dürfen nicht gehen!«

Richard überschritt eine weitere Grenze. Er verließ seine Position. Mit pochendem Herzen machte er zwei Schritte auf Mohren zu. Er kam seinem Chef zu nahe. Das wußte er. Man konnte Mohren ansehen, daß er nicht wußte, wie er sich verhalten sollte. Wäre das hier einen Tag früher passiert, Mohren hätte Richard zusammengestaucht und rausgeworfen. Da war sich Richard sicher. Doch wahrscheinlich hätte Richard es zu dem Zeitpunkt auch nicht gewagt, diesen Schritt zu tun.

»Ferdinand, sieh mich an!«

Richard keuchte, als hätte er einen Hundert-Meter-Sprint hinter sich gebracht, um diese zwei Schritte zu tun. Hans Roos und Ferdinand drehten sich langsam zu Richard um. Der Vater hatte seinen Sohn fest im Arm.

»Du weißt, wer deine Mutter erschossen hat«, sagte Richard mit fester Stimme. Er wartete ein wenig. Ferdinand hob den Kopf. Richard wartete noch einen Augenblick.

Ferdinand nickte.

Richard sah kurz zu Mohren, den er erneut verblüfft hatte.

»Machen Sie weiter, Munckler«, sagte der Oberinspektor leise, während er einen Schritt zur Seite ging, um Richard seinen Platz zu überlassen.

Richard griff mit beiden Händen die Schultern des Jungen und zog ihn von seinem Vater weg nahe an sich heran. Er zwang Ferdinand, ihn anzusehen. Der Junge wehrte sich. Zum ersten Mal spürte er Kraft in diesem Jungen.

»Kennst du diesen Mann?« fragte Richard, während er auf Miro Schwitanski deutete.

Ferdinand nickte.

»Ich möchte, daß du sprichst. Kennst du diesen Mann?«

»Ja.«

»Kennst du ihn schon länger?«

Ferdinand schluckte.

»Ja.«

»Und deine Mutter. Ich meine Ingrid Förster. Kannte die diesen Mann auch schon länger?«

»Ja.«

Richard hatte viel riskiert und alles gewonnen. Er sah zu Roos hoch, der ihn flehend ansah. Doch nicht er, sondern ein anderer im Raum sprach nun. Es war Miro Schwitanski.

»Lassen Sie den Jungen in Ruhe«, rief Miro fast befehlend. »Er kann nichts dafür.«

»Nein?« Richard stand auf und drehte sich zu Schwitanski um. »Sie wissen auch, wer Ingrid Förster erschossen hat.«

Richard ging auf Miro zu.

»Der Pole im Wehrmachtsmantel mit Matrosenmütze und breitem Kreuz. Das sind Sie, Herr Schwitanski. Der Junge hat Sie beschrieben, obwohl Sie nicht auf Ingrid Förster geschossen haben? Warum hat er das getan?«

Der Pole schien unter großer Anspannung zu stehen. Er richtete sich auf, saß kerzengerade. Er wirkte stark und stolz.

»Er hat es getan, weil ich es ihm gesagt habe«, antwortete er.

»Sie haben ihm gesagt, daß er Sie beschreiben soll, wenn die Polizei eine Täterbeschreibung will. Damit er sich nicht vertut, wenn er sie mal wiederholen muß?«

Miro lächelte.

»Ein Pole«, fuhr Richard fort, »überfällt eine deutsche Frau und erschießt sie. Das kommt vor in diesen Zeiten. Da wird keiner groß nachfragen. Die Chance, in so einem Fall den Mörder zu finden, ist gering, haben Sie sich gedacht. Also gibt's auch keine Ermittlungen. Eine gute Idee.«

Richard fing an, seine neue Rolle zu genießen. Er ging wieder in die Mitte des Raumes und ließ das Erstaunen seiner Kollegen auf sich wirken. Er fühlte sich gut, ganz leicht und unbeschwert. Er war auf dem richtigen Weg, das fühlte er.

»Ingrid Förster war Ihre Komplizin!« sagte Richard laut zu Miro. »Sie hat mit Ihnen zusammengearbeitet. Was war ihre Aufgabe?«

»Sie hat für uns das gestohlene Zeug versteckt, bis wir einen hatten, der es kauft«, antwortete Miro, ohne zu zögern.

»Was noch?«

»Nichts noch.«

»Was ist mit Waffen? Sie hatten eine Waffe beim Überfall in Müngersdorf. Hat sie die auch für Sie versteckt?«

»Ja, manchmal.«

Richard nickte befriedigt und ging zu Roos, der seinen Sohn wieder fest an sich gedrückt hatte. Richard sah in die traurigen Augen eines traurigen Mannes. Die bürgerliche Fassade, die ihm Halt und Orientierung gegeben hatte, taugte nichts mehr. Ferdinand war wieder völlig weggetreten, nicht mehr anwesend, ins Leere starrend.

Richard brauchte Roos keine Frage zu stellen.

»Ich habe alles verloren«, sagte der Belgier mit leiser, zitternder Stimme. »Wissen Sie, was schlimm ist, Herr Munckler? Schlimm ist, wenn man nicht nur einen Menschen verliert, sondern auch die Erinnerung an ihn. Ingrid war anders, als ich mich an sie erinnert habe. Ich habe nichts von all dem gewußt.«

»Und ahnen wollten Sie es auch nicht.«

»Nein. Sie hat mich betrogen und belogen, und ich habe das mit mir machen lassen. Und dafür bin ich nun bestraft worden.«

Richard war überrascht. Roos bestraft? War das hier Strafe? Er wurde unsicher auf dem Weg, seinen ersten Mörder zu überführen. Richard versuchte, sich seine Unsicherheit nicht anmerken zu lassen und beschloß, auf das letzte, was Roos gesagt hatte, nicht einzugehen. Statt dessen ging er zwei Schritte im Raum auf und ab. Er wollte die Auflösung des Falls souverän zu Ende bringen.

»Das ist schlimm, wenn man einem Menschen vertraut und dann so enttäuscht wird. Es muß Sie wütend gemacht haben. Wahrscheinlich haben Sie gestritten, und dann ist es passiert. Mit der Pistole, die Ihre Frau für Schwitanski verstecken sollte. Ihr Junge hat zusehen müssen, wollte Sie decken, und dabei hat der freundliche Herr Schwitanski ein bißchen geholfen.«

Richard sah Roos scharf an, drehte sich zu Mohren, dann zu Paul, um seinen kleinen Vortrag vor Publikum fortzusetzen.

»Dummerweise hatten sich Vater und Sohn nicht abgesprochen. Während der Sohn die Polizei mit einer Täterbeschreibung auf einen polnischen Fremdarbeiter ansetzte, versuchte der Vater, den Verdacht auf Förster, Frey und Langel zu lenken. War es so, Herr Roos? Es ist vorbei.«

Hans Roos biß sich auf die Lippe. Er schloß für ein paar Sekunden fest die Augen. Richard hätte vor Freude schreien können. Er fühlte sich gut. Da Roos noch keine Anstalten machte zu reden, beschloß Richard, seinen Triumph noch ein wenig auszukosten.

»Vielleicht fangen wir noch einmal ganz von vorn an«, sagte er, im Glauben, anschließend eine eigentlich völlig unbedeutende Frage zu stellen. »Seit wann wußten Sie, daß Ihre Frau mit Schwitanski und seinen Kumpanen gemeinsame Sache gemacht hat?«

»Seit Sonntag. Nach der Beerdigung und dem Einbruch ging es einfach nicht mehr.«

Die Antwort traf Richard wie ein Schlag. Warum seit Sonntag? Wo war das Motiv, wenn Roos erst Sonntag alles erfahren hatte? »Es ging einfach nicht mehr.« Was ging einfach nicht mehr?

Richard fühlte wallende Hitze im ganzen Körper und Schwindel wie bei einem Fieberanfall. Die Überlegenheit war verschwunden. Er wußte nicht, was er fragen sollte, wen er fragen sollte.

Wenn Roos nicht der Mörder seiner zukünftigen Frau war, blieb im Grunde nur noch einer übrig, der geschossen haben konnte. Er sah Roos bittend an. Er bat um die Wahrheit. Es war Zeit für die ganze Wahrheit.

Hans Roos nahm seinen Arm von den Schultern seines Sohnes. Und trotz der Nähe des Vaters wirkte Ferdinand plötzlich verlassen und allein.

»Ich habe viel nachgedacht, Herr Munckler.« Roos sprach weiter, ohne gefragt zu werden.

Richard war gefaßt. Auf alles gefaßt.

»Ich habe mir überlegt, ob ich nicht etwas hätte ahnen können. Ob und wann ich hätte fragen sollen. Ich hatte Angst vor der Wahrheit. Ich hätte mich nicht mit platten Antworten zufriedengeben dürfen, als ich Ingrid danach gefragt habe, wo sie eigentlich ihr Geld herhat.«

Roos weinte.

»Und dann habe ich Ferdinand alleingelassen. Allein mit Ingrid. Hätte ich was gesagt, frühzeitig, dann wäre das vielleicht alles nicht passiert. Dann hätte sie wenigstens Ferdinand da rauslassen müssen.«

Richard spürte die tiefe Trauer dieses Mannes. Auf einmal fühlte er sich Roos, den er bislang verachtet hatte, ganz nahe.

»Ferdinand war dabei?« fragte Richard vorsichtig und leise. »Er hat mitgemacht bei diesen Überfällen?«

Roos nickte. »Er hat für die Polen Schmiere gestanden. Zusammen mit seinem Freund Heinrich. Die beiden sind mitgegangen und haben vor der Tür aufgepaßt, wenn dieser Schwitanski und seine Leute geraubt und gestohlen haben. Und zu Hause hat er mit seiner zukünftigen Mutter das Diebesgut unter dem Küchenboden versteckt.«

Richard beugte sich zu Ferdinand hinunter.

»Warum hast du das getan?« flüsterte er.

Vorsichtig, als könnte er etwas sehr Zerbrechliches zerstören, streckte er dem Jungen die Hand entgegen. Er hätte ihn gern am Hinterkopf gepackt und ihn ganz fest zu sich herangezogen. Ferdinand rührte sich nicht. Der Junge würde nichts mehr sagen.

»Das war ein Abenteuer«, antwortete Roos für seinen Sohn. »Das hat ihm und seinem Freund Spaß gemacht. Er hat Ingrid geliebt. Er hatte keinen Grund, ihr zu mißtrauen. Und außerdem ist Ferdinand ein Kind. Ein Kind, um das sich der Vater zu wenig gekümmert hat.«

Richard nickte schwach. Er hatte Roos einen Stuhl geholt, auf den sich der Belgier erschöpft setzte. Ferdinand blieb stehen. Die Distanz zwischen Vater und Sohn wurde größer.

»Hat er Ihnen erzählt, was am letzten Mittwoch passiert ist?«

»Ja«, sagte Roos. »Ich habe schon bei der Beerdigung gedacht, daß er mir nicht alles gesagt hat. Und nach dem Einbruch war ich mir dann ganz sicher. Ich habe ihn nur einmal fragen müssen, da brach alles aus ihm heraus. Es sollte alles so laufen wie immer. Sie seien zu diesem Haus in Müngersdorf gegangen und hätten draußen auf die Polen gewartet. Aber irgend etwas sei schiefgegangen, sagt Ferdinand. Alle seien sehr aufgeregt und enttäuscht gewesen, weil sie ohne Beute wieder weggemußt hätten. Sie seien dann nach Hause gegangen.«

Roos machte eine Pause.

»Was ist passiert? Zu Hause? Erzählen Sie es mir!« forderte Richard ihn auf.

»Ingrid hatte für die Mistkerle die Beute und die Waffen versteckt. Wohl schon seit Monaten. In dem Loch unterm Küchenschrank. Die Polen kannten das Versteck nicht, sagt Ferdinand. Deshalb haben sie es wohl mit einer Axt während der Beerdigung suchen müssen.«

Roos zog ein Taschentuch aus der Jackentasche und schnäuzte sich. Mit dem Handrücken wischte er sich Tränen von den Wangen.

»Jedenfalls hat dieser Miro meinem Sohn die Pistole in die Hand gedrückt, als sie nach Hause gekommen sind. ›Gib sie deiner Mutter‹, hat er gesagt. Die weiß schon, wo sie sie hinzulegen hat.«

Roos sah kurz zu Schwitanski herüber.

»Dann ist ein Schuß gefallen. Es war ein Unfall. Ein blöder Unfall«, rief Roos verzweifelt. »Ferdinand ist gefallen. Man kann das gar nicht glauben. Gefallen! Er sagt, er ist an der Türklinke hängengeblieben. An der Türklinke! Und gefallen. Dieser Miro hatte die Pistole wohl nicht gesichert.«

Roos faltete seine Hände auf den Knien und ließ den Kopf hängen.

»Ferdinand hat seine zukünftige Mutter erschossen. Aus Versehen.«

Hans Roos ließ seinen Tränen freien Lauf. Er gab sich keine Mühe mehr, sie zurückzuhalten.

»Und Miro Schwitanski?« fragte Richard ruhig.

»Der ist zurückgekommen, als er den Schuß gehört hat. Er hat Ferdinand gesagt, er solle der Polizei sagen, es sei ein Pole gewesen. Der habe Ingrid ausrauben wollen und dann erschossen. Um die Sache glaubhaft zu machen, hat er geraten, daß Ferdinand ihn als Täter beschreiben solle. Er hat die Pistole an sich genommen und gesagt, daß sie sich jetzt nie mehr wiedersehen dürften. Dann brauche Ferdinand sich keine Sorgen zu machen.« Roos lachte bitter. »Keine Sorgen machen!«

Langsam erhob er sich von seinem Stuhl und ging einen Schritt auf seinen Sohn zu, der immer noch geistesabwesend und allein im Raum stand. Er zog ihn zu sich heran, legte seinen Arm um ihn und sah Richard mit seinen traurigen Augen fragend an.

»Gehen Sie nach Hause«, sagte Richard fast flüsternd, »wir wissen, wo wir Sie erreichen können.«

Hans Roos zog seinen Sohn zur Tür, die Mohren ihnen geöffnet hatte. Er hielt seinen Sohn so fest im Arm, als wenn er ihn nie wieder alleinlassen wollte. Richard sah den beiden nach. Irgendwann würde er Ferdinand einmal besuchen, um mit ihm über alles zu sprechen, dachte er.

Aber als die beiden durch die Tür waren, wußte er, daß er das doch nicht machen würde.

Dieser Roman beruht auf einer wahren Begebenheit. Am 3. Dezember 1946 wurde in Köln-Lindenthal die vierzigjährige Maria J. erschossen. Der fünfzehnjährige Sohn ihres Lebensgefährten, Felix R., wollte ihr die Pistole des Polen Ludwig F. zur Aufbewahrung übergeben und stürzte dabei unglücklich. Aus der Pistole löste sich ein Schuß, durch den Maria J. starb. Sie hatte für eine Gruppe von Einbrechern Diebesgut und Waffen versteckt.

Im Laufe der Ermittlungen wurde der anerkannte politisch Verfolgte Mathias V., ein ehemaliges Mitglied des Sülzer Ortsausschusses, zum Hauptverdächtigen. Mathias V. drohte dem ermittelnden Polizeibeamten in einem Verhör mit der Bekanntgabe von belastendem Material aus dessen Vergangenheit.

Schließlich gab der ehemalige Fremdarbeiter Ludwig F. in einem Verhör zu, Felix R. geraten zu haben, der Polizei zu sagen, seine zukünftige Stiefmutter sei bei einem Raubüberfall durch eine »Polenbande« erschossen worden. Ludwig F. war wegen eines Raubüberfalls in Müngersdorf, bei dem Felix R. Schmiere gestanden hatte, festgenommen worden.

Am 14. Januar 1947 überrascht ein Bauer vier Männer bei einem Einbruch in seine Wohnung. Der Mann wird durch einen Brustschuß von den Einbrechern getötet. Einer der Täter ist der ehemalige Fremdarbeiter Ludwig F.

EDGAR NOSKE: Nacht über Nippes
Broschur, 166 Seiten
ISBN 3-924491-45-3

Die 50er Jahre im Schieber- und Gaunermilieu der Domstadt. Wenn man da neben einer unbekannten Toten erwacht, ist das ganz schön häßlich. Was tun, wenn einem ein Mord angehängt werden soll, man sich an nichts erinnern kann, die Polizei einem als stadtbekanntem Schmuggler sowieso mißtraut, die Geliebte einen verlassen will und die Ex-Frau sich mit dem Obergauner liiert hat? Leo Saalbach muß den Mörder selbst suchen, wenn er nicht den Rest seines Lebens im Klingelpütz verbringen will.

»Noske liefert mit seinem Erstlings-Roman ein kleines Meisterstück ab. Lakonisch und mit Witz. Von Edgar Noske möchte man noch mehr lesen.« Express

FRANK SCHÄTZING: Tod und Teufel
Broschur, 376 Seiten
ISBN 3-924491-59-3

Köln im September 1260: Jeder steht gegen jeden. Erzbischof und Bürger versuchen, einander mit allen legalen und illegalen Mitteln in die Knie zu zwingen. Jacop der Fuchs, Dieb und Herumtreiber, zeigt an den erzbischöflichen Äpfeln indes mehr Interesse als an der hohen Politik. Was ihm nicht gut bekommt: In den Ästen sitzend, wird er Zeuge, wie ein höllenschwarzer Schatten den Dombaumeister vom Gerüst in die Tiefe stößt. Er hat den Mord als einziger gesehen. Aber der Schatten hat auch ihn gesehen. Als Jacop begreift, daß der Sturz vom Dom nur Auftakt einer unerhörten Intrige war, ist es fast schon zu spät.

»Sprachgewaltig und einfühlsam schreibt Schätzing eine Kriminalgeschichte mit der gehörigen Portion Witz und deftigem mittelalterlichem Kolorit.« Rheinische Post

IM EMONS VERLAG

BARBARA BECKER-JÁKLI: Mord im Biedermeier
Broschur, 416 Seiten
ISBN 3-89705-149-4

An einem regnerischen Abend im August 1823 treffen im Haus des Kölner Stadtphysikus Dr. Berhard Elkendorf einige kunstliebende und einflußreiche Herren zu einem Diner zusammen, unter ihnen Jakob Nockenfeld, der am nächsten Tag tot in seinem Bett aufgefunden wird – vergiftet. Dr. Elkendorf, als Stadtphysikus zugleich Gerichtsmediziner, soll den Fall diskret untersuchen. Seine Cousine Anna Steinbüchel, die das offenbar verhängnisvolle Diner gekocht hat, geht eigene Wege, um den mysteriösen Tod aufzuklären.
Eine Kriminalgeschichte zwischen Kirschholzmöbeln und gotischen Tafelbildern, in der die Gründung eines Kunstmuseums für Köln eine wichtige Rolle zu spielen scheint.

»Ein verblüffend gut und spannend geschriebener Krimi, faszinierend und lehrreich.« nrz

STEFAN WINGES: Der vierte König. Ein Fall für Sherlock Holmes
Broschur, 256 Seiten
ISBN 3-89705-189-3

Köln 1896. Ein mysteriöser Raub führt Sherlock Holmes an den Rhein: Aus dem Dom sind die Gebeine der Heiligen Drei Könige gestohlen worden. Was die Polizei erst nicht so recht ernst nimmt, entpuppt sich bald als Teil einer bizarren Verschwörung, die ein Opfer nach dem anderen fordert. Die Wurzeln der grausigen Ereignisse scheint bis tief ins Mittelalter zurückzureichen. Unterstützt von einem alten Kölner Jesuitenpater und dessen Nichte Luzia kämpfen Sherlock Holmes und Dr. Watson gegen einen unheimlichen und äußerst gefährlichen Gegner.

»Ein lustvolles, auf genauer lokaler und historischer Recherche fußendes Spiel mit Literatur- und Filmzitaten, voller Witz und Intelligenz.« *Lexikon der Kriminalliteratur*

UND NOCH MEHR KÖLN…

PETER MEISENBERG: Klüttenmann
Gesammelte Geschichten aus dem Halbschatten.
Mit einem Vorwort von Alexander Kudascheff
Köln Bibliothek 2
Französische Broschur, 340 Seiten, zahlreiche Abbildungen
ISBN 3-89705-129-X

Peter Meisenbergs Geschichten aus dem Halbschatten haben ihre Geschichte. Vor Jahren in zwei separaten Bänden (»Freitags kommt der Klüttenmann« und »Geh mal zur Seite Kleiner«) erschienen, zeichnen sie ein genaues Bild einer vergehenden Welt. Nicht die Prominenten und Schönen sind Protagonisten dieser Welt, sondern die kleinen Leute, die Zukurzgekommenen, die Halbseidenen. Meisenberg betrachtet sie mit Zuneigung und zeichnet so ein liebevolles Bild seiner Heimatstadt Köln, das wir heute mit Wehmut lesen.

»Eine unverhohlene Liebeserklärung an ein Köln, welches zunehmend vergilbt und immer mehr in Vergessenheit gerät.«

Kölner Bilder-Bogen